JN188063

万葉の女性たち

山路麻芸

春秋社

万葉の女性たち

目次

万葉の女性たち

磐姫皇后

「帝は何時になったらお帰りあそばすのかしら。こんなにお待ち申し上げている私の気持もご存じなく…」

夫、仁徳天皇を偲んで高楼に上った磐姫(いわのひめ)は、眼前に横たわる山並を望みながらそう呟いた。ひろびろと拡がる黄金の稲田の上を爽やかに涼風が吹きすぎ、姫の長い黒髪をさわさわとゆらめかせていく。

―思えば私が皇后になったのは、大鷦鷯尊(おおさざきのみこと)が即位された二年の春三月のことであった。大和葛城の豪族、葛城襲津彦(かつらぎのそつひこ)の娘に生まれ、臣下の出でありながら皇后に立つことなど、未だ曽て前例がないのに、それだけ帝は私を愛していてくださったのであろう。そして、五人の皇子と二人の皇女まで授けられた。

宮殿の朽ち壊れるのもかまわず、民に三年の年貢と使役を許されたお優しい帝、そうそう、あの時はこの高楼に二人並んで、民の家々の竈から立ち上る煙を眺めたのだった。あの時の帝のご満足そうなお顔が目に浮かぶ。あんなにいつも影の形に添うようにお仕えしているのに、今度に限って私を一人にしたまま、何時までお帰りにならないおつもりだろう——。

磐姫の白い頬に玉のような涙がほろほろとこぼれ落ち、帝をお慕いする歌が口をついて迸り出てくる。

君が行き　日長くなりぬ　山たづね　迎へか行かむ　待ちにか待たむ（万葉集、巻二—八五）

（あなたのご旅行はたいへん長くなりました。山道をたずね歩いてお迎えに参りましょうか。それとも、お帰りになるまで、じっと我慢してお待ちしましょうか）

かくばかり　恋ひつつあらずは　高山の　磐根し枕きて　死なましものを（同、巻二—八六）

（こんなに恋しさに身を焼くぐらいなら、いっそのこと高い山の岩を枕にして死んでしまえばよかったのに）

ありつつも　君をば待たむ　打ち靡く　わが黒髪に　霜の置くまでに（同、巻二—八七）

（こうしてあなたをお待ちしましょう。私の黒い髪が真っ白になってしまうまで、やっぱりお帰りをお待ちしましょう）

秋の田の　穂の上に霧らふ　朝霞　何処辺の方に　わが恋ひ止まむ（同、巻二—八八）

（秋の田の稲穂の上の朝霞が、やがてどこかへ消えてしまうように、私の恋にも終りがあるのでしょうか。そんなことは決してありません）

迷い迷うて背の君を待つ磐姫は、自分の口をついて出た歌にまたもや心をかき乱されたように、なびく領巾（ひれ）をそっと瞼（まぶた）にあてるのだった……。

万葉集巻二の巻頭を飾るこの四つの歌を読むとき、なぜか私は高楼に涙する気高くも麗しい女人の姿が思われてならない。これらの歌は磐姫皇后の真作ではなく、伝誦歌が皇后に仮托されたものであろうともいわれるが、私はやはり磐姫皇后の御歌として受けとめてみたいと思う。そうとすれば、まさに万葉集中の女性の歌としては一番古い時代に詠まれたのが、この四つの歌である。揺れ動き、高まりゆく想う人への情調の激しさは、最後の歌によって確かな恋の肯定へと昇華し、女人の愛に対する切なさと激情を歌いきってあまりある。

記紀に記された磐姫皇后は相当に嫉妬の強い女性像を彷彿とさせるが、嫉妬が愛情の裏返しであってみれば、この歌を詠むほどの女人であれば、それもまた当然ではなかろうかと思われる。

仁徳天皇は古代の常として、皇后以外の何人かの女性を後宮に入れようとされたらしい。とくに八田皇女（やたのひめみこ）に対するご執心は異常なほどであったが、磐姫皇后の嫉妬のために果たせなかった。しかし、その三十年の秋、皇后が御酒宴のための御綱葉（みつなかしわ）を採りに紀州に出かけられて留守の間に、八年間も思いつづけられた八田皇女を、とうとう後宮にお入れになった。

帰途の船中でそれを聞かれた磐姫皇后は、信じ切っていた背の君に裏切られた怒りと悲しみに、御綱葉を海に投げ棄て、そのまま河を遡って山背（やましろ）から大和に入られた。河の曲り角に生える大木さえが、立派な大君のお姿に紛うほどお慕いしていた帝、その帝が……と考えると皇后の胸は、またもや背の君への慕情と怒りの錯綜に打ちふるえてくる。奈良山に立って、懐かしい故郷の葛城に思いをはせられた皇后は、再び山背に引返して筒城宮（つつきのみや）に落着かれた。

　待てど暮らせど皇后のお帰りがないので、仁徳天皇は使者を遣わして連れ戻そうとされたが、一向に聞き入れられるご様子はない。帝はついにご自身で山背に赴かれた。淀川を下られる帝の目に、水に流されていく桑の小枝が映った。——ああ、あの桑の小枝が、河の曲り角をあちらに寄ったりこちらに寄ったりして流れていくように、私は八田皇女を正式に宮廷に入れることもできず、磐姫は心を頑なにして会おうともしない。まるで、私は、あの桑の小枝のように二人の女性の間を揺れ動いている——仁徳天皇は蹌踉（そうろう）とした自らの思いを、桑の小枝に托して歌われるのである。言葉を尽し、心を尽された帝のご要請もお聞き入れにならず、固く心を閉ざしたまま筒城宮に蟄居（ちっきょ）された磐姫皇后は、それから五年後の三十五年六月、筒城宮において崩御された。

　五ヵ年という長い歳月を、あれほどまでに恋し、お慕いした背の君と相まみえられることもなく、孤独の晩年を過ごされた磐姫皇后の、徹底したご生涯を考えるとき、私は、おそろしいまでの潔癖と愛情の深さに、たじたじとなりながらも、洗われたような清々しさを覚える。古代のならわしとして、高位の人びとは何人かの女性を側近に侍らすことが当然とされていたのに、皇后はそれに命がけで抵抗されたのである。仁徳天皇に対するご自分の深い愛情の確信があり、崇高なまでの気位の高さがあったればこそ、それは可能だったのではなかろうか。どす黒い嫉妬のきたなさではなしに、そこまで徹底的に一人の男性を愛し切った女人像が悲しいまでに感じられる。

そして、衆人の耳目のかまびすしい中にある最高の地位の女人が、しかも臣下より皇后に立った女人が、これだけの強い態度を示されたことに驚異を覚え、讃嘆したくなる。

磐姫皇后の御陵は奈良市佐紀町の平城坂上陵（ならさかのえのみささぎ）である。五月ともなれば杜若（かきつばた）の花が陵の濠を深い紫に彩ることであろう。姫のご気性を象徴したような大きな前方後円墳と、その濠に咲く杜若の華やかな優しさに、生前の姫のお姿を見るような思いがする。

水上池よりみた磐姫皇后陵

愛に生き、愛に死した一人の女人。記紀の仁徳天皇の条に記される磐姫皇后の生き方と、ただ愛のひとすじに貫かれた万葉の四首の歌を読んで、強く、気高く、愛深い高貴の女人像を描きつづける私である。

軽大郎女

第十九代允恭(いんぎょう)天皇には、大中姫(おおなかつひめ)皇后との間に、五人の皇子と四人の皇女があった。

その皇子たちのなかでも、第一皇子の木梨軽皇子(きなしのかるのみこ)は、容姿端麗で、皇子を見る人はみなこの皇子を愛さないではいられないほどの、人並勝れた男性であった。父天皇の崩御後、木梨軽皇子が皇太子に定められたのは当然のことであったろう。

軽皇子の妹の軽大郎女(かるのおおいらつめ)皇女(ひめみこ)もまた眉目麗しい、万人にぬきんでた器量の持主であった。この麗しい兄妹は、血を分けた兄と妹との垣根を越え、一人の男性と女性としての深い愛情を抱き合っていた。

いかに同族間の婚姻が許されていた古代ではあっても、同じ母を持つ男女の婚姻だけは、やはり厳しい掟のなかにあり、もしそれを犯すものは処罰されなければならない定めであった。

このことをよく承知し、しかも皇太子としての重要な地位にある軽皇子は、切なく軽大郎女を想いながら、固く口を閉ざして愛の秘密を守り続けていた。軽大郎女も、やるせなく兄を慕いつつ外には出さず、お互いに同じ母を持って生まれた宿世を嘆き合い、心と心の通い路だけを唯一の愛の証しとし、慰めとして満たされない毎日を送っていた。

しかし、若い皇子の情熱の血潮はたぎり、胸に燃える妹への想いは、そのはけ口を失って、うつうつとした日々に身はやせ細り、恋に狂い死ぬのではないかと思われるほどであった。皇子は宮廷の広庭をそぞろ歩きながら、いとしい軽大郎女を思った。

(妹は私のことを思って、きっと忍び泣きに泣き暮らしているであろう。互いに恋し合いながら、自分たちはこのまま空しく死んでしまうのであろうか。慕い寄るものを冷たくつき放し、天皇の位にのぼるだけが最上の道ではないであろう。罰せられることは判りすぎるほど判っているが、この世に人間として生まれてきた以上は、たとえ僅かの間でも自分の心に忠実な生き方をしてみたい。これ以上、妹との愛を世間にかくし、彼女を嘆かせるのに私は耐えることができない)

輝くような青葉若葉が、いっそう皇子の恋慕の思いに拍車をかけ、燦とした陽光が疼く胸を高鳴らせる。意を決した皇子は、その夜、胸深く愛する妹を抱きしめた。

(人目を忍んで恋に泣いた妻よ、今宵こそ何も思わず安心してわが懐に眠るがよい)

恋し恋した兄と妹は、今こそ一人の男と女として、法度のしがらみを越え、しっかりと一つに結び合った。二人の胸中には長かった忍愛の日々と、これから訪れるであろう迫害の苦しみが、ないまぜて去来してゆく。それがまた二人をいっそう固い愛の絆へと結び、兄妹はこの限りある愛のひと時に生命のすべてをかけるのであった。

忍び会う二人の仲は、いつか人の知るところとなり、廷臣たちは人の道に反した皇太子を見捨てて、弟の穴穂皇子（あなほのみこ）に心を寄せ、やがて木梨軽皇子は捕えられて伊余の湯（道後の温泉）に流されることとなった。

軽大郎女は罪人として送られる夫を案じ、

夏草の　あひねの浜の　蠣貝に　足踏ますな　あかしてとほれ（古事記）

（あひねの浜の蠣（カキ）の貝殻を踏んで怪我をしてはいけません。夜が明けて明るくなってからお通りなさい）

と、旅路の無事を祈るのであった。自分との恋を全うするために皇太子の地位さえも犠牲にし、罪人の汚名をきせられて送られる夫、情深く懐かしい夫をこのまま一人遠い伊余の湯へやらなければならないのか。そう考えるだけで軽大郎女の胸は張り裂けそうになる。私は一人じっとこの苦しさと淋しさに耐えていることはできない。たとえ行く手にどんな運命（さだめ）が待っているとしても、恋しいあの人を追って行くほかに私の生きる道はない。

君が行き　日（け）長くなりぬ　山たづの　迎へを往かむ　待ちには待たじ（万葉集、巻二―九〇）

（あなたのご旅行は日数が長くなりました。迎えに参りましょう。こうしてじっと待ってはいられません）

この軽大郎女の歌は、磐姫皇后の歌と似通ってはいるが、それよりもっと激しい恋の情熱を感じさせる。待ってなどいられない、という切羽詰った歌い振りに、日蔭に咲いた恋の儚なさと、生木を裂かれるように夫を連れ去られた女心の切なさの結晶が、切々とした悲美の調べを伝えてくる。

軽大郎女は人目をさけて、愛する夫の後を追うのである。その白いたおやかな足は道の辺の草に絡まれ、浜辺の貝殻に傷つき、丈なす黒髪は浜風に吹き乱されたことであろう。けれど胸に燃え続ける一条の愛の焔に支えられて、ひたむきに夫を追う彼女には、遠く長い道のりも、ためらいのたねとはならなかったに違いない。

軽大郎女は、とうとう軽皇子に追い縋った。夢に現に、案じ恋し慕い続けた懐かしい夫の厚い胸の中に抱かれて、ほころびそめた花びらの麗しさは、一段と輝かしい光彩を放ったであろう。だが、それは瞬時の悦びに過ぎなかった。ここまで来てしまったからには、二人の行く手に待つのは永遠の憩いの国への旅立ちでしかなかった。現し世において果たし得ない苛酷な憩いへの旅立ちではあっても、二人にとっては無上の幸いへの門出であったかもしれない。

短かった恋を思い、それだけに激しかった愛の日々を思い、いとしい妻のいないこの世に、どうして生きていられようと、囁くように歌う夫の声を聞く軽大郎女には、もう何も思い残すことはなかった。兄と妹は、しっかりと相抱きながら、遠く都を離れた伊余の湯のほとりで果てたのである。

同じ父を持ち母を持つ兄と妹が恋愛し、睦び合うことは、今日の常識では考えられないが、妻問婚であった古代では、そして天皇家という最上の貴族では、たとえ同じ母から生まれた兄弟姉妹であっても、それぞれ異なった家において養育され、相当長じるまで血族としての感情が湧かなかったのではなかろうか。それだけに、一度び引き合った血の結び付きは、他人の場合とは異なった激しさがあったのかもしれない。兄妹愛というプラトニックなものだけでは解決できない、異常なまでのお互いへの執着のために、救いようのない深みへと落ち込んでいったのであろう軽皇子と軽大郎女に、悲しい人間の煩悩を思わないではいられない。愛情とは所詮、心だけでは解決されない深い悲しさを、その美しさの裏に秘めている。

この地上では許されない愛に生きた、兄と妹の余りにもいたましい古代の悲美寂滅のロマンに、胸の琴線がかすかに疼き続ける。

皇極天皇（斉明天皇）

㈠

女性が天皇の位に即くときは、中継ぎとしての匂いが濃く、舒明天皇の崩御後、その皇后であった宝皇后が即位した場合も、なんらかの意味で中継ぎ天皇としての運命が思われる。しかし、宝皇后は、その中継ぎ天皇の地位に、べんべんと安んじることなく、自ら国運を切り開き、皇位の安泰をはかって、才女としての本領を遺憾なく発揮した偉大な女人であり、荒れ狂う怒濤のような時代をみごとに乗り切った運命の女帝でもあった。もちろん、その後楯として、皇太子中大兄皇子や、それを補佐する大海人皇子、中臣鎌足などの大きな助力があったからこそ、あれだけの多難な時代を打開することができたのであるが、一人の女人として激動の時代に天皇の地位と責任を全うすることは、並大抵ではなかったろうと想像される。

万葉集には、崗本天皇の御製一首並びに短歌として、次の歌がのせられている。

神代より　生れ継ぎ来れば　人多に　国には満ちて　あぢ群の　去来は行けど　わが恋ふる
君にしあらねば　昼は　日の暮るるまで　夜は　夜の明くる極み　思ひつつ　眠も寝がてにと
明しつらくも　長きこの夜を（万葉集、巻四―四八五）

（神代から、つぎつぎと生まれてきたので、国には多くの人びとがいて、あじ鴨の群のように行き来していますけれど、私が恋い慕うあなたはその中においでになりませんから、昼は日が暮れてしまうまで、夜はすっかり明るくなるまで、あなたのことばかりお偲びして、少しも眠られずに、この長い夜を明かしてしまったのですよ）

反歌

山の端に　あぢ群騒き　行くなれど　われはさぶしゑ　君にしあらねば（同、巻四―四八六）

（山の端を、あじ鴨の群が鳴き交しつつ飛んで行く声が聞こえますが、私は淋しいのですよ。それはあなたのお声ではないのですから）

淡海路の　鳥籠の山なる　不知哉川　日のころごろは　恋ひつつもあらむ（同、巻四―四八七）

（近江路にある鳥籠の山（正法寺山）の不知哉川（大堀川）といいますが、この頃は私のことを恋しく思っていてくださるでしょうか。知らないと言われるのではありませんか）

この一連の歌は、舒明天皇の歌とも皇極天皇の歌とも考えられるらしいが、私にはどうしても女人の歌と思われてならない。おかくれになった舒明天皇を偲ばれての挽歌であろう。激しい情熱を内に秘めて、しみじみとした夫婦愛を詠みこまれた慕情の歌である。反歌二首目は、或いは生きておられる君への相聞の歌と考えられないこともないが、やはり遠い黄泉の国の夫君へ語りかけられる妻の追慕の歌であろう。あの世へいらっしゃっても私のことを思っていてくださいますか。思っていてほしい。住む世界は違っても、二人はいつも一緒なのです。そんな切ない女心の響きが、そくそくと伝わってくる。

舒明天皇と結ばれた宝皇女は、舒明二年（六三〇）に皇后となられ、中大兄皇子、間人皇女、大海人皇子をもうけられた。舒明十三年（六四一）十月、舒明天皇が御齢四十九歳で、崩御されると、その後を継いで即位され皇極天皇となられた。ここに波乱多い女帝の運命の幕は切って落とされたのである。

大臣として絶対の権力をふるう蘇我蝦夷、その蝦夷よりもなお権力をもって政治をほしいままにする、その子入鹿。蘇我氏専横の皇極時代は、女帝や中大兄皇子、大海人皇子たちをはじめとする皇族にとって、また皇族側に心寄せる中臣鎌足らの忠臣にとって、まさに隠忍の時代であった。

だが皇極天皇は、ただ単に蝦夷や入鹿の権力だけに押される弱々しい女人ではなかったようである。

皇極天皇には先の歌でみられるような、優しく慎み深い女性としての一面と、シャーマン的な超人間的な他の一面とが共存していたらしく、南淵の河上における雨乞いの祈りに、その一面が垣間見られる。朝日新聞に連載された松本清張氏作『火の回路』では、皇極天皇は、神道でも仏教でも道教でもない異宗教の、ひょっとすると、ゾロアスター教（古代ペルシャの宗教）の信者ではなかろうかと仮想されているが、それはともかくとして、神の心に通じる、神と往来することのできる特殊な霊能を持っておられたのかもしれない。

　そしてまた女帝は大事業家でもあったようである。百済大寺の造営は先帝の御遺志を継がれた愛の発露であり、板蓋宮（いたぶきのみや）建設は遷都の必要性に迫られてのことであった。しかし、後年、重祚されて斉明天皇となられてからは、後岡本宮造営の他に、田身嶺（たむのみね）（多武峯）の両槻宮（ふたつきのみや）や吉野宮の造営、香具山の西から石上山（いそのかみのやま）への渠（みぞ）の掘穿など、女の身としてはよくよく規模の壮大な男勝りのお方であったと思われる。時の人はこの渠を「狂心（たぶれこころ）の渠（みぞ）」と謗ったというが、それだけの大事業に挑む度胸の持ち主であったからこそ、立派に二度の帝位を守り抜かれたのではないだろうか。

　葛城の高宮における八佾（やつら）の舞や、今来（いまき）での双墓（ならびのはか）造営など、蘇我氏の増長はますますつのっていった。この非道に耐えられながら、女帝は皇極二年（六四三）九月に、滑谷岡（なめはさまのおか）に葬りまつった舒明天皇の御遺骸を押坂陵に改葬された。亡き夫君の御遺言によって、その御霊を若き日の思い出の地にお移しして、お慰めしたいと考えられたのである。その後、日を経ずして枕辺を離れずに看病された母君吉備嶋皇祖母命（きびのしまのすめみおやのみこと）がおかくれになった。先には御夫君を、今また母君を失われた皇極女帝のお嘆きは如何ばかりであったろう。心の支えを次々と無くされて、気丈な女帝もさぞや寂寥の淵に沈まれたことであろう。その女帝の目に映る世相は苛酷極まりないものであった。同じ年の十一月、ついに入鹿は斑鳩の宮に山背大兄王を攻めるという暴虐非道を敢行した。次いで三年十一月には甘橿岡に蘇我父子の住居を建て、常に護衛の兵をもって守らせ、住居を宮門と呼び、子供を王子と呼ぶ臣下にあるまじき専横を極めていた。

この間にあって、表面は蘇我氏に頭を押えられ、傀儡とさえみえる皇極女帝や中大兄皇子、大海人皇子、中臣鎌足などの心ある人たちの間では、ひそかに蘇我氏打倒の動きがきざしていた。そして、ついに運命の日は訪れたのである。皇極四年（六四五）六月十二日、三韓の調を奉る日、大化クーデターは敢行された。

蘇我入鹿は大極殿の広庭に屍をさらし、翌日、蝦夷は自らその命を断った。ここにさしもの暴虐非道の蘇我氏は滅び、天皇親政の光華は輝きそめたのである。このすばらしい大改新が、優しく、そして大らかな神の心を心とした皇極女帝の御代に遂行されたことに、ひとしおの感慨が感じられる。板蓋宮の大極殿におられた女帝は、この光景を目前にして驚駭されたと書紀は報じるが、私は、女帝はすべてを察知し、すべてを黙認されていたのであろうと思う。

宮廷の広庭にしとど降る六月の豪雨に流されるように、多難な四年間の隠忍の日々もここに洗い清められて、天皇親政の政治へと大化の改新は華やかに花開いてゆく。だが女帝は政治の座から鮮やかに身を引かれ、弟軽皇子（孝徳天皇）に日嗣を譲られたのである。

皇祖母尊となられた皇極女帝には、久方振りに安らかな明け暮れが甦った。狂おしいまでに波乱多かった過ぎし四年の歳月の思い出が、安穏の日々の合間に懐しく去来していったことであろう。舒明帝の霊前にひざまずきながら、あぢ群の歌を、またひそかに口ずさまれたかもしれない。しかし、運命は、時代の波は、この女人を、またもや荒れ狂う嵐の中に連れ去ろうとするのであった。

(二)

皇祖母尊(すめみおやのみこと)として安らかに余生を送っておられた宝皇女(皇極先帝)には、孝徳天皇の崩御後、再び帝位に即く運命が巡ってきた。

斉明元年(六五五)一月、重祚して斉明天皇となられ、九年間の平穏な生活もここに終止符を打ち、女帝にはまたもや多事多難の日常がくりひろげられる。中大兄皇子は相変らず皇太子として政治の中心的人物であったが、斉明女帝の肩にのしかかる責務は、一国の帝王としての重大さをもっていた。

歴史的な改新の舞台となった、思い出多い飛鳥板蓋宮において即位された女帝は、斉明二年に後飛鳥岡本宮(のちのあすかおかもとのみや)に遷られた。

女帝はもう六十二歳であった。退位されていたときに生まれた皇孫の建王(たけるのみこ)は、五歳の可愛いいたずら盛りであった。建王は、中大兄皇子と、蘇我倉山田石川麻呂の娘の遠智娘(おちのいらつめ)との間に生まれた王子で、素直で優しい性(さが)をもつその幼児は、斉明女帝にとっては目の中に入れても痛くない血を分けた孫である。しかし、建王は生まれながらにもの言わぬ薄幸の王子であった。それがなおのこと祖母としての女帝の心を、悲しいまでの愛情と憐憫に誘い寄せたのかもしれない。激しい政治の場の明け暮れに、女帝の心慰められるのは、いたいけな王子と共にあるときだけではなかったろうか。けれど、王子は、まるで騒然とした現し世を見限るかのように、斉明四年（六五八）五月に、八歳の幼い命を閉じてしまった。斉明女帝の嘆きは側で見る目にも哀れを催すほどに深かった。今城(いまき)の谷に殯(もがり)して、「自分が死んだ後は、必ず建王を自分と一緒に葬るように」とまで言われ、追慕の歌を作り、ときどき口ずさんでは、亡き王子を偲んで悲しみに涙された。

今城なる　小丘(をむれ)が上に　雲だにも　著(しる)くし立たば　何か歎かむ（書紀）

（今城の丘の上に、せめて建王のかたみとして、雲だけでもはっきり立つならば、どうして悲しむことがあるだろうか）

飛鳥川　漲(みなぎら)ひつつ　行く水の　間も無くも　思ほゆるかも（同）

（飛鳥川を水しぶきを上げて流れて行く水の絶えることがないように、建王のことばかりが思い出されてくるなあ）

同じ年の十月に紀の湯へご静養に行かれたときにも、建王のことを思われて、

山越えて　海渡るとも　おもしろき　今城の中は　忘らゆましじ（同）

（山を越え海を渡って楽しい旅をしても、建王のいる今城のことは忘れられないだろう）

水門の　潮のくだり　海くだり　後も暗に　置きてか行かむ（書紀）

（水門の潮の激流を下り、海上を紀州へ向って行くけれど、建王の思い出を暗く淋しい気持で、後へ残していくのであろうか）

と、悲愁の涙にくれて歌われ、秦大蔵造万里に「この歌を伝えて、世の人々に忘れさせないように」と言われた。薄幸の王子に寄せられた崇高なまでの慈愛が感じられると共に、女帝の深い寂寥も思われる。

このご静養中、女帝がひそかに慈しまれた、孝徳天皇の遺子有間皇子の謀叛があった。皇子は捕えられて紀の湯に送られた。

朝霧に　濡れにし衣　干さずして　独りか君が　山道越ゆらむ（万葉集、巻九—一六六六）

（朝霧で濡れた衣を乾かしもしないで、ただ一人、あなたは山道をたどっているのであろうか）

これは、女帝が皇子を遙かに思われた心のあらわれなのであろうか。その皇子も同年十一月十日、藤白坂で、

磐代の　浜松が枝を　引き結び　真幸くあらば　また還り見む（同、巻二—一四一）

家にあれば　笥に盛る飯を　草枕　旅にしあれば　椎の葉に盛る（同、巻二—一四二）

の絶唱を残して、哀れ紀伊路に僅か十九歳の若き命を断たれていった。

そして時は情容赦もなく過ぎ、百済救援、新羅・唐との戦いへ急転してゆくのである。

斉明六年（六六〇）十月、百済の忠臣、鬼室福信は、わが国に百済救援を請願してきた。朝廷においても再三審議の結果、その要請を入れ、舒明三年（六三一）に人質として日本に来ていた、百済王子豊璋をかえして百済王とし、長い朝貢国の百済を援助すべく、半島出兵に踏み切ることとなった。

もちろん半島出兵の急先鋒は皇太子中大兄皇子ではあったが、一国の天皇としての重責の座にある斉明女帝は、百済救援の詔勅を下し、自ら救援軍の総帥として、斉明六年十二月二十四日、雄躍その途につかれたのである。その日、難波宮に行幸された天皇は、翌、斉明七年（六六一）一月六日、海路遙かに筑紫（九州）めざして船出された。

遠征の船団の中には、皇太子中大兄皇子をはじめ、大海人皇子、各皇族、その妃、廷臣たちが居並んでいる。途中、伊予の熟田津（にきたつ）へ立ち寄られたが、ここで詠まれた額田女王の有名な、

熟田津に　船乗りせむと　月待てば　潮（しほ）もかなひぬ　今は漕ぎ出でな（万葉集、巻一―八）

（熟田津で乗船して出帆しようと月を待っていると、大潮もちょうどよい具合になってきた。さあ今こそ漕ぎ出そう）

の歌は、或いは斉明女帝の歌ではないかともいわれている。千軍を鼓舞するこの歌は、気魄に満ちた雄大な歌であり、斉明女帝の心を心として、大らかに歌い上げられたものであろう。

だが、この長い戦いへの船路に、年老いた女帝はどんな感懐を胸に秘めておられたのかと想像すると、私は、一人の女人としての帝の上に涙を注がないではいられない気持がする。おそらく、

生きて再び帰ることも叶うまい飛鳥岡本宮に、亡き夫君、舒明天皇の押坂の陵の前に、片時も忘れられない建王の墓前に、万斛（ばんこく）の思いをこめて別離の涙を流されたのではなかったろうか。ここまで駆り出されなければならなかった女帝の運めに、政治の非情さと、一国を背負う帝王の責務の重大さが、ひしひしと感じられる。

五月九日、朝倉橘広庭宮（あさくらのたちばなのひろにわのみや）（現在の福岡県）に天皇は入られた。この皇居を造るとき、朝倉社の神木を伐り払ったので、神の怒りにふれて殿（おおとの）は毀れ、多くの人が死に、鬼火が現われたという。その災いは女帝にも及び、七月二十四日に斉明女帝は六十八歳を一期として、朝倉宮に多難な生涯を閉じられた。天皇の喪の夕、朝倉山に鬼が出て大笠をきて喪の儀を望み見たと伝えられる。これもシャーマン的性格をもたれた女帝の最後のエピソードかもしれないが、六十八歳の老女帝にとって、戦いへの船旅は相当厳しかったのではあるまいか。厳寒の水上の不便なご日常と、国運を賭しての半島遠征へのご心痛に、過労が重なって女帝はお命を縮められたのではないだろうか。

皇太子（中大兄皇子）は亡き天皇を偲んで、ご遺骸を抱いての帰路の船中で、母を慕う歌を作っているが、どうしてそれほどまでに大切な老いた母君を、飛鳥の都へ残してはおけなかったのであろうか。女帝自らが戦陣の総帥としての遠征を望まれたかもしれないし、それだけ日本の国運を賭けた大きな戦いへの決意とも受け取れるが、老母を前に押し出して、蔭の実権をふるった中大兄皇子の冷徹さを思わないではいられない。しかし、とにかくも、白村江（はくすきのえ）の大敗北につづく日本軍の敗退、百済の滅亡、半島の放棄を見ないで斉明女帝が世を去られたことは、まだしも幸いであったかもしれない。これ以上、敗戦の責任をまで女帝にかむせるのは、あまりにも苛酷なことと思われる。

斉明女帝の御霊は、天智六年（六六七）二月、高市郡高取町車木にある越智崗上陵へ、その皇女の間人皇后と共に合葬された。あれほど慈しまれた建王の墓はどこにあるのだろう。現在では、吉野郡大淀町今木の法具良塚（ほぐらのつか）がそれとされているらしいが、斉明女帝の歌にある今城は曽我川上流一帯の古名で、高取町もその中に入るそうである。

斉明天皇越智崗上陵

あるいは、女帝は生前のお言葉の通り、可愛い孫の建王を抱いて静かに眠っておられるのかもしれない。数奇極まりない斉明女帝のご生涯を考えるにつけても、せめて、そうであってほしいと思われてならない。

間人皇后

間人皇女（はしひとのひめみこ）は、舒明天皇と宝皇后の間の、ただ一人の皇女として誕生された。兄は中大兄皇子、弟は大海人皇子である。

間人皇女についての書紀の記事はあまりにも少なく、少女時代を想像するなにものもない。しかし、蘇我氏の横暴に耐えながらも、その専横を懸命に押えて、天皇親政の世を築こうと努力された父舒明帝や、夫の遺志を守って隠忍の末に蘇我氏を倒された母皇極帝、兄中大兄皇子などのもとに成長した間人皇女は、才色兼備で男まさりの女性ではなかったろうかと思われる。

母の皇極天皇が弟の軽皇子に譲位され、軽皇子が孝徳天皇として帝位に即くと、大化元年（六四五）七月二日、間人皇女はその皇后となった。多分、十七、八歳の娘ざかりであったろう。夫の孝徳天皇は、そのころすでに五十歳になっておられた。

天皇、宇智の野に遊猟（みかり）したまふ時、中皇命（なかつすめらみこと）の間人連老（はしひとのむらじおゆ）をして献（たてまつ）らしめたまふ歌

やすみしし　わご大君の　朝には　とり撫でたまひ　夕には　い倚り立たしし　御執らしの
梓の弓の　金弭の　音すなり　朝猟に　今立たすらし　暮猟に　今立たすらし　御執らしの
梓の弓の　金弭の　音すなり（万葉集、巻一―三）

（わが大君が、朝には手に取って撫で、夕には側に立って、いつも愛用なさっている梓弓の金弭の音がしている。朝猟に今お出かけになるらしい。今こそ暮猟にお出かけになるらしい。ご愛用の梓弓の金弭の音がしている）

反歌

たまきはる　宇智の大野に　馬並めて　朝踏ますらむ　その草深野（同、巻一―四）

（宇智の広野に馬を並べて、今ごろは朝猟をしていらっしゃるだろう。ああ、その草深き野よ）

の歌が、万葉集にのせられている。朝猟に出かけられた夫君をしのんで、間人皇后が詠まれた歌を、間人連老を使いとして、天皇のもとへ届けさせられたものであろう。これは孝徳朝もまだ初期の、お二人が琴瑟相和しておられたころの作ではなかろうかと、私は想像する。この歌を読んで浮かんでくる間人皇后の人間像は、たおやかな女性というより、知性の勝れた、勝気なひとという感が深い。どちらかといえば、ご気性の優しい孝徳帝に比して、間人皇后は積極的な女人だったのではないかと思われる。

非凡な皇太子、中大兄皇子が、ことごとに天皇をさしおいて政治的手腕をふるうようになった孝徳朝の後期になると、それまでもあまり親密ではなかった天皇と皇太子の関係はますます疎遠になり、白雉四年（六五三）になると、それは頂点に達した。即ち、この年に皇太子中大兄皇子は、難波の都を再び大和に遷そうとして天皇に奏上したが許されず、勅許を得ないまま、皇太子は、皇極上皇、間人皇后、大海人皇子などを引き連れて、飛鳥河辺行宮（あすかのかわらのかりみや）に遷ってしまわれたのである。天皇はそれを大変に憤られて、

鉗着（かなきつ）け　吾（あ）が飼ふ駒（こま）は　引出（ひきで）せず　吾が飼ふ駒を　人見つらむか（書紀）

（逃げないように首に木をはめて私が飼っている駒、厩（うまや）から外へ出しもせずに大切に私が飼っている駒、その駒を他人が見てしまったのだろうか）

という歌を間人皇后に送られた。

中大兄皇子と共に大和へ遷られた間人皇后を想われ、他人、即ち中大兄皇子は私の大切な妻を見てしまったのだろうか、二人は相愛の仲になってしまったのだろうか、と嘆じられるこの歌から、中大兄皇子と間人皇后は、同じ父母をもつ兄妹でありながら、愛情を通じあい、それ故に間人皇后存命中、皇太子は帝位につかなかったともいわれている。

それを事実と仮定すれば、その原因はどこにあるのであろう。孝徳天皇の年齢からみて、当然それまでに何人かの妃があったと思われるのに、即位間もなく間人皇女を皇后に立てたのには、何らかの政治的意味があったのではないだろうか。二人の間に御子の無かったことも併せ考えると、二人の愛は最初から作られたもので、自然の発露ではなかったのであろう。それに加えて、

ただ優しいだけの消極的な天皇の性格が、間人皇后にはもの足らなかったのではあるまいか。そのもの足らなさが、時代を推進していく実力者であり、幼い日から強い絆で結ばれ合って生きてきた中大兄皇子の上へと傾いていったのも、一応はうなずける気持がする。

しかし、現代的感覚から、そしてまた、私の希望的観測からいえば「見つらむか」は、心の領域だけにとどめてほしい気持がしきりとする。夫を棄てて、母や兄弟と共に大和へ去ること自体が、すでに現在で言う造反ではあっても、せめて孝徳帝在世の間だけは、この若駒は他の飼主にたてがみを撫でられてはならない。けれど、孝徳帝の歌を読み、翌年十月、天皇が病気になられたことを思うと、或いは一部の学者の説のように、兄妹の愛は単に心のみにとどまらなかったのかもしれないとも思われる。

一人、難波宮に残され、愛する皇后に見放され、皇族や廷臣にも見放された孝徳帝の無念と寂寥は思ってもあまりある。私は、つくづく女とは悲しいものだと思う。そこまで行きつかねば止まない女の心が、美しいけれどやはり悲しい。いかに知性の勝れた間人皇后も、愛の前には、人間の本性の前には、もろくもくずおれる女人であったことが、やはり悲しい。皇太子や皇極上皇、大海人皇子、廷臣たちと、難波宮の天皇を見舞った間人皇后は、どんな複雑な心持であったろうか。曽ては愛し肌を許した夫、それを現在愛を捧げる皇太子と共に見舞うのである。おそらく、悔悟と公けにできない今の愛情の責苦との、あざなう縄に胸をしめつけられて、苦しさだけが皇后を支配したのではなかろうか。それをまた病床に迎える孝徳帝の心も、微妙な懐かしさと憎しみの交錯の中に揺れ動いたことであろう。天皇は、苦悩も病も癒えることなく、同月十日に崩御された。

ついで世は斉明朝となる。

万葉集の、中皇命（なかつすめらみこと）、紀の湯に往（いでま）しし時の御歌は、おそらく斉明天皇や中大兄皇子と行を共にされたときの作ではあるまいか。

君が代も　わが代も知るや　磐代（いはしろ）の　岡の草根を　いざ結びてな（万葉集、巻一―一〇）

（あなたの寿命も、私の寿命も知っている、磐代の岡にしっかり根を張っている草を結んで、二人の幸福を祈りましょう）

わが背子は　仮廬（かりほ）作らす　草（かや）無くは　小松が下の　草を刈らさね（同、巻一―一一）

（私の愛するあなたが、仮の廬をお作りになる。草が足りなかったら、あの小松の下の草をお刈りなさいませ）

わが欲りし　野島は見せつ　底深き　阿胡根（あごね）の浦の　珠そ拾（ひり）はぬ（同、巻一―一二）

（私が見たいと思っていた野島を、あなたは見せてくださいました。阿胡根の浦の珠を拾わないのは残念ですけれど）

孝徳天皇の亡き今、間人皇太后が、わが背子と呼び、あなたと私の幸福のために草結びをしようと歌いかける人、それは中大兄皇子をおいては考えられない。せめて兄妹の清い愛をと願った私の心も、この歌を読むに至って動揺する。

中大兄皇子には、このころ、額田女王があるはずである。何人かの娘を代償に与えて、大海人皇子から譲り受けた額田女王があるはずである。しかし、間人皇太后は、その額田女王よりもさらに深く中大兄皇子に愛されていたのかもしれない。それが表面にあらわせない愛であればあるほど、二人の愛情は深く切なかったのかもしれない。それは間人皇太后が没する天智称制四年(六六五)二月まで続いたことと思われる。その女(ひと)が亡くなり、六年二月に、母斉明天皇と共に越智崗上陵に葬って、はじめて皇太子中大兄皇子は天皇としての位につくのである。

万葉初期の勝れた女流歌人であった間人皇后も、数奇な運めの渦に身を投じなければならなかった女人なのであろう。愛するものなしには生きられない女の宿業が、妖しく青白い焰を明滅させながら、輝き、かぎろいゆくのが目に映る。大らかな古代ではあっても、人の情の起伏になんの変るところがあるだろうか。孝徳帝、間人皇后、中大兄皇子、三人三様の心の起伏は、もはやうかがうことすらできないが、その人びとの間を行き交ったであろう陰火のような感情の葛藤を思うと、やるせない胸苦しさに捉えられる。

鏡王女

鏡王女は、第二十八代宣化天皇の子孫、威奈の鏡公の子で、額田女王の姉といわれている。また、舒明天皇の皇女か皇妹ともいわれ、鏡王女と額田女王は同一人であるともいわれて、明確には、その系譜がわからないようである。しかし、私は、鏡王女を額田女王の姉として取り扱ってみたいと思う。

はじめ天智天皇（中大兄皇子）の妃となった鏡王女は、中大兄皇子の年齢から考えて、推古朝の終わりか、舒明朝のごく初期に誕生したのではないだろうか。世は、蘇我氏専横のころから大化改新を経て天皇親政に移る、混沌とした時代であった。その改新の中心人物である中大兄皇子の妃となり、のちに、これもまた改新の中心人物である中臣鎌足の正妻となった鏡王女は、その時代としては順調な道を歩んだ女人と考えられる。しかし、一方では、やはり政治の犠牲者として、自らの生涯を自分の意志のままに送れなかった女人とも考えられる。

妹が家も　継ぎて見ましを　大和なる　大島の嶺に　家もあらましを（万葉集、巻二—九一）

（いとしいあなたの住む家を何時も見られるだろうのに。大和の大島の嶺に私の家があったならば）

と、中大兄皇子は彼女に歌いかける。それに対して鏡王女は、

秋山の　樹の下隠り　逝く水の　われこそ益さめ　御思よりは（同、巻二—九二）

（秋山の木の下隠れに流れる水のように、あらわには申しませんけれど、私の方が、ずっとあなたをお慕いしておりますのよ）

と、答えている。紅葉なす秋の山すそを流れ行く水。その流れは樹々の繁みにおおわれて、表面にそれとは見えないけれど、秋山の水は古くから多いとされている。その水量を増した秋山の水のように、彼女の想う人に寄せる慕情は深く激しい。あなたが想ってくださる何層倍も、私はあなたのことをお慕いしているのです。とは、なんと激しい女の情熱であろうか。私は以前、鏡王女を、しとやかな嫋々とした女人であろうと想像したことがあったが、今改めて、そのしとやかさの内に秘められた情熱の深さに打たれる。胸中に燃える炎のような愛の想いは、秋山を彩る紅葉よりもなお赤く、澄み切った水の流れに影を映して、あやに美しい血の色を放ちつつ、たゆたい続けているのであろうか。

このように愛を確かめ合った二人の上に、やがて冷たい隙間風がしのび寄ってくる。あんなにも激しく恋い焦がれた中大兄皇子の心は、いつしか他の女人の上へと傾いてゆくのである。その

女人こそ誰あろう、血を分けた妹、額田女王なのであった。曽ては姉の恋に仄かな嫉妬を覚えた妹の上に春光はほほえみ、姉の心の中を秋風が吹き抜けてゆく。

二人は一つ家の簾(すだれ)の内に坐して、妹は懐かしい君を、姉は遠く遙かな人となってゆく君を、互いに思い続けていた。爽やかな秋風が、さわさわと簾を動かして渡ってくる。額田女王は、

君待つと　わが恋ひをれば　わが屋戸の　すだれ動かし　秋の風吹く（万葉集、巻四―四八八）

（あなたをお待ちして恋しい思いでおりますと、私の家の簾を動かして、秋の風が吹いてきます）

と歌った。額田女王には、かすかに簾を揺る秋風の訪れさえが、懐かしい中大兄皇子の恋の便りとも思われる。その妹の匂いたつような女心の動きが、鏡王女には痛いほど感じられる。

風をだに　恋ふるは羨し(とも)　風をだに　来むとし待たば　何か嘆かむ（同、巻四―四八九）

（風をとおしてさえ、あの方を恋することができ、風の音にさえ、あの方が来られるかもしれないと待つことができたら、なにを嘆くことがあるでしょう）

秋風が簾を動かしても、もうそれを恋しい君の訪れかと思うことのできない私。いえ、私には、もう風さえも吹いてはこない。あんなに慕わしく恋しく思い合った君の心は、すでに私の上を去って、妹とはいいながら、他の女性に移ってしまった。それが妹である故に、なおのこと悲しい。鏡王女のこの歌には、再び自分の胸には返ってこないであろう皇子への慕情と、疼くような女の寂寥がかくされている。

しかし、この風に寄せた姉妹の歌には、私が想像するほどの深刻さは無いのかもしれない。私の好みではないけれど、親しい姉妹の間で交された、妹の姉に対するかすかな甘えであり、ほのかな優越感であるのかもしれない。そして、それに対する姉の軽い嫉妬、ささやかな揶揄であるのかもしれない。

鏡王女は、やがて、功臣中臣鎌足の正妻として降嫁してゆく。降嫁したのが先か、風問答が先かは判らないが、現在の感覚からいえば、やはり風の歌が先ではなかろうか。

昔は高貴な人のお手つきの女を娶ることは、大変な名誉とされていたらしい。日ごろの忠勤の褒賞として、また二人の靱帯をますます固めるための証しとして、鏡王女は、中大兄皇子から中臣鎌足にくだされたのである。それが、そのころの女人の運めであったのかもしれないが、なにかしら、愛の空しさと儚なさを垣間見せられたような思いもする。

婚姻の夜、鏡王女は鎌足に対して、

玉くしげ　覆ふを安み　開けて行かば　君が名はあれど　わが名し惜しも（万葉集、巻二―九三）

（お泊りになって夜明けにお帰りになりましたら、噂がたつでしょうから、あなたの名はとにかくも、私の名が惜しく思われます）

という歌を贈っている。鎌足は答えて、

玉くしげ　みむろの山の　さなかづら　さ寝ずはつひに　ありかつましじ（同、巻二―九四）

（あなたと共寝をしないなら、結局そのまま辛抱することはできないでしょう）

と歌うのである。

鏡王女の夫に対する軽いからかい。新夫のいとも真面目な応え。この歌のやりとりに、ゆるぎない夫婦の親愛の姿がよみとれる。中大兄皇子の心が妹の上に移り、秋風の無情を嘆いた鏡王女に、新しい愛の生活が訪れたのである。それは浮草のような愛ではなしに、大地にしっかりと根を張った、嫡室(ちゃくしつ)としての大磐石の妻の座であった。鎌足と鏡王女の生活は、激しい愛憎の明け暮れではなく、落着いた静かな愛の営みの中にくりひろげられていったことであろう。鏡王女の天成の麗質は、ためらいない日々の運行を写すように、ますます輝かしく匂いたったことと思われる。夫鎌足が病気になったおり、鏡王女は、その快復を祈って興福寺を開基した。その事実をみても、二人の結び付きの確かさが偲ばれる。

深謀遠慮、常に天智天皇(中大兄皇子)を補佐し、相携えて天皇親政の世を築いた一代の名政治家、藤原鎌足も、遂に病には勝てず、天智八年(六六九)十月十六日、五十六歳で世を去った。

鏡王女は、その後、更に十四年間の歳月を生き、天武十二年(六八三)七月五日に没している。

神名火(かむなび)の　伊波瀬(いはせ)の杜(もり)の　呼子鳥(よぶこどり)　いたくな鳴きそ　わが恋まさる(万葉集、巻八—一四一九)

(伊波瀬の森の呼子鳥よ、そんなに激しく鳴かないでおくれ。私の恋心が一層つのるから)

は、いつごろ詠まれたものであろうか。亡夫鎌足を偲んだ歌と想像できないこともない。飛鳥の都大路をそぞろ歩いていた鏡王女の足は、いつしか伊波瀬の森へと向いていた。夫が元気だったころ、一緒にさすらったことのある思い出の森。その森へ彼女は惹きつけられていった。木の間隠れに呼子鳥が高く囀っている。まるで人を呼ぶようなその鳴声。片時も忘れない亡き夫の面影が、眼間に浮かび、鏡王女の胸は夫恋しさに疼いてくる。一人になってしまった寂寥の身に、呼子鳥の声は、いっそう切なくひびいてくる。

桜井市忍坂の静寂な山ふところにある、丸いささやかな荒れたままの円墳、十数本の黒松が亭々と茂る、そのひそやかな塚が、鏡王女のとこしえに眠る押坂之墓である。自然のままに打ち棄てられ、静かにこの谷に息づく墳墓のたたずまいは、鏡王女の人柄をそのまま現わしているように思われる。静かで、優しくて、そして激しい恋の気持を――。

時おり吹く風に葉ずれする松籟の音が、円墳の前を流れる小川の囁きが、秋山の歌に和して、呼子鳥の音をさそいつつ、しめやかに奏でられてゆく。

鏡王女の墓

倭姫皇后

天智天皇の数多い妃たちの中で、その皇后になったのは倭姫王（やまとひめのおおきみ）である。倭姫王は、天智天皇の異母兄、古人大兄皇子（ふるひとのおおえのみこ）の娘である。

古人大兄皇子は舒明天皇の長子であるが、母は蘇我馬子の娘、法提郎媛（ほてのいらつめ）であった。

ついで舒明天皇には宝皇后との間に、中大兄皇子、間人皇女、大海人皇子が生まれるが、宝皇后は蘇我氏の血統ではなく、天皇自身も蘇我氏の血をひかない敏達天皇系の出であった。蘇我氏打倒を心中に念じる舒明天皇家の中にあって、古人大兄皇子の立場は微妙な違和感を孕んでいたと思われる。殊に、蘇我入鹿が、次期皇位に古人大兄皇子を推そうと画策して、斑鳩宮に山背大兄王を滅してからは、その違和感はますます高まり、中大兄皇子にとっては、明らかに皇位継承の強大な競争相手として、不気味に印象づけられたことであろう。しかし、大化クーデターによって蘇我入鹿が誅せられ、相継いで蘇我蝦夷も自らの命を断って、古人大兄皇子は大きな後楯を失った。一度は次期皇位への望みを持った古人大兄皇子は、大化クーデター後、吉野に入り、大化元年（六四五）九月、謀叛を計ったが、中大兄皇子のさしむけた軍勢に討たれたのである。

倭姫王が、いつごろ中大兄皇子の妃になったかは明らかではない。

しかし、現実は、吉野において父を討たれ、母もまた自経して果てたのである。天涯孤独になった不幸なこの女性は、憂いと翳りに満ちた日々を送ったことと思われる。

いかに叔父と姪とはいえ、中大兄皇子は倭姫王にとっては、父を殺し母を自殺に追いやった、憎みてもあまりある相手である。本来なら懐剣をもって刺し殺しても当然な男、それが彼女と褥を共にする夫なのである。悲しみに、あらがう気力も萎えた彼女には、さだめし泣き暮らしの毎日が繰り返されたことであろう。私は、そのときの倭姫王の心中を想像すると、胸のふさがれる思いがする。

けれど、女心とは、女体とは、もの悲しさの中に、なんという不可思議と神秘をひめるものなのであろうか。頑なに閉ざされた彼女の心も、日を追うに従い、弾ずる人の琴爪の動きにつれて、妖しくも美しい音色を奏でるのであった。覚めての果てに悪夢のような過去を思い起こしても、それは、いつの程か、あわあわと幻影のように、かげろい果てていったことであろう。

山間に咲く真っ白い百合の可憐な一本が、力強い手に手折られて、なおその生命の力を失わないように、彼女の心と体が、父を殺した男の腕の中に花開き、悲愁の雨に打たれながら、愛情へと昇華されていった。その皮肉な女人の運めが、夏の夜空に明滅する星屑にも似て、青白い光芒を放ちつつ、私の胸を怪しくかき乱してくる。

天智七年（六六八）正月三日、今まで皇太子として政務をとっていた中大兄皇子は、正式に天皇（天智天皇）としての位につき、同年二月二十三日、倭姫王は皇后にたてられた。他の妃たちに比して、彼女が皇族出身であるためにそうなったのではあろうが、彼女の長く苦しかった隠忍の生活も、やっとここに日の目を見た感が深い。

しかし、それから三年余りして、天智十年（六七一）九月、天皇は突然発病した。まだ四十六歳の壮年の盛りである。大化改新を断行し、新羅・唐の連合軍と戦い、近江に遷都し、直情径行に己が信念を貫き通した才気溢れる天智天皇も、病魔の前にはその力を失ってしまったのであろうか。

天の原（あま） 振り放け（さ）見れば 大君の 御寿（みいのち）は長く 天足らし（あまた）たり（万葉集、巻二―一四七）

（大空を仰ぎ見ると、天皇の御命は、永えに天空に満ち溢れている）

と、倭姫皇后は聖寿の万歳を祈るのであった。曽ては憎い敵とも思った夫。刃もて刺し殺したいとまで願った夫。けれど、その夫によって花開き、自分の優しさを愛でてやすらう人の肌辺にあって、憎しみもいつの程か愛に変わり、それは日ごとに動かし難いものへと育まれていった。二人の間に子宝の恵まれなかったことは恨みではあっても、今は皇后の位にのぼり、両手の指を屈するほどの妃たちの中で一段の光彩を放つのも、この君あってのことである。父もなく、母もなく、子供もない自分が、この世において頼れるのは、ただ一人、この大君だけである。苦しみ悩みの連続の末に、やっと心に平安を得た今になって、大君を病に失うとは、考えただけでも怖ろしい。永えに自分の側にいてほしい。天空にわが君の御命が満ち満ちているではないか。決して私の夫は倒れることはない。いや、倒れさせてはならない。倭姫皇后の悲痛な願いと祈りがこめられた切々とした歌は、女心の機微を穿っている。

しかし、その甲斐もなく、若き大友皇子の上に心を残しつつ、天皇は、その年の十二月三日に崩御する。倭姫皇后は悲しみに沈んで歌うのだった。

青旗の　木幡の上を　かよふとは　目には見れども　直に逢はぬかも（万葉集、巻二―一四八）

（天皇の御霊が、木幡のあたりを通っておられることは、私の目に、はっきりと写るけれど、現実のあの方には、もう直接お逢いすることができないのだなあ）

人はよし　思ひ止むとも　玉鬘　影に見えつつ　忘らえぬかも（同、巻二―一四九）

（他の人はたとえこの悲しみを忘れてしまっても、私にはいつも天皇の面影が見えて忘れられない）

倭姫皇后の愛する人に寄せる心眼には、木幡の青々とした木々の間に、さすらう亡き君のお姿が、はっきりと写し出されてくる。だのにその君は、捉えようとしても、捉えようとしても、もう自分の側に戻ってはくださらない。樹の間をさすらう君の御霊、それは倭姫皇后が描いた愛の幻影であったかもしれないが、彼女の心の中にいます君は、永遠に確かな自分の夫である。父の敵であった天智、それがまた懐かしくも慕わしい自分の夫である。現し世において身も心も捧げきったその人が、死して後に、いよいよ不動の愛の対象として彼女の胸に蘇ってくる。そして、長い歳月の間に、他のすべての人たちの記憶から、天皇の思い出が消え失せたとしても、私だけは永えに君の面影を胸に抱いて生きてゆく。私には君の面影を忘れようとしても忘れることはできないと、その不動の愛を自分自身の心へ、しかと言いきかせるのである。

天皇の殯宮(もがりのみや)のとき、倭姫皇后は、また涙して歌うのであった。

鯨魚(いさな)取り　淡海(あふみ)の海を　沖放(さ)けて　漕ぎ来る船　辺附(へつ)きて　漕ぎ来る船　沖つ櫂(かい)　いたくな撥(は)ねそ　辺(へ)つ櫂(かい)　いたくな撥ねそ　若草の　夫(つま)の　思ふ鳥立つ（万葉集、巻二―一五三）

（淡海の海を遥か遠くの沖から漕いでくる船よ、岸辺のあたりを漕いでくる船よ。沖の船の櫂もひどく水をはねないでおくれ、岸辺の船も櫂でひどく水をはねないでおくれ。私の夫が愛していた鳥が飛び立ってしまうから）

私の懐かしい夫が愛していた鳥、そして私も共に愛した鳥。その思い出の鳥が飛び立ってしまう。いえ、懐かしいあの人が飛び立ってしまう。だから、沖の船も、岸辺の船も、荒波をたてないでほしい。私の亡き夫に寄せる思い出を波立てないでおくれ。

その鳥は青い水面に浮く白鳥だったのだろうか。それとも、海の色に染まったような鷗の群だったのだろうか。鳥に寄せる素朴なこの歌には、きらきらしい豪華さはないけれど、孤独と、亡夫の思い出だけに生きてゆかなければならない女の、悲傷と、魂の奥からの愛の叫びが秘められている。

かそやかな夕の光に染め分けられてゆく海原。遙かに浮游する思い出の鳥。海辺に佇む倭姫皇后の目には、虹のような七色の光彩に包まれる亡き天智天皇の幻影が、淡く淡く写し出されていったのではないだろうか。

倭姫皇后は、しとやかで、優しい、静かな女人であったろうと、私は思う。女の愛と運命の悲しさを、その身一つに背負ったような倭姫皇后。華やかさもなく、激しさもなく、数多くの天智天皇をめぐる妃たちの蔭に、ひっそりと隠れたような皇后であったことだろう。けれど、夫、天智天皇を想う真情は、この四首の古風で素朴な歌の中にこめられて、永遠の美と愛の確証を示している。

権力者は華やかで、もの悲しい。その影に添う女人は、いっそう切なく、もの悲しいのではないだろうか。

天智天皇をめぐる女人たち

天智天皇には、倭姫皇后をはじめとして、遠智娘(おちのいらつめ)、姪娘(めいのいらつめ)、橘娘(たちばなのいらつめ)、常陸娘(ひたちのいらつめ)の四人の嬪(みめ)と、色夫古娘(しこぶこのいらつめ)、黒媛娘(くろひめのいらつめ)、越(こし)の道君伊羅都賣(みちのきみのいらつめ)、伊賀采女宅子娘(いがのうねめやかこのいらつめ)の四人の宮人(めしおみな)があった。その他に知られているものには、鏡王女、額田女王の姉妹がある。これだけでも、すでに十一人の女人が天智帝の身近に侍っていたことになるが、正史に名をあらわさず、天智帝の肌のぬくもりを知った女人は何人の多きにのぼるのか、ちょっと想像がつかない。現在の男性諸氏からみれば、古代の男性、特に貴族の男性の艶福は、まことに垂涎の的といえるかもしれない。

しかし、これを女性としての立場から眺めたとき、古代の女人たちの生き方は、そぞろ哀れさを誘ってくる。自分一人だけが愛の対象とされているのではない。男性の興の趣くままに、その褥に侍らなければならなかった女人群像は、悲しさを越えて凄まじいような気持をさえ覚えさせる。一人の男性の愛を惹こうとしての虚々実々の心の闘い。世子をめぐっての陰惨な母性愛の葛藤。そうしたことが、綺羅を飾った衣裳の下に、艶然とした微笑みの下に、必ずや隠されていたであろうと想像すると、古代の婚姻関係の不可解さにも増して、その時代の人たちの心の動きが、なにか不可解に思われてくる。だが、こうしたことは時代を下ってもあっただろうし、近世末まででそんな風潮は残されていたようである。現在でさえ、民間にそうした人のいるのを仄聞するが、やはり割り切れないものを感じさせる。

それはともかくとして、愛の対象である天智帝の在世中は、お互いに愛を争い、世子の出生を願って汲々とするだけで事は済むかもしれないが、頼りとする天智帝に先立たれたあと、彼女たちは、いったいどのような日を送ったのであろう。

天智帝が崩御したとき、天皇に愛された女人たちが挽歌を作って、悲しみの気持を歌い上げている。鏡王女と倭姫皇后については既に記したし、額田女王は項を改めて記すつもりなので、この三人は別として、万葉集に見出される名も知られない女人の歌について書いてみたい。それは多分、身分が低かったために、姓名さえも明らかにされなかった女人たちではあろうが、明らかに天智帝に愛され、その肌辺に近づいた女性と思われる。

天皇崩りましし時、婦人が作る歌一首

うつせみし　神に堪へねば　離り居て　朝嘆く君　放り居て　わが恋ふる君　玉ならば　手に
巻き持ちて　衣ならば　脱く時もなく　わが恋ふる　君そ昨の夜　夢に見えつる

（万葉集、巻二―一五〇）

（人間は神に近寄れないものだから、神になってしまわれた大君と離れて、朝夕に私が嘆き恋しく思うあなた、玉だったら手に巻き持ち、衣服なら脱ぎもせず、いつも身にまとっていられるでしょうに。私の恋しく思うその君は、昨夜の夢に現われてくださったのです）

また、舎人吉年という女人は、

やすみしし　わご大君の　大御船　待ちか恋ふらむ　志賀の辛崎（万葉集、巻二―一五二）

（天皇のお乗りになっている船を、志賀の辛崎は恋しくお待ちしているであろうか）

と歌っている。

どちらも天智帝の妻として、その名を残さない、かくれた女人である。今一つ、石川夫人の歌がのせられている。石川という名から、蘇我倉山田石川麻呂の娘ではないかともいわれるらしい。天智帝の嬪となった、遠智娘と姪娘は共に石川麻呂の娘であるが、遠智娘は石川麻呂自刃ののち亡くなっている。とすれば、これは姪娘であろうか。それとも他に、石川と呼ばれる身分の低い女が天智帝の側近にいたのであろうか。それは不明である。

ささ浪の　大山守は　誰がためか　山に標結ふ　君もあらなくに（同、巻二―一五四）

（ささなみの山の山守りは、誰のために標を結ぶのであろうか。その山の持主の天智帝もおいでにならないのに）

崩りして神となられた天智帝に寄せる最初の歌は、身につける玉や衣服なら肌身離さず大切にできるのにと、天皇を夢に見て、直截的に自分の恋慕の情を歌いあげている。あとの二首は、琵琶湖畔の志賀の辛崎や、御料地の、ささなみ山に寄せて、間接的に恋しさを表現している。大胆な歌に気持を托した一人の女も、ひめやかに恋心を詠んだ二人の女も、その心の中は悲愁の思いに満ちていたことであろう。彼女たちが天皇の肌近くに侍り、その愛に陶酔した夜は、数えることのできるほどに少なかったのかもしれない。それだけに、その愛情の絵図のひとこまひとこまが、鮮明に彼女たちの胸深く焼き付けられていたことであろう。

それにしても、正史に名を記された女人たちの歌が、万葉集に見出されないのは何故であろう。もともと歌が作れなかったためかもしれないし、あまりにも深い嘆きに歌を詠むことすらできなかったのかもしれない。あるいは、書き記した文字が涙ににじんで、判読さえ難しくなったのかもしれない。幽明界を隔てては、現世の愛も空しいと達観したなどとは、かりそめにも思ってみたくない。

名もない女人たちは、世子にも恵まれなかったことと思われる。ただ、自分の胸に肌に印された亡き君の思い出だけが、それから先を生きてゆく、唯一の心の拠り所となったであろう。

彼女たちは、きっと、うす紅の桜貝のように、すき透った柔肌のうら若い女人たちではなかったろうか。白砂の浜辺に荒波が寄せてきては、可憐なうす紅の桜貝も波浪のまにまに押し流されてゆく。そして、荒波にもまれ、さらわれる桜貝は海底にすすり泣く。その嘆きにも似た歌こそ、彼女たちの歌ではないだろうか。

君逝いて、幾夜、幾年、彼女たちは寂寥に身悶えて、一人の夜を、まんじりともせず泣き明かしたことであろう。そんな夜半のおぼろな夢うつつの中に、君の面影が、琵琶の湖畔が、ささなみ山の松の緑が、君ありし日の懐かしい愛の思い出と共に、彼女たちの瞼の裏に、焼き付くように甦ってきたことであろう。

有名と無名とは、古代においても、現代においても、余りにも大きな隔たりがある。人の世にひそと生きて、無名のままに一生を終わってゆく人たちの中にこそ、真実の光の隠されていることが多い。その光は知られないが故に尊く、知られないが故に真であるともいえる。

この名を秘めた三人の女人の歌も、そうした意味で、真の尊さをもち、永えに愛の美しさを訴えつづけるであろう。

額田女王

㈠

万葉集に長歌三首と短歌九首を残す額田女王は、万葉集中屈指の女流歌人である。かの詩藻豊かな斉明女帝によって、万葉にとって母なる大地の如き大きな役割を果たされた。その女帝のもとに仕えた額田女王は、豊潤な大地の上に絢爛と輝く第一期万葉時代を出現させた代表的な女人であり、彼女こそ万葉の母神としての栄光を担う閨秀歌人であろうと思われる。

しかし、正史では、日本書紀の天武天皇二年の条に「天皇、初め鏡王(かがみのおほきみ)の女(むすめ)額田姫王(ぬかたのおほきみ)を娶(め)して、十市皇女(とをちのひめみこ)を生(な)しませり」と記されるだけで、彼女の出生の時期や場所、没年さえも明確には判っていない。ただ、娘の十市皇女の年齢から逆算して、舒明天皇の初期、即ち、六三〇年〜六三一年ごろに生まれたと考えるのが妥当ではなかろうかと思われるだけである。出生の場所についても、近江国（滋賀県）野洲郡の鏡山付近とも、奈良県磯城郡田原本町の鏡作神社の付近ともいわれ、育った所は大和郡山市額田部あたりではないかといわれている。また、出身は、第二十八代宣化天皇の子孫、威奈の鏡公の娘とも、豪族額田氏の娘ともいわれ、鏡王女がその姉であるともいわれるが、いずれにしてもすべては模糊とした謎に包まれている。

謎の幼き日を謎の地で送った額田女王は、少女期を過ぎるころ宮廷に出仕し、皇極女帝の側近に仕えることになったのであろう。彼女の天成の麗質と才華は、やがて若き貴公子大海人皇子の心を捉えることになり、二人の間に十市皇女をもうける熱愛の日々が訪れる。しかし、その婉麗（えんれい）な姿態と迸る才と豊かな情操は、大海人皇子の兄、中大兄皇子の心をも深く捉えてしまった。彼女が子まで生（な）した大海人皇子のもとを去り、中大兄皇子の後宮に入ったのは何時ごろのことであろうか。これもまた謎に包まれてはいるが、斉明朝の中期から後期にかけてのころと考えられるのが普通である。斉明二、三年ごろ、中大兄皇子は、娘の大田皇女、鸕野（うの）皇女を相継いで大海人皇子に嫁がせている。或いは、そのころかもしれないし、斉明四年（六五八）の天皇の紀の湯の行幸のころかもしれない。また、有名な中大兄皇子の三山の歌、

香具山は　畝火（うねび）雄（を）々（を）しと　耳梨と　相（あひ）あらそひき　神代より　斯（か）くにあるらし　古昔（いにしへ）も　然（しか）に
あれこそ　うつせみも　嬬（つま）を　あらそふらしき（万葉集、巻一―一三）

の作られたころかもしれない。いずれにしても斉明朝の終わりには、額田女王は中大兄皇子の寵を受ける女になっていたのである。

二人の俊才皇子の愛に浴した額田女王には、世にも稀な女性としての魅力があったのであろう。けれど、総てを捧げ、皇女までもうけた夫のもとを去らなければならなかった彼女の心情を思うとき、古代という時代の特殊性はあったにしても、女として母としての悲哀に慟哭したであろう女人の運めの悲しさに胸はつまる。必ずやこの背後には、中大兄皇子の強力な意志と政治の力が働いていたことであろう。

一部の学者の間では、額田女王は、神に仕える神聖な巫女、すなわち〝御言もち〟として天皇の側近に侍り、彼女の歌も多くは天皇の代弁として詠まれたといわれている。神と結ばれた神聖な女性であるから、現身は誰と結婚しようと、その本質においては変りはなく、それ故にこそ、あのように自由に生きられたと説かれるのである。

しかし、私は、額田女王を、そうした特別な女性と考えたくはない。天皇の側近に仕える高級女官として、詩藻豊かな閨秀宮廷歌人として生きた一代の麗人額田女王を、赤い血潮の通った一人の女人として捉えてみたい。そう考えるとき、去り難い夫のもとを涙ながらに去る女心の悲しさが、そくそくと胸に伝わってくる。力によって、国政の円満統治の為という美名のもとに奪い去られた女。額田女王もまた、古代という不可解な時代の運めの波にもまれながら、精一杯に生きた、か弱い女人だったのではないだろうか。その類稀な美しい歌の蔭に隠された非情な時代の流れを追いながら、彼女の歌をたどってみたい。

額田女王の作として、万葉集にのせられる初めのものは次の歌である。

秋の野の　み草刈り葺き　宿れりし　宇治の京の　仮廬し思ほゆ（万葉集、巻一―七）

（秋の野の草を刈って、それで屋根を葺いて泊った、宇治の京の仮の住居が懐かしく思い出される）

万葉集の注によれば、大化四年（六四八）に、皇極太上天皇が近江国の比良宮に行幸され、斉明五年（六五九）三月三日にも、近江の平の浦に行幸されたと記されているが、その時、額田女王もつきしたがったのであろう。素直な歌の詠み方から推測して、おそらく大化四年のものと思われる。額田女王が宮廷に出仕して三、四年後、十七、八歳ぐらいの作であろうと、私は想定する。

すでにこのころ、大海人皇子は彼女に心を寄せ、額田女王もまた皇子を懐かしく想っていたのであろう。いや、すでに二人は固く結ばれていたのかもしれない。母なる皇極太上天皇の伴をする大海人皇子、それにつきしたがう額田女王。この一行の中には、中大兄皇子も、鏡王女もいたのかもしれない。混沌とした改新後の国政も漸く平安を取り戻し、母子ともどもに秋の近江路に駕を運ばれたのではなかろうか。琵琶の湖を望む比良の宮まで、大和からの行程は何日を要したのであろうか。おそらく、二、三夜の仮宿は重ねなければならなかったであろう。

その日は宇治に宿ることとなった。宇治には、菟道稚郎子（仁徳天皇の異母弟）の宮があったともいわれるが、もうすっかり荒れさびれていたであろう。秋の野に茂る萱を刈って、急ごしらえの仮の宿がしつらえられる。野面には薄が柔らかい金茶色の穂を涼風に揺り、野萩も零れるように紅の小さい花房を結んでいた。供人が仮廬の急造に立ち働く間、額田女王と大海人皇子は、深い薄の茂みを、野萩の花群の中を、寄り添い手を取り合って、そぞろ歩いていった。

青白い月の光が、宇治の野を水のように流れはじめたころ、互いに一夜の別れを惜しみながら、二人は別々の廬の床の上に、仮りの眠りを結んだのであった。想い合いつつ体を触れ合うことすら憚ったあの夜。それが、いっそう切なく、そしてまた、なにか甘い懐かしさを伴って彼女の胸には、ほのぼのと甦ってきたのではなかろうか。

この歌を読むとき、こんな光景が私には浮かんでくる。それはまだ人生の汚点に染まない、開き初めた蕾のように、繊毛に包まれた柔らかい若芽のように、前途に夢多い若き皇子と王女の、多感な青春の日の思い出のひとこまであったろう。数奇な運めが行手に待ち受けることさえ知らない若き日々は、誰にとっても甘酸っぱい懐かしさを含んでいる。その思い出も日ごとに消えて、やがて黄昏が訪れてくるとしても、黄昏の闇を知らず、人生の谷間を知らないところに、青春の尊さはあるのではないだろうか。

宇治の京の甘く懐かしい思い出は、どんな運命の綾を額田女王の前にくりひろげてゆくのであろうか。

(二)

斉明四年(六五八)、天皇の紀の湯への行幸のとき、随行した額田女王は、古来から難解とされる、

莫囂円隣之　大相七兄爪湯気　わが背子が　い立たせりけむ　厳橿が本(万葉集、巻一―九)

の歌を作っている。その少し前に詠まれたのではないかと思われる歌が、

君待つと　わが恋ひをれば　わが屋戸の　すだれ動かし　秋の風吹く(同、巻四―四八八)

(あなたをお待ちして恋しく思っていますと、私の家のすだれを動かして秋の風が吹いてきます)

である。この次にのせられる鏡王女の歌、

風をだに　恋ふるは羨し　風をだに　来むとし待たば　何か嘆かむ(同、巻四―四八九)

(風だけでも恋しく思えるのがうらやましい。風の訪れをさえ、恋しい人の訪れかと待つことができたら、なにを嘆くことがあるでしょう)

から考えて、鏡王女が中大兄皇子のもとを去り、中臣鎌足のところへ降嫁する前に、姉妹の間で交された歌問答であろうと思う。共に対象は中大兄皇子である。

鎌足と鏡王女の間に生まれた長男・定慧の生年は定かでないが、二男・不比等は斉明五年(六

五九）に生まれている。とすれば、定慧はそれより少なくとも一年前には誕生していることになるから、鏡王女は、斉明二、三年ごろには鎌足のもとに嫁いでいたであろうと、私は推測する。そうすれば、この風の歌は、斉明二、三年ごろ、額田女王の二十六歳か二十七歳の作ではなかろうか。

このころすでに額田女王は、中大兄皇子を恋しく待ちわびる女になっていたのであろう。さきに、額田女王が中大兄皇子の後宮に入ったのは、斉明中期より後期にかけてであろうと記したが、斉明前期には彼女は中大兄皇子と交渉をもったのではなかろうかと思われてならない。

秋の夜の歌が作られてから風の歌までに、凡そ十年の歳月は流れている。この間に額田女王の歌がみられないのは、どうしたわけであろう。この空白の十年間こそ、彼女の人生にとっての、大きな転換の時期ではなかったろうか。その前半は、大海人皇子との燃えるように充実した愛の生活であったろう。白雉元年（六五〇）には、二人の間に、愛の結晶として十市皇女が誕生した。愛しいわが子を手にして彼女の満ち足りた妻として母としての安らかな明け暮れは、いつまで続けられたのであろう。十年間の少なくとも後の三分の一は、額田女王にとっては愛の狭間にたゆたう、苦しい心の葛藤の日々ではなかったろうか。現在の夫、大海人皇子に尽きない愛を残しつつ、中大兄皇子の大きな権力と自信に満ちた求愛に揺れ動く女心。女とは、かりそめの契りをさえ、あだには忘れかねる悲しい性（さが）をもっている。それが、子まで生（な）した夫のもとを去り、いかに権力ずくとはいえ他の男に心を移し、その男への恋慕の歌を詠むようになるまでの、長い長い懊悩と苦悶の過程は、愛の勝利者である中大兄皇子には、とうてい理解できなかったのではあるまいか。

激しい心の動揺は、大海人皇子にも、また、当然襲ってきたことであろう。たとえ血を分けた兄とはいえ、愛しい妻を他の男性にゆずらなければならない男の心情。自分を愛し、誠を捧げてくれた女が他の男の手に、と考えるだけで、骨肉の兄弟愛をこえての深い悲愁と怨嗟(えんさ)が、心奥に兆(きざ)さなかったとは誰が言い切れるであろうか。

大陸との関係が徐々に風雲あわただしくなってゆくおりから、あるいは別れた妻への愛情は、国家の為という大義名分の蔭に、将来の天皇という栄光の座のために、葬り去られていったのかもしれない。外に勇飛する男にとっては、女人への恋慕は二の次であったかもしれないが、愛を生命とする女人にとっては、もつれた愛の確執の谷間から抜け出すのに、如何に多くの日時と精神的苦悩を要するかもしれない。額田女王もまた、こうした女人としての苦悩の日々を、送り迎えたことであったろう。そして、風の音をさえ、君(中大兄皇子)の訪れかと心待ちにする女へと変身してゆくのである。そこにまた、女の悲しさがある。

女とは一度に何人もの男性を同じように愛することのできないものである。近ごろは、多数の男性と交わりを重ね、それを可とする先進的な女性もあるらしいが、そうした人びとは、女性としての真心、それよりも人間としての良心を持ち合わせていないのではなかろうか。身を任せるためには、真底その人を愛し、何物を捨て去ってもという覚悟がなければ、赤裸々の身と心をさらすことはできない。それ故にこそ、額田女王は可愛い一人娘とも別れたのであろう。とはいえ、宮廷という枠の中に生きた彼女であるから、別れた十市皇女に、その後も会うことはあったと思われるが、現実は別れ住むことを余儀なくさせられたのである。風の歌を読むとき、この嫋々とした恋歌の裏に秘められた女心の推移のあとが、なまなまと感じとられる。

こうした心の葛藤の明け暮れの中に、額田女王の気持は、中大兄皇子の妻として、徐々に定着していったのではないだろうか。

斉明七年（六六一）一月六日、百済救援の船団は難波の港より西征の途についた。一月十四日、船団は伊予の熟田津の石湯行宮に碇泊し、今やおそしと船出の時を待っていた。そのときの額田女王の、

熟田津に　船乗りせむと　月待てば　潮もかなひぬ　今は漕ぎ出でな（万葉集、巻一―八）

（熟田津で船を出そうと月を待っていると、月も出て、潮の流れも船出に都合よくなってきた。さあ、今こそ漕ぎ出そう）

の、朗々とした力強い歌には、もう女の悲しさや悩みは微塵もみられない。この歌は、斉明女帝の御製とも、額田女王が、女帝の心を心として歌ったものともいわれている。しかし、私は、熟田津の歌に、悶々とした苦悩を越えて、自分の運命にかけた、女王の気魄を感じる。

この軍船には、六十八歳の斉明女帝をはじめ、現在の夫・中大兄皇子も、曽ての夫・大海人皇子も、その人の妻、大田皇女、鸕野皇女も、その娘、大伯皇女（大海人皇子と大田皇女の娘、斉明七

年一月八日、船内にて誕生）も同船しているのである。それは、今の常識では考えられない、なんという皮肉な集団なのであろうか。これも、一国存亡の非常事態という大義名分のもとに掩いかくされた、天皇家という大家族の中の女人の運めなのであろう。もし、私なら、その場にいることさえできない、苦悩と羞恥と嫉妬にさいなまれたことと思う。

それを、船団を鼓舞する歌を、彼女は堂々と歌い上げたのである。その気力と才は、もう娟々とした女人の域をこえて、悲壮美をさえ感じさせる。だが、一方、小さい私的愛憎を押えて、それを歌わなければならなかった、宮廷歌人としての彼女の使命を思い、涙をふるって歌の道に邁進し、中大兄皇子の愛の中に埋没しようとする、女人としてのひたむきな生き方を思うとき、彼女の運命のいたましさと共に、その雄々しさをも認めたい。

皎々と流れる月光に洗われて、船上に凛然と立つ麗しの女人。その面を打つ厳冬の潮風は痛いほど冷たかったことであろう。彼女の長い黒髪を、うなじを、両肩を流れる青白い月の光は、黒暗々の海に吸われて、伊予の海上には時ならぬ金波銀波を、遠く沖にまでも漂わせたことであろう。

船上には一代の麗人額田女王が、海上にはこの世のものとも思えぬ波のはなやぎが、奇しくも綺羅を競って、軍船の波瀾多い前途に、ひとときの安らぎを誘ったのではあるまいか。そして、匂いこぼれる彼女の紅唇からもれる朗々とした歌声が、ともすると憂慮に沈む船内の人びとに、こよなき励ましを与えたことであろう。「さあ、今こそ漕ぎ出そう」と歌う彼女の胸中を、何が去来していたのであろう。

運命の船は船出してゆく。幾重もの波瀾をのせて――その前途に待つ多事多難の国運に向かって。

㈢

熟田津を経て、斉明七年（六六一）三月二十五日、百済救援の軍船は娜大津（博多港）に達した。斉明女帝は、一時、磐瀬行宮（長津宮）に落着かれたが、五月九日には朝倉橘広庭宮に遷られた。この宮を造るのに、朝倉の社の木を伐ったが、このころ、天皇近侍の人びとのなかから病死者が多く出た。これは朝倉社の神の祟りだといわれたが、斉明帝自身も病となられ、七月二十四日、ここにおいて六十八歳の多難な生涯を閉じられた。

皇太子中大兄皇子の責務は名実共に重く、母君の崩御に涙のかわく暇もなく、長津宮に大本営を移し、称制として、半島出兵軍の指揮に寧日ない日々を迎えたのである。

日本に三十年間人質となっていた百済王子豊璋を百済に送りかえした日本軍は、百済を救うために、唐・新羅の連合軍と百済の各地で善戦した。しかし、豊璋が敵方の謀略にのり、讒言を信じて百済の忠臣鬼室福信を殺したことから、百済の運命は急角度に傾いていった。

唐・新羅の連合軍は、百済復興軍の最後の拠点疏留城奪取を目指して城を包囲し、一方では百七十艘の軍船を率いて白村江に陣列をしいた。盧原君に率いられたわが水軍が白村江に達したころは、待期万全の敵側の固い守備に阻まれ、ついに日本・百済の水軍は、唐・新羅の連合水軍の挟み撃ちに合って大敗北を喫した。時に天智称制二年（六六三）八月二十八日であった。百済王子豊璋は数人の家臣と共に高麗に逃れた。こうして、𨻶留城も敵の手中に落ち、百済の命運もついに尽きたのである。南鮮の弖礼城に敗戦の将兵を集結したわが軍は、亡命を希望する百済人を伴って、悲傷な思いのなかに本国に引き揚げた。

国を挙げて、異常な決意のもとに、幾多の軍船や武器を整え、おびただしい将兵を徴発して半島に出兵し、国力を傾けて臨んだ百済救援は、ここに痛恨の終止符が打たれ、長い歳月をかけて培われてきた半島経略に一大頓挫をきたした。

戦争は終わったものの、唐・新羅の襲来がいつ本土を目指すかもしれず、それに備えて、壱岐対馬の両島と、北九州には防塁を造り、防人が派遣され、烽が設けられ、水城が築かれて、万全の防備対策が施された。

このころから中大兄皇子の心中には、ひそかに遷都の案が練られつつあった。大陸よりの襲来に備えるには、防備不十分の狭隘な飛鳥の地より、前面に大きな湖をもち、背後に山岳をひかえた自然の防備と、東北経略に地理的に近い、近江の大津の地に都を遷すのが最良ではないかという思いであった。腹心の中臣鎌足や大海人皇子の賛同を得た中大兄皇子は、その土地を物色し、都城建設の準備をすすめさせていた。

この間にあって、中大兄皇子が愛し慈しんだ妹・間人皇女は天智称制四年（六六五）に薨じ、六年二月には、斉明女帝、間人皇女の陵を小市丘（おちのおか）（高取町車木）に定め、その前に大田皇女の墓も設けた。

近江の都の完成も間近く、亡き人びとへの手向けも滞りなく済ました中大兄皇子は、天智称制六年（六六七）三月に、都を遷すことに決した。

戦争から敗戦へ、そして混乱と混迷の戦後へと移りゆく多事多難の日々を、額田女王はどんな思いで暮らしていたのであろう——戦時態勢の厳しい筑紫の長津宮にあって、また、豪族や民衆の怨嗟と批難の渦巻く敗戦後の飛鳥の地にあって——。わが国未曽有の国難と、民衆の心の収攬に、朝廷の最高責任者として苦悶と焦燥に苛まれる中大兄皇子のもとにあり、額田女王も、また、共に国運を憂え、刃のように研ぎ澄まされた皇子の心を、優しく包んでいったことであろうと思われる。

近江遷都については反対をとなえるものが多かった。なにしろ畿外へ都が遷されるのは大和朝廷はじまって以来のことである。難波に暫く都の遷ったことはあったが、六百数十年間都の置かれた大和を去ることに、人びとが異議を称えるのも無理からぬことである。

豪族や民百姓の反対も、嫌がらせのような童謡（わざうた）の流行や放火事件も、意を決した英雄的気魄に燃える中大兄皇子の翻意を促すことはできず、三月十九日、遷都の行列は飛鳥を出た。爛漫と匂う桜花は大和路のくまぐまを彩り、淡く霞む空には、紗のような雲が西の二上山の方から三輪山

龍王山頂より三輪山を望む

に向かって浮いてきては、その上でたゆたうている。遷都の行列は住み慣れた飛鳥の都をあとに、山田道を通り、海柘榴市を過ぎ、山の辺の道を北進していった。騎馬あり、輿あり、徒あり、その行列は延々と続いた。目の前には神山三輪山が幽邃な神秘な姿を、霞たつ虚空に描き出している。

飛鳥の里から朝に夕に眺め続けた三輪山、その美しい山容は、都びとにとって懐かしく慕わしい心の拠り所であった。もうこの山を眺めることはできないのか――人びとの胸底には返らぬ昔を恋う思いが潮騒のように湧き起こってくる。

三輪山に鎮まります大神は、古来から大和朝廷の守護神であり、大和びとの心の古里でもあった。長い間、都のあった大和を去るに当たって、一行は三輪の大神の前に旅の平安と前途の無事を祈った。国遷しをして、もし三輪の大神の怒りに触れたらとの危惧も人びとの胸中には渦巻いていた。三輪の大神は慕わしく懐かしい神でもあるが、また一面恐ろしい神でもあった。長い祈願ののち、行列は山の辺の道を奈良山に向かって北進してゆく。

輿の簾を上げて振り返る額田女王の目にも、神々しく懐かしく、その山容が写し出されている。いつか、流れてくる淡い白雲は三輪山を掩い隠しそうになる。そのたびに女王は、あの雲さえ流れてこなければ、どのように三輪山をはっきりと眺められることだろうと思う。そのとき、女王の紅唇をついて、朗々とした美しい声が流れ出た。

味酒（うまさけ）　三輪の山　あをによし　奈良の山の　山の際（ま）に　い隠（かく）るまで　道の隈（くま）　い積るまでに
つばらにも　見つつ行かむを　しばしばも　見放（さ）けむ山を　情（こころ）なく　雲の　隠さふべしや
（万葉集、巻一—一七）

（三輪山が奈良山の山際に隠れてしまうまで、道の曲り角を幾重ねもするまで、何度も何度も望み見ようとする三輪山を、無情にも雲が隠してよいものだろうか）

反　歌

三輪山を　しかも隠すか　雲だにも　情あらなも　隠さふべしや（同、巻一—一八）

（懐かしい三輪山を何故そのように隠すのか、せめて雲にだけでも優しい情があってほしい。そのように繰り返し隠してよいものだろうか）

大和の国魂ともいうべき三輪山。遷都にあたり、この山の魂をしずめ、前途の平安を祈り、惜別の情を手向けるために、額田女王はこの歌を詠んだといわれる。また、この歌は、中大兄皇子の歌とも、中大兄皇子の代わりとして額田女王が詠んだものともいわれる。

そうした説が生まれるほど、この歌は尊厳さに満ちている。男性的である。

額田女王の宮廷歌人としての自信と、中大兄皇子の妻という貫禄が、この気品に溢れた力強い歌を歌わしめたのではないかと、私には思われてならない。三輪の大神の御魂をしずめ、近江朝の安泰と隆昌を祈り、旅の平安を願うことは、最高の座にある女人として、また、宮廷随一の女流歌人として、当然しなければならないことであったろう。それは、この遷都の列に連なる人びとの心を代表し、更にそれをこえて、広く朝野の人びとの心を代表したものであったろう。上は中大兄皇子から下は庶民に至るまでの心が一つに凝り固まって女王の胸に通い、この格調高い歌となって現われたのではなかろうか。その中には平穏であった飛鳥を恋う思いが、そして、哀歓こもごもの思い出が、こめられてもいたであろう。その思いもまた、この行列に連なる人すべての胸中を、或いは激しく、或いは微かによぎっていたのではなかろうか。

三輪山の歌が何処で作られたのかは、たいして大きな問題ではない。——三輪の大神の前で——山の辺の道で——奈良山の麓で——。懐かしい三輪山よ、その姿が奈良山に隠れてしまうまで何度も何度も振り返って見たいと強調し、空行く雲にさえ三輪山を隠すなと呼びかける。その歌の心に、三輪山への畏敬があり、祈願があり、憧憬があり、慕情がある。それ以上、なにを追求する必要があるだろうか。三輪の大神も、真心溢れた尽きぬ名残りと祈りに、さだめし御心を柔らげられたことであろう。

額田女王も、もう三十七歳の女盛りである。女としての充実した美が彼女を包み、こぼれるような女人の色香が身辺に満ちていたことであろう。更に、一国の支配者中大兄皇子の妻であり、並びなき宮廷歌人であるという自信が、彼女にいっそう落着いた艶麗さを添えていたのではあるまいか。

国には内憂外患が満ちていたとはいえ、この時代の額田女王は、天智帝の妻として、一番幸福な充実した日を送ったのではなかろうかと、私には思われる。

三輪山を彩る万緑が白雲から洩れる陽光に映えて、大和路に懐かしくも厳粛な姿を描き出している。朝夕眺める故郷の山ではあるけれど、この山を望み、この山に祈るとき、一三〇〇年昔、山の辺の道の一郭で、朗々と三輪山慕情の歌を朗唱したであろう額田女王の気高くも艶麗な姿が、私の脳裡には鮮やかにうつしだされてくる。

(四)

近江の大津京は、中大兄皇子の以前からの懸案と異常な決断によって造られただけあって、さすがに自然環境による要害に恵まれた都であった。

東前方には、青い湖水を満々と湛えた琵琶の湖がひろがっている。西後方には、比叡山、壺笠山、志賀峠、如意ヶ岳、長等山が北から南にのびて、天然の要害を築いている。自然の防備と、水運の便と、東北経略の要衝に恵まれた大津の都に、中大兄皇子は殊のほか満足気であった。あらゆる怨嗟や反対を押し切って、遷都を断行した甲斐はあったと思った。

現在、大津京は幻の都といわれ、それと推定されるものは、大津市錦織町御所ノ内、大津市滋賀里町蟻ノ内、宮ノ内、大津市南滋賀町南滋賀廃寺跡、大津市坂本穴太町の四ヵ所である。いずれも京阪電鉄石山坂本線沿いの町である。先日の新聞記事によると、近年の発掘調査によって、南滋賀地区では土器、穴太町では貴族のものと思われる〝すずり〟や、白鳳時代の〝さそりがわら〟などが発見された。つい最近、錦織町で二列六本の柱穴跡が発見され、宮殿跡ではないかともいわれているそうである。大津京は僅か五年余の短い都であり、最近の学説では、そう大規模なものではなかったであろうともいわれている。そうしたことは今後の発掘調査によって、明白にされるであろうが、幻の都が今ようやく曙光を帯びてきたことは悦ばしい限りである。

私は二年ほど前に南滋賀廃寺跡を訪れたことがある。そこは小さい公園という感じの場所であった。桜もすっかり散りつくした四月の末で、若葉青葉が廃寺跡を埋めていた。天智天皇は大津宮の内裏の西北山中に崇福寺を建立したといわれるが、その崇福寺跡から考えて、ここは有力な大津宮跡の推定地と聞いていたからである。柔らかい草が足にまつわるように拡がる廃寺の跡に立つと、眼下東方に琵琶湖の波頭がきらめき、比叡の峯が北西に青黒く聳えて見えた。

新天地での新しい政治の気魄に燃える天智天皇や、皇太弟大海人皇子や、功臣中臣鎌足や、額田女王をはじめとする天智帝の妃たちが、ここに曽ての日、暮らしたのかと思っても、その昔日の事どもが、なぜか私には、ぴったりと迫ってはこなかった。それは、あまりにも淋しく、ささやかな宮跡であったからだろうか。まさに、幻の奥の奥の幽かな光のように、模糊とした春の霞のように、ところどころに置かれた礎石にさえ、追慕の糸はまつわりつかないようであった。

柿本人麿も、近江の荒れたる都を過ぐる時、と題して、

……石走る　淡海の国の　楽浪の　大津の宮に　天の下　知らしめしけむ　天皇の　神の尊の
大宮は　此処と聞けども　大殿は　此処と言へども　春草の　繁く生ひたる　霞立ち　春日
の霧れる　ももしきの　大宮処　見れば悲しも（万葉集、巻一―二九）

と、歌っている。人麿が廃都の跡を通ったのは、大津京が壊滅して、そんなに歳月の経たなかったころであろうのに、すでにこのように荒れていたのであろうか。天智天皇の天を衝いた意気込みの行方の、あまりにも空しい帰結が悲しまれる。

それはとにかく、新都へ遷った翌年の天智七年（六六八）一月三日、中大兄皇子は即位して天皇となり、長い称制と皇太子時代に終止符を打った。即ち天智天皇である。

即位の賀を祝しての宴であったろうか。それとも、大津宮における初めての新春を寿ぐ宴であったろうか。おそらく後者であったろうと、私は想像する。木の香もかぐわしい内裏の大広間で、盛大な酒宴が催された。

酒宴も半ばに近付いていていた。集う群臣や女官たちの間には、新しい年への期待と、前途の政治

山の辺の道（檜原）より飛鳥・大和三山を望む

に対する不安が錯綜して、華やいだ雰囲気の中にも、微妙な翳（かげ）りが窺われる。そんな雰囲気を察知した天皇は内大臣鎌足を召して、

「宴席も酣（たけなわ）になってきたな。しかし、どうも気焔が上らぬようじゃ。わしがこの席の座興に一案を呈しよう。万花の咲き匂う春の山の艶やかさと、千葉（せんよう）の色付く秋の山の美麗さの優劣を、ここに集う者たちに歌で競わせてみるのじゃ」

と命じた。

「なかなかよい御趣向でございます。早速皆の者に御意をお伝え致します」

鎌足はそう答えると、満座の者に天皇の意を伝えた。

春山の美しさを歌うもの、秋山の彩りの良さに軍配をあげるもの。ひととき、山の美を巡って

人びとは打ち興じたが、甲論乙駁その優劣は容易に決まりそうにもない。天皇は、しとやかに控えている額田王女に、

「これではどちらに決裁をくだすこともできない。額田、このへんで、この決着をつけてみてはどうじゃ」

と言った。

天皇の御意を受けて額田女王は立ち上がった。僅かの酒杯に、女王の真珠にも紛う透きとおった頬には仄かに紅がさして、目はきらきらと黒曜石のように輝いている。すらりとした姿態に纏う裳裾がゆらめき、虹のような妖しい陰影を作っている。満座のものは、今更の如く艶麗な女王の美と気品に打たれて静まり返った。女王はゆっくりと歌いはじめた。

冬ごもり　春さり来れば　鳴かざりし　鳥も来鳴きぬ　咲かざりし　花も咲けれど　山を茂み　入りても取らず　草深み　取りても見ず　秋山の　木の葉を見ては　黄葉をば　取りてそしのふ　青きをば　置きてそ歎く　そこし恨めし　秋山われは（万葉集、巻一―一六）

（長い冬が去って春が訪れると、鳴かなかった鳥も来て鳴き、咲かなかった花も咲くが、山には木々が茂って、入って取ることもできず、草が深くて花を手折って見ることもできない。秋山の木の葉を見ると、黄葉したのを取って美しいと思う。まだ青いのはそのまま置いて歎く。そこが残念だけれど、私は秋山が良いと思う）

春を愛でる柔らかな歌い出しに、春山の美を誇ったものは、ひそかに胸を張った。けれど、そ

れはいつか草木の茂る春山への恨みに変わり、秋山の紅葉の美が詠じられている。それを聞くと、今まで打ち沈んでいた秋山に軍配をあげたものたちは、ほっと胸を撫で下した。しかし、一転して、青きをば置きてそ歎く、と秋山への恨みが歌われだしたのである。彼女はいずれをと、春山、秋山を愛でた両者が、固唾を呑んで女王を凝視する。女王の紅唇から、ゆっくりと、しかも力強く、秋山われは、と最後の結びが迸ったとき、一同は思わず破れるような拍手を送った。

春山を好む者にも、秋山を好むものにも、適当な期待と失望を与えながら、どちら側にも花を持たせて、最後に短く自分の好みを言い切った力量は、さすが額田女王ならではの手腕であった。それは同時に、この宴席の主賓である天智天皇の好みでもあったろう。天智天皇は秋山の美を歌わせたかったのではなかろうか。その意を汲んで、さりげなく歌い終わった女王の紅潮した頬と輝く瞳を、天皇は、どんなにか、いとおしく眺めたであろう。

「額田、よくぞ歌った」

天智帝は満足気に言って、自ら女王へ杯を与えたことであろう。

こうしたことがあって、同年二月二十三日、数ある妃の中から、皇后として立てられたのは、皇族出身の倭姫王であった。いかに天智帝の愛情が額田女王に対して深かったとしても、皇族に準ずる一豪族の出身にすぎない額田女王にとっては、それは望むべくもないことであった。そしてまた、彼女はそれを望みもしなかった。皇后の位がなんであろう。誠の愛さえあれば後宮の規範なんか問題ではない。私には歌がある。命をかけた歌がある。飛鳥から近江への宮廷歌人として、当代に並びなきそれへの誇りがある。たとえ、帝の蔭にあったとしても、帝の意を歌に詠ずることによって心は慰められる。とは思うものの、やはり女王も一個の女性としてそれは淋しいことでもあった。その心の底を流れる一抹の寂寥を、女王は歌によって更に忘れようとするのであった。

しかし、女心の微妙さは、そう簡単に割り切れるものではなかった。近江へ来てから、天皇の身辺は更に忙しくなっていたし、殊に、即位し、正式に皇后を立ててからは、過ぎし日のように女王ばかりを召し入れることも叶わなかった。そんな寂寥の心の透き間に、ふとよぎるのは可愛い十市皇女までなした初恋の人、皇太弟大海人皇子の面影であった。

淋しきままにやはり忘れることができないのか、その幻影のような面影に、女王は、ふっと自分が恐ろしくなることさえあった。

春は闌（た）けていった。紫草がきっと白く可憐な花を咲かせているであろう。高殿に登って遥かに望む蒲生野には、淡い夢のような霞が立って、琵琶の湖の波頭が白くきらめいていた。額田女王の心の芯に、なにか悩ましくも甘懐しいものが刺すように疼いてくるのであった。

(五)

近江路の春は闌けていった。湖岸の桜は無情の風に舞い、目も眩ゆい若葉が萌え、それもいつしか濃い青葉に移ろうとしていた。

五月五日に、御料地である蒲生野において、初夏の宴遊会ともいうべき薬狩りを行なう旨が、朝廷から発表されていた。男子は、その野に棲息する鹿や兎を追い、女子は、染料にもなる薬草の紫草を摘むのである。思うに蒲生野は、近江遷都以前から紫草に彩られ、野鹿や野兎の棲む広大な平野であったのだろう。それを、近江遷都を決意した天智天皇が御料地として指定したか、或いは、以前から朝廷の直轄下に置かれていたのであろう。

天智七年(六六八)五月五日、その日は抜けるような五月晴れであった。薫風香る広大な野面のあちこちに幔幕が張り巡らされている。天智天皇、皇太弟大海人皇子、大友皇子をはじめ、それに従う妃や女官、舎人、その他の諸王や内大臣、群臣たちの、それぞれに装いをこらした幔幕が、目も綾に初夏の陽光に輝いている。

私が蒲生野を訪れたのは、昨年の九月の末であった。額田女王と大海人皇子の歌を刻んだ巨大な万葉歌碑のたつ、低い岡のような船岡山をはさんで、東西に拡がる田の面は、すっかり黄色の穂波に掩われ、お百姓さんが余念なく働いている姿もみられた。船岡山の北西には観音寺山が扁平な山容をみせ、その前には黒ぐろと老蘇の森が望まれる。老蘇の森の東南前面には、いずれも小高い、十三仏山、内之山、太郎坊山がある。東方遙かに淡い水色に澄んだ鈴鹿山脈が横たわる。南方には近江鉄道が走り、その向うに赤土の露出した山肌がみえる。蒲生野は、近江鉄道の市之辺駅でおりると十数分の所にある。広い意味での蒲生野は、現在の八日市市に拡がる平野であろうが、曽ての日、狩猟の行なわれたのは、船岡山の周辺のあたりではなかったろうか。今でこそ田園と化してしまったが、一三〇〇年昔は、ここいら一面に白い可憐な花をつけた紫草が咲き乱れ、野鹿や野兎の棲む叢や小さい森なども点在していたのであろう。この船岡山の周辺の野に天智帝やその妃たちの幔幕が、そして、大分離れて皇太弟大海人皇子の幔幕や、内大臣鎌足の幔幕が張り巡らされていたのではないだろうか。真っ赤な曼珠沙華の咲く畦道に立って、枯草を焼く煙にむせながら、私は、そんなことを思い続けていた。

このころの額田女王は凡そ三十八歳、妖艶の女盛りであった。緋の裳裾を鮮やかに捌き、薄紫の袂をひるがえして、紫野を逍遥する彼女の姿が、緑の葉群の中に見えがくれする。女王も大勢の妃や女官たちと同様に、つき従う侍女に籠を持たせて、その白い柔らかい手に、紫草を摘み取っていた。遥かの幔幕の中から、こちらを凝視しているであろう天智帝の射るような目差しが、女王には、はっきりと感じられる。

その時、近付く蹄の音に、女王は、はっと立ち止った。凛々しく引き締った白皙の面、女王の心奥に幻影のように棲むその人、大海人皇子が身近に迫ろうとしている。しかも、皇子は、自分に対して、袖も破れよとばかりに打ち振っているではないか。――額田、大海人はここにいる。大海人はここにいる。お前はなんとも思ってはいないのか。私はこのようにお前のことを想っているのに――とでも言いたげに、その人は、なおも袖を振ってみせるのである。

額田女王は戸惑った。先刻から感じていた、夫、天智帝の視線が、いっそう自分の背に焼き付くように射られている。

あかねさす　紫野行き　標野（しめの）行き　野守（のもり）は見ずや　君が袖振る（万葉集、巻一―二〇）

（紫草の生える御料地の野を行きながら、あなたが袖をお振りになるのを、野守が見とがめはしないでしょうか）

額田女王は咄嗟に窘（たしな）めた。過ぐる日、淋しさのまま高殿に登って、ふとよぎる初恋の人の幻に、甘く懐かしい想いを誘われたけれど、現実にその人が身近に来て袖を振っている。帝に見咎められたらどうなるであろう。私のことより皇子さまの将来に傷が付く。彼女の理性は、そう囁きかける。女王は大海人皇子の素振りを否定した。――野守が見ています。帝もご覧になっています。衆人環視の中で、なんという大胆な、いけません、そんなことをなさってはいけません。今では私は帝の妻、あなたのことなど、なんとも思ってはおりません。いえ、思ってはならないのです。あなたも、もっと御自分を大切になさらなければ――女王は踵を返して行き過ぎようとした。と、大海人皇子の口をついて、

紫草（むらさき）の　にほへる妹（いも）を　憎くあらば　人妻ゆゑに　われ恋ひめやも（同、巻一―二一）

（紫草の咲き匂うように美しいあなたが憎かったならば、人妻となってしまったあなたを、どうして恋しくなど思うものですか）

と、情熱たぎる歌が迸り出た。――お前が人妻ということぐらい、誰に言われなくても私が一番よく知っている。他の誰でもない、この私が兄に差し出した女なのだから。しかし、お前は曽て

の己が妻ではないか。一日たりとも、夢寐の間にさえも忘れたことのない額田。たとえ今は兄の妻であっても、お前の面影は私に焼き付いて離れはしない。そんなに恋しいお前なればこそ、人妻と判りながら、私はこのように恋い慕っている——。額田女王の柔らかい否定に対して、これはまた、なんという強い主張であり、自己への肯定であろうか。

額田女王は暫しためらった。女としての情炎の残照は、ひしとこの人に取り縋りたい気持を誘いもするが、彼女の理性はそれを押しとどめた。いけません。早くあちらへいらっしゃい——とでもいうように、女王は侍女を促して帝のもとへ戻ろうとする。そんな女王の彫りの深い横顔を、黒髪を彩る釵子の輝きを、名残り惜しそうに一瞥した皇子は、馬に鞭をあてると彼方へと走り去った。蹄に踏みしだかれた一群の紫草が、皇子の無限な彼女への慕情を語りかけるかのように、悲しくやるせない思いを、女王の心の襞に刻みつける。

「額田、今日は大海人と何かあったのか」

その夜、珍しく女王を召した帝は、性急にそう問いかけてくるのであった。

「何事もございません。ただ偶然にお会いしただけでございます」

「親しげに話し合っていたようだが」

「別に大したことじゃございませんの。元気かねというお尋ねでございました」

「それならいいんだが……」

帝はそう言うと、狂おしいように女王を抱きしめるのであった。

やはり、何かのわだかまりが、この勝れた兄弟の心の中に鬱屈していたのであろうか。その後、高殿の大広間で酒宴が催されたおり、宴半ばの盛況の中で、大海人皇子は不意に長槍を取って、広間の敷板を刺し貫いた。天智帝は、こうした折りも折り、許し難い無礼であると怒り、皇子を捕えて、あわやその命を奪おうとしたが、鎌足の強い諫言に事無きを得た。

大海人皇子の胸中に澱(おり)のように淀む思いは何であったろうか。

――自分は皇太弟である。将来の天皇の座を約束されているかのようにはみえる。しかし、それは川面に浮かぶ泡沫(うたかた)のように儚いものではないのだろうか。百済救援に、その後の国内情勢の処理にと、兄は自分に絶対の協力を求めてきた。そして、二人の紐帯を強固にし、国家百年の大計を築くという理由で、鸕野(うの)皇女や大田皇女らを自分の妃にさしむけ、その代償として、わが最愛の人、額田女王を求めた。自分は、国家安泰のために涙をのんで額田を兄に譲り、愛しい女を犠牲にしたのであった。そうまでして兄に尽くしてきたのに、このごろ、兄の心は、その皇子である大友の上に傾いている――。

大友皇子の母は伊賀采女という低い身分ではあるが、皇子は成人するにつれて、その非凡な才能を発揮しだしてきている。大友皇子が人一倍勝れているが故に、天智帝には人の親としての惑いが生じてきた。この勝れた皇子にわが跡を譲りたいという人間的欲望は、当然すぎるほど当然ではあっても、その帝の心中を察知する大海人皇子に、兄への疑惑が生まれてくるのも、また当然のことであった。大友皇子は、体つきは人に勝れて逞しく、風采は広大で深遠、目には美しい輝きをもつ美男子である。その上、博学にして総てのことに通じ、文武の道にも秀でている。天智称制四年に来日した唐使劉徳高は、大友皇子を見て「この皇子、風骨世間の人に似ず、実に此の国の分に非ず」と、口を極めて賞讃したといわれる。その大友皇子が、この年、すでに二十一歳に達し、立派に天智帝の皇位を継げる人物として成長している。

皇位継承に関しての、天智帝の人の親としての惑いと、兄に対する大海人皇子の不信、大友皇子の妃に娘十市皇女をいれた母としての額田女王の心痛。この三者三様の複雑な心情をはらんで、近江路の夏は過ぎ、秋は去り、やがて天智八年（六六九）は訪れる。

その年の十月十六日、天智天皇と大海人皇子の中に立って、その確執をやわらげ、近江朝廷の安泰を保ってきた、一代の忠臣であり、政治家であった内大臣鎌足は逝去する。

近江の大津宮に待ちうけるものは何であろう。そして、額田女王の前途に待ちうけるものは何であろう。冬の琵琶の湖は、今日も冷たく澄んではいるが……。

㈥

大津宮大蔵（おおくら）の火災という忌わしい事件で天智八年は暮れた。翌九年（六七〇）二月には、わが国の戸籍の最初である庚午年籍が作られ、四月には、聖徳太子が心をこめられた仏教の殿堂法隆寺が焼失した。

天智十年（六七一）正月二日、大友皇子は太政大臣となり、左大臣には蘇我赤兄、右大臣には中臣金、御史大夫に蘇我果安、巨勢人、紀大人が任命された。太政大臣は、天智七年に制定された近江令によるものであり、天皇に代わって国政を統べる権限を有している。こうして近江朝の新しい体制が確立された結果、大海人皇子は、ただ皇太弟というだけで、全く政治権力の座からは浮いた存在となったのである。

大海人皇子は、近江遷都以来の天智帝の画策が判りすぎるほど判ってはいたが、それでも一縷の希望だけは失うまいとつとめてきた。しかし、今、こうはっきりと事実を示されては、心中穏やかならないものがあった。

――いわば自分は天智帝の影の存在であり、過去何年間かを譲位を餌に兄の意のままに利用されてきたに過ぎないではないか――

心に深く決するところのある大海人皇子ではあったが、ぐっと臍を固めて、この屈辱ともいうべき人事を耐えた。

一方、新政府のこうした情勢を、後宮の奥より眺める額田女王も、ひそかに胸を痛めていた。娘十市皇女の夫である大友皇子が太政大臣に任命されたことは、女王にとってうれしいことである。しかし、これは天智帝の大海人皇子に対する敢然とした挑戦であり、裏切りであるとも思われる。

――大海人皇子さまは、どんなお気持でこの苛酷な現実を受けとめておられるだろうか。隠忍自重型の皇子さまだから、まさか過激なお振舞いはなさらないであろうが――

とは思いながら、その人の無念と憤懣を想像すると、女王は一言慰めの言葉を、いや、それよりも、くれぐれも自重なさるように進言したいとまで思われてくる。だが、それの許される筈もない。

重苦しい暗雲を孕みつつも日は足早に過ぎ、その年の九月、天智帝は病に倒れた。股肱と頼み、同志と信じた藤原鎌足に逝かれた心の空白は、嫡男大友皇子を太政大臣に任命した安心感で一応は満たされた。とはいえ、大化改新以来、波瀾万丈の国家の運命を背負って激闘してきた生涯が、さしもの英雄的気魄に燃える天智帝をも、ついに疲労せしめたのであろう。

額田女王は毎日のように帝の病床を訪ねては、一日も早い回復を願うのだったが、病状は日増しに悪化の一途を辿り、十月に入ると帝の病勢はいよいよ悪くなっていった。

その日は十月十七日であった。回廊を渡ってゆく女王の前に、

「今日は、皇太弟さまとの重要なご密談がございますので、お見舞いは差し控えて頂きとうございます」

との侍臣の厳しい言葉が待ち受けていた。

――どんなお話が取り交わされているのであろうか。何事も起こらなければよいが――

女王は妙に騒ぐ胸を押えて、自分の館の一間に端坐した。

病室は異様に緊張した空気に包まれていた。大海人皇子を呼び寄せた帝は、自分の病の重くな

ったのを理由に、位を譲りたいと言ったが、大海人皇子は固辞してこれを受けず、その場で帝に願って、仏間において剃髪し、僧形に姿を変えた。これは大海人皇子が病室に入る前に、そっと蘇我安麻呂が注意した言に従ったのである。

帝近侍のものが、後でひそかにもらした言葉によって、こうした成行きを知った額田女王は、ほっと安堵の胸を撫でおろした。

――よくぞ皇子さまはご自重くださった。もし、ここで皇子さまが渡りに船と譲位を承諾なさっていたら、どんな事態が出来したかもしれない。帝のためにも、皇子さまご自身のためにも、大友皇子や十市皇女のためにも、今は皇子さまが身を退いてくださるのが一番よかった。それにしても帝は弟君に対して、なんという猜疑深く冷たい試みをされるのであろう。でも、それも大友皇子を護ろうとされる親の愛情なのであろう。こうまでなさるのは、帝ももうお長くないからなのであろうか――

女王は、あれこれと思い惑うのであった。

たとえ兄弟であっても、男同士の、そして天皇という最高の権力の座をめぐる複雑怪奇さには、嘴をさしはさむ余地は、ひとかけらさえもない。

それより二日経った十月十九日、大海人皇子は帝に願って、出家修行のため吉野に向かって出立した。付き従う近侍たちと共に、唯一人、鸕野皇女が、僧形の大海人皇子の影の形に添う如く落ちていったとのことである。宇治まで送っていった大臣たちからその話を聞いたとき、女王は、草壁皇子の父母として、大海人皇子と鸕野皇女が行を共にするのは当然と肯定しながらも、数多い妃たちの中から唯一人選ばれた才色兼備の鸕野皇女に仄かな嫉妬を感じた。

——大海人皇子さまの鸕野さまへの愛情は誰にも増して深かったのであろう。あの紫野の私に対する燃えるような情熱も、ひと時の夢でしかなかったのであろうか——

帝にすまないと思いながら、額田女王の胸は、なぜか沈んでゆくのであった。

世の人は大海人皇子の出家を「虎に翼をつけて放したようなものだ」と評しているという。或いはそうかもしれない。大海人皇子のことだから、今はひっそりと吉野に入っても、決してそのまま朽ちてはしまわれないであろう。それを喜んでよいのか、悲しんでよいのか、女王には判断さえつきかねるのである。

——ただ帝のご回復を願う以外に道はない。帝さえお健やかになってくだされば——

女王は帝の回復だけを祈りつづけた。

大友皇子を補佐して天智帝の心を守り抜くことを、蘇我赤兄、中臣金、蘇我果安、巨勢人、紀大人の五人が天皇の前に誓ったのは十一月二十九日であった。一進一退を続けていた天智帝の病状は、このころから急に悪化し、月があけて十二月三日、天智天皇は、ついに近江の大津宮に崩御した。

皇位の安泰を願って、若冠二十歳にして大化改新の偉業を敢行してより二十数年、天智帝の生涯は、怒濤のように激しい、前進また前進の連続であった。国力を総結集しての百済救援のための半島出兵、敗戦後の不穏な国内情勢の処理、国力の充実、外敵への防備、近江新都の建設と遷都、中央集権政治のための律令国家の確立、戸籍の制定等々、新たな意欲と熱意でその生涯は貫かれた。冷徹非情な一面はあったが、こうした時代を背負う帝王にとって、それは必然的に要求されたものではなかったろうか。非凡の才と、研ぎ澄まされた頭脳と、英雄的気魄と、旺盛な実行力をもつ帝であったればこそ、大和朝廷を確固不動のものに高めることができたのであろう。しかし、稀代の俊才天智天皇も、人の世の定めには抗する術もなく、四十六歳を一期として崩御したのである。周囲の反対を押しきって断行した近江遷都より、僅か四年八ヵ月であった。

十二月十一日、新宮で殯宮（もがりのみや）が営まれた。

かからむの　懐（こころ）知りせば　大御船（おほみふね）　泊（は）てし泊（とま）りに　標結（しめゆ）はましを（万葉集、巻二―一五一）

（こうなることを前から知っていたら、天皇の乗られた船の泊まった港に標を張って、船が出られないようにするのだったのに）

と、その時、額田女王は歌った。

――いろいろのことがあった。恨んだ日もあった。大海人皇子さまとのいきさつに泣いた日もあった。けれど、その君が亡くなられた今、甦るのは、やはり恋しく懐かしい帝の面影である。一日でも、ひと時でも、長くこの世にいらしてほしかった。たとえご病気でも、生きておられる間は心に張りがあった。亡き君の御霊のお乗りになった船が天へ帰ってしまわれたら、私は何に縋って生きてゆけばよいのだろう。せめて御霊の乗られた船だけでもおとどめしておきたい。しっかりと標を結んで——女王は今更のように亡き帝を懐かしむのであった。

帝の亡骸は、生前こよなく愛された山科のあたりに葬られることになった。葬儀の日、御陵(みはか)の前に集まって、目を真っ赤に泣きはらしていた人たちも、やがて一人去り、二人去り、散りぢりになってしまった。女王はいつまでも帝の陵の前に茫然と立ちつくしていた。流れくる涙を拭きもせず女王は歌った。

やすみしし　わご大君の　かしこきや　御陵(みはか)仕ふる　山科の　鏡の山に　夜はも　夜のことごと　昼はも　日のことごと　哭(ね)のみを　泣きつつ在りてや　百磯城(ももしき)の　大宮人は　去(ゆ)き別れなむ（万葉集、巻二―一五五）

（わが大君の御陵にお仕えしているような鏡の山で、日夜泣き暮らしていた大宮人たちも、今は別れ去ってしまうのだろうか）

もう帝の奥津城の前に立つ人は誰もいない。鏡の山だけが恰(あたか)も御陵を守るかのように、御陵の後にこんもりとした姿をみせている。その丸い山容を眺めていると、お元気だった帝のお供をして、この山科の地に来たことが女王には懐かしくも悲しく思い出される。

この額田女王の挽歌を最後に、天智帝への挽歌は終わる。女王は、わが悲しみを歌うと共に、大宮人たちの悲しみをも代弁して、しみじみと歌い納めたのであろう。この挽歌には、個人的情感よりも、より多く代弁としての要素が感じられる。そこに額田女王の宮廷歌人としての使命をみると共に、個人的情感のみに浸ることを許されない彼女のかくされた悲しみが感じられる。

「百磯城の大宮人は去き別れなむ」というくだりに、女王の悲哀が、そくそくと伝わってくる。昼も夜も、泣き通しに泣いていた大勢の人たちも、今は散りぢりになってしまったという現実の奥の、それが当然でありながら首肯できかねる寂寥、悲愁――そうした思いが言外に仄かにたちのぼってくる。

天智帝亡きあと、約半年の無気味な無風状態があって、世は壬申の戦いへと急角度に傾斜してゆくのである。

(七)

無念の涙を拭って大海人皇子が吉野に入ったあと、額田女王が頼りとする天智天皇は崩御し、その悲しみの涙も乾かぬうちに、世情は表面の不気味な平穏とは裏腹に、刻々と抜き差しならない泥沼の深みへと落ち込みつつあった。

天智帝の跡を継いで、大友皇子が近江朝廷の後継者となり、一応、皇位継承は滞りなく行なわれたかにみえた。しかし、辺境とはいえ吉野の里に、皇位継承の最大の競争相手であった大海人皇子が潜在している現実に、近江朝廷の中心人物である大友皇子も、側近の臣たちも、常に心中安らかではなかった。

偉大な専制君主の崩御によって醸し出された政治と心の空白は、その偉大さに匹敵するか、或いは、それ以上の力量をもつ君主の登場によらなければ、容易に埋めることはできない。如何に英才とはいえ、まだ年若い大友皇子に、その空白を埋めるのは至難の業であり、しかも、皇子への譲位は、鎬（しのぎ）を削るような息詰まる劇的な推移を辿っての譲位であった。この従来の慣習を破った父子相続の皇位継承は、単に大海人皇子の敵愾心を煽ったばかりでなく、多くの皇族層の反感をも買った。加えて、大化改新後の中央集権政治の場から見棄てられて、それまでの地方の首長としての特権を剥奪され、私有の土地や人民を失った地方豪族の間には、近江朝廷に対する根強い不満が鬱積し、機会あれば反発しようとする兆しがかくされていた。また、大和を恋い飛鳥古京を懐かしむ一部の大豪族や渡来人の間には、最初から近江朝廷の成立を快く思わないものもあった。こうした人びとは、過去のあらゆる点において天智帝に協力したにもかかわらず、皇位継承に破れて、敗残の身を吉野の奥深く潜めた大海人皇子の、卓越した人柄と力量に期待し、その決起をまつところが大きかったのであろう。こうして、大友皇子の近江朝廷を支える大豪族と、大海人皇子に心を寄せる人びととの間に、やがて大いなる亀裂が生じてくるのである。

近江方では吉野の大海人皇子を警戒して、近江京から飛鳥古京への道の要所々々には監視のものを置き、吉野へ送られる食糧を遮断し、先帝の山陵を造ると称して美濃や尾張の人夫を徴発しては彼らに武器を与えた。こうした不穏なニュースが吉野の大海人皇子のもとに届いたのは、壬申の年（六七二）の五月であった。

ここにおいて大海人皇子は、坐して禍いを受け、黙して死を待つよりは、立って戦うことを決意したのである。さりながら、近江には、娘十市皇女が大友皇子の妃としてあり、忘れ得ぬ初恋の女額田女王や、孫の葛野王もとどまっている。その他、数多い妃や皇子、皇女たちが近江宮には残っている。近江を襲撃するに際して、これらの人びとを如何にして救出し、如何にして戦闘準備をすすめ、どのように戦うかについて、大海人皇子は定めし胸を痛めたことであろう。近江側の情報を得てから大海人皇子が立つまでの一ヵ月間は、こうしたことへの準備期間であったと思われる。

時はよし、六月二十二日、決意を固めた大海人皇子は、村国男依、和珥部君手、身毛君広ら三人の美濃出身の舎人を選び、美濃国へ挙兵を促し、近江と美濃の国境にある不破道を塞ぐことを命じた。中一日おいて六月二十四日、大海人皇子は、妃鸕野皇女、草壁皇子、忍壁皇子、朴井雄君はじめ二十余人の舎人、十余人の女官たちをひき連れて吉野を出発した。

いかに勝算を胸に秘めているとはいえ、女、子供を混じえたこの僅かの人数で壮途につく大海人皇子の、悲壮の決意と心中は推測するにあまりある。山路の嶮しさと迫りくる夜の闇に行き悩む一行は、民家の垣根を壊して松明とし、かろうじて宇陀を越え、名張を過ぎ、夜半の道を伊賀の中山まで進んだ。その途中、徒で吉野を出発した主従に、輿をすすめ、馬を供じ、食を奉った人たちの赤心は、悲愴の思いを抱く皇子や従者たちに、大きな勇気と光明を与えたことであろう。伊賀の郡司が数百人の民衆を率いて大海人皇子に帰順し、やっと愁眉を開いた人びとは、二十五日のしらじらと明ける暁の光の中で僅かの食物に飢えをいやし、積殖の山口に到着した。ここで、父の内命を受け、近江より甲賀の山を越え、手兵を率いて駈けつけた高市皇子に出会った。高市皇子は大海人皇子の長子であり、十九歳の逞しい若者である。その時の大海人皇子の喜びは如何ばかりであったろうか。高市皇子の軍を加えて更に進み、鈴鹿山脈を越えて伊勢に達すると、伊勢の国司三宅石床(みやけのいわとこ)や、湯沐令田中足麻呂(ゆのうながしたなかのたりまろ)らに行き会った。二十六日には大津皇子が近江より馳せ参じ、先に派遣した村国男依が不破道を塞ぐことに成功した旨の朗報をもって帰った。大海人皇子は、高市皇子を不破に派遣して前線の指揮を命じ、一方、東海、東山の挙兵を促す使いを送り、自らは伊勢の桑名にとどまって全軍の指揮にあたった。

足弱を混じえた僅か三十数人で吉野を出発したときの、あの悲壮さと祈るような気持を思い浮かべると、皇子に心寄せる人たちが諸国に決起してきたことに、大海人皇子も、鸕野皇女も、皇子に命を預け、皇子に賭けた人たちも、さだめし深い感懐にとらえられ、必勝の決意を更に燃えたたせたことであろう。

近江朝廷側では、こうした大海人勢の動静を聞いて少なからず動揺した。大友皇子が招集した群臣会議の席上で、早速騎兵で大海人皇子のあとを追うよう進言したものもあったが採用されず、大友皇子は、東国、大和、筑紫、吉備などに使いを派遣して挙兵を促した。だが、徴兵に応じるものはなく、病と称して大和に帰っていた大伴馬来田(おおとものまぐた)、吹負(ふけい)の兄弟も、馬来田は逸早く大海人皇子に従い、吹負も近江軍が飛鳥に入るや、一族及び大和漢氏(やまとのあや)と呼応して、飛鳥古京の近江軍守備隊を追い、近江軍の挙兵督促の使者穂積百足(ほづみのももたり)は、飛鳥寺の槻の木の下に殺された。

七月二日、大海人方は、紀阿閉麻呂、多品治らの率いる大軍が伊勢の大山を越えて大和に向かい、片や、村国男依らを将とする大軍は、不破道より近江に入った。この時、近江軍との識別のため衣の上に赤い布をつけ旗にも赤色を用いた。これは、旗幟に赤色を用い赤帝の子であると自負して楚の項羽と戦い、ついに天下を平定した漢の高祖に、大海人皇子が自らを擬したためであろうともいわれる。

近江方も、山部王、蘇我果安、巨勢比等らが大軍を率い不破を襲撃しようと押し寄せ、犬上川のほとりで大海人勢と戦ったが、近江方に利あらず、内紛をおこして山部王は殺され、蘇我果安は責めを負って自殺した。

大和では、七月三日の乃楽山の戦いに大海人勢の大伴吹負の軍が惨敗したが、その報に接した東道将軍紀阿閉麻呂らは千余騎を率いて大和に急行した。この間、高市社の事代主神、身狭社の生霊神、村屋神、伊勢大神などの加護も加え、勢いを盛り返した大海人勢は、軍を上、中、下の道の三隊に分け、吹負の軍は中津道の村屋（磯城郡田原本）、三輪君高市麻呂、置始菟の軍は上津道の箸墓付近に善戦して近江軍を破った。

近江軍は、七月七日の息長の横河（滋賀県鮫ヶ井）、七月九日の鳥籠山、十三日の安河（野州川）の辺の戦いにも大敗北を喫し、いよいよ大詰めの七月二十二日、瀬田の戦いをむかえるのである。

この時の模様を書紀は、

「……旗幟野を蔽し、埃塵天に連なる。鉦鼓の声、数十里に聞ゆ。列弩乱れ発ちて、矢の下ること雨の如し……」

と、記している。この瀬田の戦いにも近江軍は大敗北を喫し、大友皇子は、蘇我赤兄、中臣金らの左右大臣と共に山前（やまさき）に逃れたが、敗残の身に今は詮方もなく自ら首をくくって果てた。天智帝の跡を継いで僅か七ヵ月、二十五歳の花の命であった。左右大臣はじめ群臣たちは、この悲運の皇子を見棄てて逃げ失せ、物部麻呂ほか一、二名の舎人だけが皇子に従った。

七月二十三日、大津京は灰燼に帰し、天智帝の雄大な計画のもとに建設された近江の都も、五年四ヵ月の短い命を閉じた。

八月二十五日、近江朝群臣の処分が発表され、九月八日、車駕は伊勢、鈴鹿、名張を経て十二日に飛鳥嶋宮にかえり、十五日に岡本宮へ、更にその冬、岡本宮の南に新しく造営された飛鳥浄御原宮に遷った。翌六七三年二月二十七日、大海人皇子は即位して天武天皇となり、鸕野皇女は皇后となった。

近江京総攻撃の前に、額田女王や十市皇女、葛野王、数多い大海人皇子の妃や子女たちは、大海人勢によって救出されたのではあろうが、それまでは多分、近江京の一隅に心細く身を寄せ合って戦火の行方を案じていたのではないだろうか。

肉身と肉身の血で血を洗う戦闘の状況は、額田女王のもとにも刻々と報告されていたことと思われる。一方は娘の夫、一方は娘の父、そして曽ては己が夫。この骨肉相食む争奪の悲しい成り行きを、女王はどんな思いで眺めていたのであろうか。ある時は自らの悲しい運めと諦めもし、またある時は、無間地獄のような世相を呪いもしたことであろう。彼女とても人の子、ましてや女の身、この運命を達観し肯定することは、到底でき得なかったことであろう。身も世もあらぬ悶えも嘆きも、あらがいも、所詮はか弱い女の身の、もってゆき場のない悲傷ではなかったろうか。

大海人皇子の即位を境として、宮廷歌人としての額田女王の地位は、新しく台頭してくる若い舎人、姉本人麿の上へと移り、女王の胸中には言いしれぬ悲愁の思いが、ふとよぎることもあったことであろう。けれど、女王が、悩みのまま、悶えのまま余生を送ったと私は思いたくない。彼女の天稟(てんぴん)の高貴さと、薫り高さと、豊かな情感は、女王をして終生、卓越した女流歌人としての誇りを失わせなかったであろう。その麗姿と共に……。

曽ての夫は天皇の座に坐り、その側には鸕野皇后が厳然として控えている。天武天皇は女王にとって、もう手の届かない存在となってしまった。けれど、女王の胸中深く棲むその人は、いつまでも情熱たぎる若々しい貴公子ではなかったろうか。

飛鳥浄御原の小さい館の中で、額田女王はどんな晩年を迎えようとするのであろう。

(八)

壬申の戦いに大勝利をおさめ、飛鳥浄御原宮に君臨した天武天皇の時代は、天智朝にもまして、天皇中心政治と皇族中心政治が確立された。太政大臣や左右大臣も任命されず、天皇自らが政治を推進し、その背後にあって大きな政治的役割を担当したのが、鸕野皇后である。

天皇は、天武十二年（六八三）正月二日の詔勅のなかで「明神御大八洲倭根子天皇」と自らを神と称し、万葉集にも「大君は神にし坐せば」とたたえた歌がのせられている。偉大な不世出の専制君主であった天智帝に代わって、この国を掌握し、輝かしい栄光に満ちる天武帝は、現人神として他も許し、自らもそれを認める絶大な権力者であった。

天武帝は十三年（六八四）四月の詔勅で「凡そ政 要は軍 事なり」と述べているように、壬申の戦いで軍備の必要性を悟った事実を生かして、軍事組織の整備や、軍事教練の充実に力を注いだ。また、伊勢神宮を敬い、大官大寺や薬師寺を建立して仏教興隆に貢献した。その他、日本書紀の源流ともなる帝紀及び上古の諸事の記定、八色の姓の制定、官制の充実、飛鳥浄御原令の制定など、国内政治体制の確立に精力を傾けた。

しかし、古代の天皇の常として、天武帝にも、鸕野皇后のほかに多くの妃があり、それらの妃との間にもうけられた皇子や皇女もまた多かった。こうした場合、当然おこってくるのは皇位継承の問題である。

天武八年（六七九）五月、天皇は、皇后や、草壁、大津、高市、河嶋、忍壁、芝基の六皇子と、思い出多い吉野に行幸し、「吾が十余人の異腹の皇子たちが、相たすけて、互いに背くことのないように」との誓いをたてたのであった。それが天皇崩御後、一ヵ月を経ずして崩されることを、この時、この場に集まった人びとは予測し得たであろうか。

それはともかくとして、その前年の天武七年（六七八）、額田女王にとって忘れることのできない悲しい事件がおこった。その年の正月、天神地祇を祭るために、倉梯の河上に斎宮がたてられた。四月七日午前四時、斎宮へ行幸する天皇の輿が、まさに動き出そうとする直前、十市皇女が宮中において急逝したのである。享年二十九歳。この突然の出来事で行幸は沙汰止みとなった。

壬申の乱に、夫大友皇子を失った十市皇女は、夫の敵でもある父大海人皇子に惜しくない命を助けられ、宮廷の一隅に寂寥の日々を送っていた。この失意の皇女を陰に陽に慰め励ましてくれるのは、異母弟高市皇子であった。幼い日からその人へ抱いていた仄かな慕情が、寂寥の明け暮れのなかに再び甦って、二人は姉弟以上のこまやかな愛情を抱き合うようになっていった。しかし、ひるがえって現実のわが境涯を思うとき、十市皇女は、亡夫への愛と、現身の皇子への愛と、父への憎しみの三つ巴の苦悩に、張り裂けるような胸をしずめることができなかったであろう。この日の急逝が、自ら招いたものか、それとも病気故か、明確には判らないが、壬申の乱と、それのもたらした心の痛手が若き皇女を蝕み続けて、こうした結果を招いたものと思われる。赤穂（広陵町）に葬られたわが娘の奥津城（おくつき）の前で、額田女王は、無念と悲痛の涙を流し続けたことであろう。

天武十年（六八一）二月二十五日、草壁皇子が皇太子となった。人間としての器量に勝れ、文武の道に秀でた大津皇子と、病弱で気の優しい草壁皇子のいずれを選ぶかで、天武帝は苦悩したが、わが子を愛する皇后の意志が大きな影響を与えたのである。

天武十二年七月五日には、額田女王の姉、藤原鎌足の未亡人である鏡王女が病死する。更に三年を経て、朱鳥元年（六八六）九月九日には、かねて病床にあった天武天皇が崩御する。

時に額田女王は五十六歳、初老の坂にさしかかっていた。先には娘と姉を、今は初恋の人を失った額田女王は、いかに現世の定めとはいいながら、人生の哀愁と寂寥を身に染みて感じるのであった。

天智帝崩御に当たっては、民の心を心とし、宮廷人を代弁して挽歌を奉った額田女王に、今は挽歌を依頼するものもなかった。女王の去ったあとの宮廷では、柿本人麿が荘重な宮廷歌を詠じ、宮廷歌人として華々しく活躍しているのである。誰に顧みられずとも、額田女王は唯一人、初恋の人のために、そっと悲しみの歌を作ったことであろう。その歌は誰にも見せられず、女王の胸中深くしまいこまれた。曽ての日のように女王はその歌を朗々と詠ずることもなかった。ただ、わが心に、わが追憶の糸に、語りかけ、絡みつかせて、一人寝の夜半の褥の上で、涙を流しながら、ひそやかに口ずさむのであった。女王の現身が地上から消えたとき、その歌も共にかき消えていったのではなかろうか。その挽歌は、どんな悲しみに満ち、どんな思い出に満ち、どんな情感に満ちていたのであろう。女王の寂寥が、女王の魂が、女王の慟哭が、女王の慕情が、そのまま凝結した、肺腑をつく薫り高さを秘めた歌ではなかったろうか。もし仮りに、それがこの世に残されていたら、女王のどの歌よりも、一段と優れたものになったことであろう。

天武帝の崩御後、体の弱い草壁皇太子に代わって、鸕野皇后が持統称制となって政務をみ、天武帝に愛された大津皇子は謀叛の疑いで捕えられ、朱鳥元年（六八六）十月三日、訳語田の舎で二十四歳の若き命を散らした。持統称制の頼みとする草壁皇太子もまた、持統称制三年（六八九）四月十三日、病のために二十八歳を一期として薨去した。

こうして世は完全に持統天皇の時代へと移り、額田女王は殆んど忘れ去られたような侘しい日々を、僅かの侍女にかしずかれながら、小さい館の中で送り迎えていた。けれど唯一人、いつも変わらぬ慰めをもって女王を訪れてくれる心優しい皇子があった。天武帝と大江皇女の間に生まれた弓削皇子である。皇子が持統天皇の行幸に従って吉野へ行ったとき、吉野の宮から一首の歌を女王に贈った。それは何年ごろか不明であるが、多分、持統朝の前半、額田女王が六十歳か六十一歳の初夏の頃と思われる。

古に　恋ふる鳥かも　弓絃葉の　御井の上より　鳴き渡り行く（万葉集、巻二―一一一）

（昔を恋い慕う鳥なのでしょうか。弓絃葉の側の泉の上を鳴きながら飛んでゆくのは）

それに対して、額田女王は大和の都から返歌を送った。

古に　恋ふらむ鳥は　霍公鳥　けだしや鳴きし　わが念へる如（同、巻二―一一二）

（深ぶかと弓絃葉の繁る清い泉の上を渡ってゆく鳥。いにしえを恋うというその鳥は霍公鳥なのですね。その鳥は、多分、私が過ぎし日を懐かしむように、血を吐く思いで鳴いているのではないでしょうか）

龍王山より大和三山を望む

天智帝も天武帝も、この世からかき消えてしまわれた今、あの過ぎし日の、中大兄、大海人二皇子の確執も、それに伴って起こったさまざまの怨嗟も、すべてが懐かしい思い出の糸につながってゆく。けれど、やはり女王の心に残るのは、初恋の人、大海人皇子の面影である。天皇となられてからは相会うこともなかったが、十市皇女の死の床にかけつけたとき、その君の深い悲しみの目差しの奥に、昔に変わらぬ自分への愛が、ひそかに隠されていたことを、額田女王は誰にも語ってはいなかった。自分にだけわかる優しい目の色であった。それをしかと受けとめたとき、戦火がまさに至らんとする近江の都から救出されたことを肯う心が女王には起こっていた。天皇の座にあるときは、影の形に添うような鸕野皇后の心を慮って、女としての嫉妬の火群(ほむら)

に胸の疼くこともあったが、現身の神去りました今、女王が胸中深く懐かしい君を想い続けても、誰にもそれをとどめる術はない。女王の胸に棲む君は、今も、あかねさす紫野を逍遥した皇子であり、宇治の仮廬にそっと手を握り合った若い貴公子である。燃えるような抱擁にすべてを忘れた宮廷での夜。十市皇女の誕生を喜び合った過ぎし日。その思い出は、時として、血を吐くように鳴く霍公鳥の鋭い一声よりも、なお鋭く、やるせなく、限りない懐かしさをもって女王の胸を突き刺してくる。赤い血潮の逆流するように騒ぐ夜もある。そしてまた、静かな諦観と尽きぬ慕情のなかに、ひっそりと身を沈める昼もある。

み吉野の　玉松が枝は　愛しきかも　君が御言を　持ちて通はく（万葉集、巻二―一一三）

（吉野の玉松の枝はいとしいこと。あなたのお言葉を持って通ってくるのですもの）

この歌は、弓削皇子が吉野から苔むした松の枝に文をつけて、額田女王に贈ったときの返歌である。これを読んでいると、たぎるような熱い過去への思い出を胸に秘めながら、静かな安らぎの中に身を置いたであろう女王の晩年が浮かんでくる。この歌を最後として、額田女王は万葉集から姿を消している。

果たして、女王はいかなる晩年を送ったのであろうか。女王が一生といってもよいくらい憚った一代の女丈夫鸕野皇后――持統女帝も、遂に大宝二年（七〇二）十二月に、この世を去っていった。世は、その孫の文武天皇の代となっていた。文武三年（六九九）七月には、女王を最もかばい慰めてくれた弓削皇子も、すでに短い命を終わっていた。

全く天涯孤独といってもよいくらいの境遇となった女王は、それから更に如何なる晩年を送ったのであろう。弓削皇子の亡くなった頃、女王は六十九歳ぐらいになっていた。

一説では、額田女王は、亡き草壁皇太子の菩提を弔うために粟原寺を建立し、薬師三尊を念持仏として、そこに行ないすましたともいわれる。しかし、これはどこまでも一部の人の想像にしかすぎない。私は以前、尼僧に姿を変えた女王は想像したくないと思った。けれど今では、女王が尼僧に姿をかえて、粟原寺でみ仏の光に包まれて余生を送ったとしても、飛鳥の都の一隅で、ひっそりと侍女を相手に余生を送ったとしても、それはそれとしてよいと思うようになった。女王の本質にはいずれにしても違いは生じない。ただ私の念願としては、大海人皇子との思い出につながる飛鳥の里で静かな余生を送り、安らかに土に返ったと想像したい。

いずれにしても額田女王の最晩年は、杳(よう)として、その消息は分らない。

万葉集中随一の閨秀歌人であり、一代の麗人でもあった額田女王が、数奇極まりない生涯を送って、その最期の消息が分らないところに、私はいよいよ心惹かれるのである。

十市皇女

(一)

「お美しいお姫さまでございますこと」

ぬくぬくと白羽二重の産着にくるまれて、乳母の手の中に眠るわが子を、大海人皇子と額田女王は、溶けるような笑顔で眺め合うのだった。二人の愛の結晶、その姫は十市皇女と名付けられた。

白皙の凛々しい貴公子大海人皇子を父とし、当代随一と謳われる麗人額田女王を母として誕生した十市皇女は、父母の血をそのまま受け継いだ麗しい姫として、何一つの苦労も知らず、すくすくと成長していった。

十市皇女が十歳を過ぎたころ、母の額田女王は、父の兄、皇女には伯父にあたる中大兄皇子のもとに嫁していった。母がどんな理由で相思相愛の父と別れたのか、皇女にははっきりと理解はできなかったが、侍女たちのもらす言葉のはしばしから、少女心にも男女の綾なす微妙な哀歓のさまが、仄かに領けるような気もするのであった。

「十市、母は事情があって父上とお別れしますけれど、どこにあっても、そなたや父上のことは決して忘れはしません。淋しいだろうが、新しく父上のもとにおこしになった大田さまや鸕野(うの)さまのお言葉をよく聞いて、可愛がって頂くのですよ」

長い睫を真珠のような涙で濡らし、自分に頬をすり寄せながらそう言った母の、深い悲しみを胸に秘めた蒼白の顔を、十市皇女は忘れることができなかった。

百済救援のため半島に出兵していた日本軍が大敗北を喫し、九州朝倉宮の大本営もひきはらわれて、大海人皇子や中大兄皇子たちも飛鳥の都にかえり、やっと世の中もしずまりかけた天智称制三年、十市皇女が十五歳のときであった。皇女は、父の大海人皇子から、大友皇子との婚約が整った旨を告げられた。

大友皇子は、母額田女王が再嫁していった中大兄皇子の長子で、皇女より二歳年長である。大友皇子の堂々とした体軀や整った顔だち、美しく輝く張りのある目などの、衆にぬきんでた風貌の見事さは、時たま宮廷で顔を合わせたことのある十市皇女もよく承知していた。それに、皇子は稀にみる英才で、文武の道に秀でていることも聞き及んでいた。

家長の命は絶対的であり、すでに婚約が整ったと父より告げられた上は、それに従わなければならないことも、皇女には解りすぎるほど解っていた。

血筋といい、容貌といい、才能といい、どこから押しても一点の非の打ちどころのない大友皇子と、これもまた限りない美貌と、豊かな母の詩藻を受ける十市皇女の縁組は、願ってもない好一対の良縁であることは、衆目の一致するところであった。けれど、十市皇女は、この縁談にはなぜか心が弾まなかった。

十市皇女には、高市皇子という四歳年下の弟があった。高市皇子の母は胸形氏の出である尼子娘である。どうしたわけかこの二人は小さいときから妙に気が合った。皇女は、大海人皇子の長男として生まれながら、母親の身分が低い故に、とかくうとまれがちな高市皇子を可愛がり、皇子もまた、実母と縁の薄い姉の身の上に同情して、弟以上の細かい心遣いをみせるのである。このとき高市皇子はまだ十一歳であったが、年齢より四、五歳は上にみえるほどの立派な体格をもち、幼少の頃から文武の道に優れ、将来の大器を予測させる少年であった。

「高市さま、やっぱり十市は大友皇子さまのもとへ参らなければなりませんのね」

飛鳥から皇女の幼い日育てられた十市の里をたずね、百済野の辺りまで二人は歩いてきた。百済野には黄色い野生の山吹が咲き乱れていた。鶯の囀る音が木の間をわたり、西方には麗らかな蒼空のもとに、馬見の丘（豆山）が連なっている。

「もう戻りましょう。こんなに遠くまで侍女の目を盗んで出かけてきて、きっと館では大騒ぎしていますよ」

ちかちかと燃える陽炎が、皇女には佗しい人の世の定めを象徴する儚い命の残光のようにさえ思われる。できることなら、このまま高市皇子と手を握り合って、あの新緑の丘を越え、地の果てまでも駈け通してゆきたい衝動に捉えられる。でも、年上の自分として、また、輿入れの日を間近に控えた女として、それの許されないことを、十市皇女の理性は彼女に囁くのである。

「馬見の丘がきれいですね。私は、お姉さまとあの丘に登って、新緑の色に染まってしまいたかったのだけれど……」

高市皇子には、姉の年長者としての理性に澄んだ言葉が恨めしかった。大友皇子のもとへ嫁ぐことになったと姉から告げられたとき、皇子はなんと返答してよいのか判らなかった。〝姉を誰のところへもやりたくない〟という思いだけが、少年の彼の心を大きく占領していった。それは恋といえるほど確かな感覚と形をとって皇子を捉えたものではなかったが、ただ無性に姉と別れたくないという気持が、彼の胸をうずめてゆく。

〝懐かしい姉を、慕わしい姉を、自分から奪ってゆこうとする大友皇子が憎らしい〟

だが、その心を彼は姉にどう話してよいのか判らなかった。適当な言葉もみつけられぬまま、姉の手を力一杯握りしめて、飛鳥から遮二無二歩き通してきた。敏捷な少年の自分とは違い、たおやかな女人である姉の足では、半分駈け続けたような道程が、どんなに辛いであろうかということにさえ思い及ばないほど、高市皇子は憑かれたように姉を引っぱってきたのだった。

十市皇女には、その弟の強引ともみえる今日の行動が、涙の出るほど嬉しかった。年上の皇女には皇子への仄かな恋が芽生えていた。それを彼もまた知ってくれているのだと思うと、厳しい行程も、足の痛みも苦にはならなかった。しかし、所詮その恋は果たすことのできない儚い恋であることも、皇女には解っていた。

〝いとしい弟、抱き寄せて頰ずりしてやりたいほどに愛しい弟。大友皇子さまの話がなく、天が私たちに今二、三年の時を貸してくれるなら、私たちは結び合うこともできたであろうのに……〟

皇女は、しみじみとそう思いつつ、少年らしい精悍な皇子の顔を見つめていた。

自分をじっと凝視している姉の、大きい黒目がちの目や、透きとおるように白い顔や、ほんのりと匂う香料の香に、皇子はむせるような眩しさを味わっていた。

「お姉さま、今日の日を忘れないでください。私も、きっと覚えています」

高市皇子は精一杯の思いをこめてそう言うと、無器用に皇女の華奢な手を握りしめた。皇子の浅黒くひきしまった頰を大粒の涙が滴々と伝い、皇女の匂うような頰に白玉の涙がほろほろと零れた。

それから程なく十市皇女は大友皇子のもとに嫁していった。

婚礼の日の見紛うばかりに美しく装った姉の姿を、宴席の下座から眺めている高市皇子には、姉が別人になったように感じられた。姉弟として睦び交し、他のどの弟妹よりも、自分を頼りとし、自分を愛してくれた姉。仄かな憧れを抱きつづけた姉。その懐かしい姉は、どこへいってしまったのであろう。

大人の世界の複雑なからくりは、少年の皇子に十分理解できる筈はなかったが、それでも、政治の犠牲として姉が気に染まぬ結婚を強いられたことは、朧ろげながら頷けるのであった。そんな姉が哀れであり、姉への慕情は、いつまでも高市皇子の胸を去らなかった。姉の育った十市の里を訪れてみても、乳母や侍臣たちだけの主なき館は、ただ無性に姉恋しさを誘うばかりであった。

天智称制四年（六六五）大友皇子と十市皇女の間には葛野王（かどののおおきみ）が誕生し、天智称制六年（六六七）三月には、都が飛鳥より近江に遷された。心に染まぬ結婚ではあったが、義父天智天皇が崩御するまでの数年間は、十市皇女にとっては平穏で幸福な歳月であった。

仄かに思い合った高市皇子も逞しい青年に成長し、異母妹の但馬皇女（父は大海人皇子、母は鎌足の娘・氷上娘）と結ばれた。

果たせぬ恋の思いを乗せた迷い小舟は、奇しき運めの波のまにまに、千尋の海を、どう乗り切ってゆこうとするのであろうか。

（二）

あの呪わしい壬申の戦いで近江の都は焦土と化し、その年（六七二）の七月二十三日に、十市皇女は夫の大友皇子を失った。十市皇女や葛野王、額田女王たちは、大海人勢によって、からくも救出されたが、飛鳥の古京に帰ってからの十市皇女は、生ける屍のように寡黙な女となっていった。

夜の闇のなかに坐す皇女の瞼の裏には、赤く翻っていた父の軍勢の旗の色と、炎々と焼け爛れていった皇居を掩う火の色が、妖しく交錯しては映しだされてくるのであった。皇居が焼け落ちるころ、すでに彼女は近江の宮にはいなかったけれど、それがはっきりと十市皇女には見えるのである。そして、その火に追われ、矢に追われて、父天智帝の跡を継いだばかりのわが夫が、山前に淋しく自決し、二十五歳の短い生涯を閉じていったことを思うと、一人寝の暗黒の寂寥が皇女を押し潰しそうであった。必ずしも彼女が大友皇子にとって良い妻ではなかったことも、また皇女の心を責め苛む形なき笞とはなった。

〝現実に自分は夫に背いたわけではない。常に夫の貞淑な妻として朝夕傅いていたけれど、心奥には高市皇子さまの幻を抱きつづけて過した何年間かであった――〟

現身と心の離反する女人の身の、救いようのない定めへの嘆きを嘆くとき、父のもとを去らなければならなかった母額田女王の、女人としての悲しさが、今更のように、皇女には、はっきりと頷けるのであった。

近江総攻撃を前にして、大海人皇子の心も、高市皇子の心も〝十市皇女や額田女王を救出しなければならない〃という一点に集約されていた。そして、それは立派に果たされたのである。しかし、彼女たち母娘の複雑微妙な心奥の翳りをまで、彼ら二人は理解し得たであろうか。たとえ理解し得たとしても、その苦悩をまで救うことができたであろうか。

寂寥と悲愁のなかに生きる十市皇女にとって、やはり頼りとなるのは高市皇子であった。曽ての日のあの純情な少年は、今や天武帝の力強い片腕に成長し、壬申の戦いでは全軍の統帥の任を見事に果たした。しかし、高市皇子も家庭的には恵まれない寂寥を託つ身であった。妻の但馬皇女が、ひそかに穂積皇子（天武帝の第五皇子、母は蘇我赤兄の娘大蕤娘）と情を通じ合う仲だったからである。

過ぎし日、仄かな恋をも語り合うことさえできなかった十五歳の少女と十一歳の少年は、夫を失い一人の遺児をかかえる二十代半ばの女と、妻の不貞を嘆く二十歳を越した男に変身していた。もってゆき場のないやるせなさも、高市皇子の側にあるときは春の淡雪のようにかき消えて、十市皇女は、今こそはっきりと皇子に恋している自分の本心を知るのであった。

高市皇子とても同じ思いである。

〃こうした憂目を十市皇女に味わわせたのは、年少であったからとはいえ、自分に勇気がなかったからである。今こそ彼女をしっかりと抱きしめて二度と離しはすまい。世間の規範も問題ではない。心身ともに傷ついたこの姉を、この愛しい女を、慰め、生きる希望を与えるものは、この高市より他にはないのだ――〃

そんな弟の心が、弟の域を越えて、恋する愛しい皇子の心が、はっきりと解りながらも、十市皇女には越えかねる茨の垣があった。

〝自分を慰めてくださる高市さまは、自分が恋する高市さまは、壬申の戦いでわが夫を窮地に陥れ、自決にまで追いこんだ父大海人皇子の下にあって、その総帥をつとめた方である。いかに愛なき結婚ではあっても、このまま、もし私が高市さまの愛のなかに溶けこんでしまったら、亡き夫になんと言って申し訳をすればよいであろう。あの無垢の日の、仄かな恋のまま高市さまと結ばれていたら、華やかな輝かしい未来が待っていたであろうのに――。強引に大友皇子のもとに自分をつかわした父が恨めしい〟

皮肉な人生のからくりに、失意の皇女の胸は、白刃の上に坐すよりも、まだ苦しい痛みに疼きつづけるのであった。

天武四年（六七五）二月十三日、十市皇女は阿閇皇女（のちの元明天皇、草壁皇子の室）と共に伊勢神宮に詣でた。このとき、つき従っていた吹芡刀自は、波多（三重県一志郡一志町）の横山の巌をみて、

河上の　ゆつ岩群に　草生さず　常にもがもな　常処女にて（万葉集、巻一―二二）

（河のほとりの神聖な岩群に雑草の生えないように、いつまでも若い美しい乙女であってほしい）

という、意味深長な歌を作っている。これは何を言おうとしたものなのであろうか。十市皇女が

夫を失った苦悩に左右されることなく、いつまでも若々しく美しくあってほしい、という意味にもとれるし、他の男性に心を寄せず、神聖な岩群に雑草の生えない如く、近江に散った大友皇子の室としての操を守り通してほしいとの意味にもとれる。吹芡刀自は、十市皇女の侍女であったのだろうか。それとも、幼い日より皇女を守り育てた乳母であったのだろうか。老いた刀自の目には、女としての煩悩と苦悩に揺れ動く皇女の心が、なんとも痛ましく映ったのではなかろうか。刀自は河の辺の巌にことよせて、皇女へひそかな諭しの言葉を送りたかったのではあるまいか。この歌の隠された意味を考えるとき、十市皇女の女人としての深い悲哀が思われてならない。

そして、天武七年（六七八）四月七日は訪れるのである。その年の一月に、天武帝は天神地祇を祀るため倉梯の河上に斎宮をたてた。この四月七日は、倉梯の斎宮への行幸が行なわれることになっていた。午前四時、輿の準備も整い、暁闇をふるわすように警蹕が辺りに響き、まさに鳳輦が出発しようとした寸前、十市皇女が宮中に於て急逝した。このため行幸は取り止めとなった。

今日でいう心臓麻痺のような病気で十市皇女が急逝したのか、それとも、皇女自らがわが手で命を断ったのか、今となっては詮索する術もない。しかし、壬申の乱の夫と父の相剋や、乱後の父への複雑な感情、高市皇子への慕情、亡夫への追慕などのさまざまな苦悩が、間断なく皇女の胸を疼かせ続けたであろうと考えると、私には、皇女が自分の命を自ら縮めたのではないかと思われてならない。十四日、十市皇女の亡骸は赤穂（奈良県北葛城郡広陵町）に葬られた。天武帝も親しく臨御されて、薄幸のわが娘のために悲傷の涙を流された。皇女時に二十九歳であった。

皇女の葬られた馬見の丘には、新緑が柔らかく萌え、山吹が墓の周囲をとり巻くように咲き匂っていた。高市皇子は、少年の日、皇女の手を取って佇んだ百済野の山吹の花群を思い出していた。春霞の下に連なっていた馬見の丘の新緑を思い出していた。あの時、無性に恋しく思った馬見の丘、共に手を結んで、そこまで駈け通したいと思った馬見の丘、その丘の片ほとりへ、まさか十市皇女の亡骸が埋められようとは、誰が予測し得たであろうか——。皇子は茫然と佇んでいた。もう誰も辺りにはいないようであった。皇子は悲痛な声を振り絞るようにして歌うのであった。

三諸(みもろ)の　神の神杉(かむすぎ)　夢(いめ)にだに　見むとすれども　寝(い)ねぬ夜ぞ多き（万葉集、巻二—一五六）

（三輪山の神杉をみるように、夢にだけでも懐かしい十市皇女の姿を見たいと思うけれど、皇女を失った悲しさに胸がふさがれて眠れない夜が多く、その幻をさえ見ることができない）

三輪山の　山辺真麻木綿(やまべまそゆふ)　短木綿(みじかゆふ)　かくのみ故に　長しと思ひき（同、巻二—一五七）

（三輪山の山裾にたてられた麻糸で作った木綿(ゆう)、短い木綿。その短い木綿のように十市皇女の命も短く儚いものであったのに、私はいつまでも長く生きていてくれると思っていた）

山振(やまぶき)の　立ち儀(よそ)ひたる　山清水　酌みに行かめど　道の知らなく（同、巻二—一五八）

（黄色い山吹の花が辺りに咲き匂っている山の清水を汲みに行こうと思うけれど……黄泉の国まで皇女をたずねていきたいが……その道さえも分らない）

高市皇子の胸には、愛しい十市皇女の幻影が、仄かな笑みを浮かべて甦ってくる。世間の柵をも乗り越えたいとまで思ったけれど、薄幸の姉と弟は、相寄る魂の叫びを現実の営みに深めることを憚ったのであった。二人は清純な乙女と少年の日そのままに、熱い心と心を通い合わせただけで、その現身をかき抱いた日とてなかった。それが今となっては心残りではあっても、またそれが、高市皇子には救いでもあった。黄泉の国へまでも追い慕ってゆきたい姉、でもその姉を清らかなまま大友皇子のもとへ返したということに、悲しいけれど、大きな責めを果たした気持も高市皇子にはするのであった。

「高市さま、よく歌ってやってくださいました。十市もきっと満足していることでしょう。幸薄い姫でしたけれど……」

いつのほどか、そこには額田女王が立っているのであった。女王の長い睫に光る銀の雫を、高市皇子は深い感懐で凝視していた。

二人には、皇女の奥津城に燃える陽炎が、儚い十市皇女の命の残光のように思われて、いつまでも山吹の咲く奥津城の側に立ちつづけていた。

但馬皇女

天武天皇の数多くの妃たちのなかに、内大臣藤原鎌足の娘氷上娘（ひかみのいらつめ）と、大臣蘇我赤兄の娘太蕤娘（おおぬのいらつめ）がある。氷上娘を母として生まれたのが但馬皇女（たじまのひめみこ）であり、太蕤娘を母として生まれたのが穂積皇子（ほづみのみこ）である。

但馬皇女は異母兄高市皇子に嫁いだ。

万葉の女人たちを経巡って、その生きたあとを眺めていると、大らかな恋を謳歌しているようにみえながら、多くは政治の犠牲としての結婚を強いられ、止むに止まれぬ自己の真情を、その重圧に耐えながら歌い続けた感を深くする。但馬皇女もまた、そうした哀れな女人の一人ではなかったのだろうか。

但馬皇女が高市皇子のもとに嫁いだころ、高市皇子の初恋の人であった十市皇女は、すでに大友皇子の室になっていたとはいうものの、皇子の胸中には消し去り難い十市皇女の面影が蔵されていたことであろう。一方、但馬皇女の心奥にも、すでに恋しい穂積皇子が棲んでいたことであろう。

但馬皇女は、夫高市皇子の壬申の戦いにおける目ざましい活躍や、その後の朝廷における重責の座に対して、妻として満足を感じなかったわけではあるまい。むしろ夫の華々しい躍進を誰にも増して喜んでいたのではなかろうか。けれど、名誉と愛情は、ときどきその共存を阻み合うものである。但馬皇女の場合もその例外ではなかった。夫の栄誉を喜ばしく思いながらも、一方では穂積皇子への愛情を掩い隠す術をみつけることもできないほど、愛の虜となってゆく皇女なのであった。特に十市皇女が近江より飛鳥古京に帰り、夫を失った一人の女人として暮らすようになってからは、但馬皇女の穂積皇子へ寄せる愛情には以前にも増して拍車がかけられたことであろう。

秋の田の　穂向(ほむき)の寄れる　こと寄りに　君に寄りなな　事痛(こちた)かりとも（万葉集、巻二―一一四）

（秋の田の稲穂の向きが一方に寄っているように、ただひたすら君に寄り添っていたい。世間の噂がどんなにひどくても）

皇女は穂積皇子を慕って、ひそかに、ひたむきな自分の心を歌に托するのであった。

しかし、穂積皇子には、但馬皇女の燃えるような愛情は解りながらも、それをあらわにする勇気を持ち合わせない心弱さがあった。自分の政治的地位を思い、家庭の平和を思い、皇女が兄高市皇子の室であることを思ったとき、両手をひろげて皇女の愛を受け入れることを躊躇するのは、良識ある平均的男性としては当然であったろう。皇子はただ心のうちに、この道ならぬ恋の悲しさを嘆くばかりであった。

今朝の朝明(あさけ) 雁(かり)が音聞きつ 春日山 黄葉(もみち)にけらし わが情痛(こころいた)し(万葉集、巻八―一五一三)

(今朝の明け方、雁の鳴く音を聞いた。春日山は黄葉したことであろう。ああ、私の胸は痛む)

秋萩は 咲くべくあるらし わが屋戸(やど)の 浅茅(あさぢ)が花の 散りゆく見れば(同、巻八―一五一四)

(秋萩の咲く季節になったらしい。私の家の茅の花が散ってゆくのを見ると)

但馬皇女の自分に寄せる切ない愛情を思うと、雁の鳴声を聞いても胸が痛む。それが誰にも明かせぬ恋であれば、なおさら穂積皇子の胸は深い憂愁に閉ざされる。恋の迷いに迷いつつ、気づかぬうちに短い茅の花も散り、いつしか秋萩の咲くころとなってしまった。この恋を自分はどう扱ったらよいのであろう。そうした皇子の悩みもよそに、二人の間は人の口の端にのぼりかけている。皇子がさりげなく装おうとすればするほど、但馬皇女の情炎は赤い焔群をひろげて、それが怪しく取沙汰されてゆく。

ことしげき 里に住まずは 今朝鳴きし 雁に副(たぐ)ひて 往(い)なましものを(同、巻八―一五一五)

(人の噂の激しい里になど住まないで、今朝鳴いた雁と一緒に行ってしまえばよかったのに)

同じ雁の声を聞いても、情熱に溢れる皇女の耳には、それが穂積皇子の声に聞こえたのかもしれない。こんなに、こんなに思いこがれている私にくらべて、穂積さまはあまりにも冷たい。あまりにも勇気がない。私の心が判りながら平然と取りすましておいでになる。あんな皇子なんかほうっておいて、いっそのこと雁と一緒に行ってしまった方が、どんなにせいせいするだろう――そんな投げやりな気持さえ皇女には起こってくる。

穂積皇子は但馬皇女の愛情は痛いほど嬉しいと思っている。しかし、できるならば世間態を整え、但馬皇女との愛はひそかに世間から隠れたところでという現代的な男性特有の打算が、古代を生きた穂積皇子の上にありありと見えるような気がする。地位を重んじ、名誉を重んじ、よく言うならば理性的であり、悪く言うなら狡猾な男性の特性は、今も昔も変わりなかったのかもしれない。そこにまた、好き心の危機感を孕んだ優越感、即ちスリルがあるのかもしれないが、男性にとっては遊びである恋の微妙なかけひきも、女にとっては抜き差しならない人生の転機とさえなるものである。

しかし、世間の目はいつまでも甘いものではなく、高市皇子の目を盗んで、ひそかに逢う瀬を続ける二人の仲は、いつしか誰知らぬものもなくなり、噂は噂を産んで、言繁き里は二人を押し潰そうとするかのようであった。

人言(ひとごと)を　繁(しげ)み言痛(こちた)み　己が世に　未だ渡らぬ　朝川渡る（万葉集、巻二―一一六）

（人びとが、あれこれとあまり激しく噂するので、自分が生まれてからまだ一度も渡ったことのない朝の川を渡ることだなあ）

これはまた、なんという但馬皇女の情熱であろうか。ひそかに逢う瀬を続けた二人の仲があらわれ、口さがない人たちによって、あれこれと噂されている。それほどまでに言うのならという、居直ったというか、捨身になったというか、止むに止まれぬ皇女のたぎるような情熱が、この歌にはこめられている。恋の奴と化した皇女の焔と燃える激情が、朝川渡る、に集約された感が深い。夫高市皇子の館を朝まだきに抜け出して、身に沁みいる水の冷たさもものかは、高貴の生まれ故、いまだ渡ったこともない川瀬を、それも朝早く渡って穂積皇子に会いにゆく女人の大胆さと、それ故の自己陶酔が、この一首には凝結されている。

夫の心も、恋人の心も、ましてや世間のもろもろの取り沙汰も、この不敵ともいえる情炎の虜となった但馬皇女の前には影をひそめ、むしろ、愛一筋を貫こうとする女人の悲しさが、恐ろしいまでの光輝を放って、肉薄してくるように思われる。

この恋が顕れての故か、それとも勅使としての使命をおびての故か、いずれとも定かではないが、穂積皇子は、天智天皇によって建立された近江の崇福寺に遣わされる。史実は分らないとしても、道ならぬ恋のため、或る時期、父天武帝の怒りをこうむって、崇福寺に隠棲させられたと考える方が、悲恋のヒーローにはふさわしく思われる。

天智帝の頃こそ殷賑を極めた近江の都であり、朝廷の尊崇を集めた崇福寺ではあっても、廃都となった近江の山腹に残された寺は、どんなにか佗しい寂寥の山寺であったことであろう。

但馬皇女は別れゆく皇子を想って、

後れ居て　恋ひつつあらずは　追ひ及かむ　道の阿廻に　標結へわが背（万葉集、巻二―一一五）

（後に残ってあなたのことを恋しく思いわずらっているよりも、追いすがってゆきましょう。道の曲り角に道標を立てておいてください、恋しいあなた）

と歌うのである。

積極的な但馬皇女の面目がここでも躍如としている。この積極的な皇女の情熱にたじたじとなりながらも、その愛に負け、その愛を受け入れ、ついに近江の山寺にまで追いやられた穂積皇子は、考えようによってはむしろ哀れである。貴公子然とした一流会社の高級社員が、以前から恋愛関係にあった女性と、その女性の結婚後再び交渉をもち、将来の出世や家庭の平和の妨げにならないようにと、表面はとりつくろっていたものが、女のあまりにも激しい情熱故に表沙汰となり、ついに都落ちさせられたような悲喜劇が、この二人の上には感じられる。それにしても、但馬皇女をここまで走らせたものはいったいなんだったのだろう。やはり政治の犠牲であったのではなかろうか。高市皇子と十市皇女、穂積皇子と但馬皇女が結ばれていたら、あるいはこうした悲恋は起こらなかったかもしれない。けれど、但馬皇女の一連の歌に宿る激しい情熱をみたとき、それればかりでは解決できないものも秘められていたのかもしれないとも思われる。

理性派の穂積皇子は、ついに情熱の女人但馬皇女のために破れ去ったのかもしれない。しかし、やがて父天武帝の怒りもとけて大和に呼び戻されたのであろう。そして、後年、文武帝の時代になって、慶雲二年（七〇五）には二品親王として知太政官事、同三年には右大臣に準じて季祿を賜わり、和銅八年（七一五）正月、一品に叙せられている。そうしたところをみると、あながち、この恋のために一生を棒にふったとは思われない。

和銅元年（七〇八）六月二十五日に但馬皇女は薨去するが、それよりのちの雪の降った某日に、穂積皇子は遥かに皇女の墓を望み、悲傷の涙を流して、

降る雪は　あはにな降りそ　吉隠（よなばり）の　猪養（ゐかひ）の岡の　寒からまくに（万葉集、巻二—二〇三）

（降る雪はひどく降らないでほしい。恋しい但馬皇女の眠る吉隠の猪養の岡が寒いであろうから）

と歌っている。

ここに於て、穂積皇子は、はじめて本心を吐露したのであろうか。それとも、皇女の死によって、はじめて皇女が自分に寄せた一条の恋の誠が解ったのであろうか。

いずれにしても、政治は人の心の愛の襞に深い翳りを与え、また、人の心に宿る恋の絆は、いつまでもめんめんと続いて、儚くも悲しいものである。

石川郎女

漢の高祖の太子盈（恵帝）と、その異母弟如意王に比されるのが、天武天皇の皇太子草壁皇子と、その異母弟大津皇子である。

懐風藻には大津皇子を評して

「状貌魁梧、器宇峻遠。幼年にして学を好み、博覧にして能く文を属る。壮に及びて武を愛み、多力にして能く剣を撃つ。性頗る放蕩にして、法度に拘らず、節を降して士を礼びたまう。是れに由りて人多く附託す。」

と述べているし、書紀にも、

「容止墻く岸しくして、音辞俊れ朗なり。……長に及りて弁しくして才学有す。尤も文筆を愛みたまう。詩賦の興、大津より始れり。」

と記されている。

判官贔負という日本人の性癖から、懐風藻や日本書紀の著者が、若くして命たたれた悲劇の人大津皇子に、より多くの賛辞を惜しまなかったと仮定しても、石川郎女（いしかわのいらつめ）をめぐる、草壁、大津両皇子の恋のさや当てでは、明らかに大津皇子に勝利の軍配をあげないわけにはいかない。

大津皇子の館には石川郎女という才色兼備の侍女がいた。彼女の端麗な容姿と迸る才華は、そのころの宮廷内における貴公子たちの垂涎の的であった。草壁、大津の両皇子もまたその埒外にはでず、ひそかに郎女を想って恋の火花を散らしていた。

思えばこの両皇子は、同じ天武天皇を父としながら、相剋の宿縁を生まれながらに背負わねばならなかったのであろうか。

天武天皇と鸕野皇后の間の唯一人の皇子として誕生した草壁皇子は、本来ならなんのためらいもなく次期皇位を祝福されるべき人である。結果的にはそうなったが、異母弟、即ち皇后の姉大田皇女と天武帝の間に生まれた一つ歳下の大津皇子が、あまりにも衆に抜きん出て、父天武帝の性情をそのまま受け継ぐ、強勇にして人望ある皇子であったため、後年の悲劇はくりひろげられた。

多少病弱ではあるが温和な草壁皇子を皇太子にするべきか、それとも強勇沈着で文武両道に優れた大津皇子を皇太子にするべきか、自らを神と称した天武帝も、この人間としての凡情には悩みつづけたことであろう。しかし、大津皇子の母、大田皇女はすでにこの世になく、草壁皇子の母は厳然として皇后の座にある。のみならず鸕野皇后の政治的発言は、しばしば政治の枢要を助け、さすがの天武帝も皇后には頭の上がらない弱みがある。加えて、皇后は、吉野における苦しい忍耐の日から、壬申の乱の壮挙の日への背後にも、常に天皇の側を離れず、影の形に添うように行を共にしてきた糟糠の妻でもある。その皇后が、時に触れ折につけて、草壁皇子を皇太子にすることを天皇に進言し、長幼の順や出生のいわれから考えても、草壁皇子立太子が当を得たものである。たとえ皇后の意に反して大津皇子を皇太子にしても、天武帝亡きあとの大津皇子の苦境と政治的紛糾は火を見るよりも明らかである。ここにおいて天武帝は、天武十年（六八一）二月、草壁皇子を正式に皇太子とした。だが天皇の大津皇子を惜しむ心は相当強かったとみえ、天武十二年（六八三）二月には「大津皇子、始めて朝政を聴く」と書紀にも明記されるように、大津皇子を朝政に参与させた。

政治の座において雌雄を決すべき宿命を担う二皇子は、恋の場においても雌雄を決すべき宿命を担っていたのであろうか。

石川郎女を想い続ける草壁皇子は、彼女のもとへ熱いわが心を書き送った。

大名児を　彼方野辺に　刈る草の　束の間も　われ忘れめや（万葉集、巻二―一一〇）

（大名児―石川郎女―を、遠い野原で刈る草の一握りほどの短い間でさえ、忘れることができようか、忘れられはしない）

郎女よ、私はおまえのことを少しの間も忘れることができないのだよ、という草壁皇子の切ない心を無視して、彼女は一片の返歌さえ差し出そうとしなかった。

「馬鹿馬鹿しい、冗談は言ってくださいますな」

彼女は無言のうちに、そう答えているように思われる。草壁皇子は石川郎女という才女に完全に振られてしまったのである。

石川郎女の胸の中には草壁皇子の棲む余地などなかったのであろう。もっと恋しい大津の君が彼女の胸中には棲みついていたのである。二人はひそかに人影のない山の中であいびきしようと約束を交していた。けれどついに彼女は約束の場所へ現われなかった。大津皇子は山の雫に濡れながら、彼女を待ち続けていたのに——。

あしひきの　山のしづくに　妹待つと　われ立ち濡れぬ　山のしづくに（万葉集、巻二—一〇七）

（おまえを待って、ずっと山の中に立っていたので、私はすっかり山のしづくに濡れてしまったよ）

皇子のちょっと恨みをこめた歌に対して、さすが才女の郎女は、ごめんなさいという心情を、軽いウイットを含ませて応えている。

吾を待つと　君が濡れけむ　あしひきの　山のしづくに　成らましものを（同、巻二—一〇八）

（私を待っていてくださって、あなたが濡れてしまったとおっしゃる山のしづくに、私がなればよろしかったのに）

言外に謝罪を匂わせながら、なんという素敵な垢抜けのした返歌であろう。こうまで言われたら、約束を外してと、怒ろうにも怒れない。そんなに自分のことを思っていてくれるのか、よんどころないことで来られなかったのであろうと、男性たるもの、ますます鼻の下を長くせずにはいられないであろう。こうした機知が通じ合うほど二人は親密であり、それを言っても差し支えない間柄だったのであろう。そんなことがあって後、二人は想いをとげて、熱い心と体をかき抱いた。

大津皇子、竊かに石川女郎に婚ふ時、津守連通その事を占へ露はすに、皇子の作りまし御歌一首
大船の　津守の占に　告らむとは　まさしに知りて　わが二人宿し（万葉集、巻二―一〇九）
（津守の占いで、これが分るだろうということは、以前からちゃんと知っていて、私は石川郎女と二人寝たのである）

大津皇子と石川郎女が割りない仲になったことは、この歌に明言されているが、大津皇子の大胆豪放な性格と共に、大津皇子の身辺に対する警戒の厳しさもまた察せられる歌である。津守連通というのは、その当時屈指の陰陽道の大家であったそうで、彼は鸕野皇后の命をうけ、腹心のものを密偵として大津皇子の挙動を探らせていたのであろう。自分の動静が逐一スパイされ報告されていることを、賢明な皇子が知らなかった筈はない。だからこそ、まさしに知りて、と歌い切ったと思われる。いとしい女を抱くときでさえ、密偵の目を意識しなければならなかった大津皇子の、やりきれない苛立ちが目に見えるようである。父天武帝の生存中は、こうしたいやがらせが暗々裸に行なわれるにすぎなかったが、天武帝の崩御後、大津皇子の運命は急角度に下降してゆく。

石川郎女をめぐる恋の勝利者であった大津皇子と、敗北者であった草壁皇子の運命の小車は、政治の座において両者を全く反対の位置に置きかえてしまった。

大津皇子が訳語田の舎に若い命を散らしてから何年かの月日は流れた。いわば、石川郎女の後日談である。

石川郎女の胸の中には、悲劇の皇子大津の君の俤が強く焼きついていたことであろう。彼女が誰のところへ嫁ごうともせず一人淋しく暮していたのは、消し去り難い皇子との思い出ゆえであったのだろうか。それとも、女には惜しいほどの才華煥発が、却って男性との共存を阻む障りとなったのであろうか。おそらく、その後者ではなかったろうかと私には思われてならない。

しかし、いかに才女であっても、人生の半ばにもさしかかると、やはり自分の身を托す男性を欲するのが、女の情としては当然のことであったろう。佐保大納言大伴安麻呂の二男に大伴宿禰田主というものがあった。彼の美しい容姿と風流を愛する雅び心に歎息しないものはないほどの優雅典麗な男である。石川郎女も、田主を憎からず思う一人であった。そして、もし許されるなら田主から色よい返事を得たいものと考えていた。だが彼女も、往年宮廷の若き貴公子たちの垂涎の的であったほどの女性である。それとあからさまに告げるのは何としても彼女のプライドが許さない。郎女は、まず風雅の名の高い田主の心の内をためしてみようと思いたった。彼女はいやしい老婆に変装し、声も物腰も老女を真似て田主の家に近付き「東隣の貧しい女が火を貰おうと思って参りました」と声をかけ、田主の出方を窺った。田主は頭から着物を引き被って姿を隠してしまった。郎女は媒人もたてずに彼と交わろうとした自分の行為を恥じながらも、自分の計画の失敗に終わったことが口惜しかった。しかし、それをあからさまに告げるのも業腹である。風流人と名の高い田主をはずかしめてやりたい。女の意地が曽ての才女ぶりを甦らせた。

遊士(みやびを)と　われは聞けるを　屋戸(やど)貸さず　われを還(かへ)せり　おその風流士(みやびを)（万葉集、巻二—一二六）

（あなたを風流人と聞いていましたのに、私を家の中へも入れないで帰してしまうとは、なんと巡りの鈍い風流人でしょうね）

そんな郎女に対して、田主は、

遊士(みやびを)に　われはありけり　屋戸貸さず　還ししわれそ　風流士にはある（同、巻二—一二七）

（私は風流人ですよ。あなたを家に入れないで還した私こそ風流人ですよ）

と、答えている。

こうした軽い諧謔味溢れるやりとりをみていると、石川郎女の悩みもそれほど深刻なものではなく、二人は親しい友人関係にあったとも受けとれる。田主が足の病にかかったとき石川郎女は、

わが聞きし　耳に好く似る　葦(あし)のうれの　足痛(ひ)くわが背　勤めたぶべし（同、巻二—一二八）

（私が聞いていた噂どおりに、葦の新芽のように、なよなよとした足の病にかかったあなた、しっかりなさいませよ）

と、からかい半分の歌を送っている。

この石川郎女は、草壁、大津両皇子に恋された女人であるとも、また同名異人であるともいわ

れている。機知にとんだ才女ぶりは、或いは同人であろうかとも思われるが、こうした歌がこの女人の身上であるならば、純情な二人の皇子は、気の多いこの女の手玉に取られていたのではあるまいかと疑われる。

その石川郎女も年の歩みには勝てなかったとみえ、やがて白髪の老女となっていった。彼女が年老いてから大伴宿禰宿奈麿（坂上郎女の後の夫。田主の弟）に贈った歌に、

古りにし　嫗にしてや　かくばかり　恋に沈まむ　手童の如（万葉集、巻二―一二九）

（年とった老女になりながら、こんなにも恋に沈むものでしょうか。子供のように）

というのがある。これは多分、宿奈麿を思って歌ったものであろう。

石川郎女は、自由奔放な、自らの才ゆえに終生男性と共存することのできなかった女人ではなかろうか。心の中には火のような情熱をたぎらせながら、それを素直に表現できなかった女、甘えることを知らなかった女のように思われる。そして、白髪の老嫗になっても、まだ燃え盛る情炎の焔を消すことのできない哀れな女人でもあった。彼女がもう少し馬鹿な女なら、草壁皇子に無言の飛礫を与えもしなかっただろうし、大津皇子を一晩山の雫に濡れさせもしなかったであろう。

「駿馬の骨を買わずや」と言ったと伝えられる清少納言の晩年と、石川郎女の晩年が、なぜか私には二重うつしにされてならない。

大伯皇女

㈠

　朱鳥元年の秋も深くなっていた。山の紅葉は目も綾な錦を描き、爽涼の風は肌に優しかったが、伊勢神宮に斎王として奉仕する姉の大伯皇女(おおくのひめみこ)を思う大津皇子には、移りゆく自然の美しさに酔う心の余裕さえなかった。

「今生において、一目だけでも姉君に会っておかなければ……」

という気持が、皇子をせきたてるように伊勢へと誘い寄せる。その年(朱鳥元年―六八六)の九月九日に父天武天皇は崩御し、母の大田皇女は、すでに天智称制六年(六六七)ごろに世を去って、皇子の現世における唯一人の肉親は、伊勢にある姉のみであった。

天武帝崩御後は、その後を継いで鸕野皇后が朝政を見ていた。皇后としては、すぐにも草壁皇太子を帝位につけたかったが、病弱の皇太子に国政を委ねることも憂慮され、その健康恢復を唯一の頼みとし、やむなく称制として政務をみることにしたのである。天武帝在世中は、その大きな柱によりかかって、わが子の安泰を願うだけでよかったかもしれないが、天皇崩御後は、草壁皇太子を守る責務は一にかかってわが双肩にあるという悲壮な決意に支えられて、それまでも女丈夫であった鸕野皇后は、なおのこと気丈な母親となり、冷徹な政治家となっていった。

皇后は、曽てから警戒を怠らなかった草壁皇太子の最大の競争相手である大津皇子の身辺に、なお一層厳重な警戒の網を張り、少しの疑いも見過ごさずにはおかない異常な神経の配りようである。先にも、石川郎女と大津皇子の恋の濡れ場をまで密偵させた皇后であるから、その警戒と探索の目は非情なまでに大津皇子の身辺に注がれていた。

祖父天智天皇に殊の外愛され、文武の道において、人望において、天性の資質において、わが子をどう贔負目に見ても、わが子より数段勝れた大津皇子を無きものにしなければ、可愛い草壁皇太子の即位さえも危ぶまれると考えるほど、聡明な鸕野皇后も、溺愛する皇太子のことになると、理性を失ってゆく。

そうした皇后の意志が大津皇子にはひしひしと感じられる。ここまで疑われるのなら、いっそのことという思いが、むらむらと頭をもたげるときもある。いや、しかし、相手はこの国の皇后であり皇太子である。今ここで自分が決起したところで、何人のものが自分を支援して立ち上がるであろうか。新羅僧行心をはじめ、八口音橿、壱伎博徳、中臣臣麻呂、巨勢多益須、礪杵道作など、自分に勇を鼓して立てと勧めるものもある。しかし、それらの者が最後の土壇場で豹変することも有り得ないことではない。右せんか左せんか、皇子は日夜心の葛藤に若い血潮をたぎらせていた。たとえ勇を鼓して決起したところで、自分が勝利を博して天皇の座につくことは、万に一つの僥倖でしかない。それよりも、このまま捕えられて首打たれることもなくはあるまい。

日は日を追うて危険の身に迫るのを感じた皇子は、今をおいて再び姉に会うことはないであろうという思いに駈られ、人目をしのび、厳重な警戒網をくぐって、夜陰にまぎれ、伊勢を目指した。

大津皇子の姉の大伯皇女は、斉明七年（六六一）一月八日、百済救援の船団が大伯海にさしかかったときに誕生し、海の名をとって大伯皇女と名付けられた。そして、天智称制二年（六六三）即ち日本水軍と百済水軍が、唐と新羅の連合軍のために大敗北を喫した年に、娜大津の行宮で大津皇子が誕生した。共に父は天武帝、母は鸕野皇后の実姉、大田皇女である。数えて大伯皇女六歳、大津皇子四歳ごろの或る日のこと、幼い二人は母を失い、それ以来二人は憂世の孤独とつらさをなめつつも、肉親以上の懐かしさをもって助け合いながら成長してきたのである。

天武二年（六七三）四月十四日、十二歳になった大伯皇女は、伊勢神宮の斎王に選ばれ、まず大和初瀬の斎宮において潔斎し、同三年十月九日、伊勢神宮に向かった。こうして仲の良い姉弟は別れて暮らすことになった。

優れた弟は、姉に別れた淋しさにも挫けず、天性の英才の上に、深い文学の教養を身につけ、詩歌の道に秀で、武道に長じ、人望をになう雄々しい青年へと成長していった。そのあまりにも優れた大津皇子の資質と教養と人望が、後の悲劇の原因になるとは、なんという人生の皮肉であろうか。

大津皇子が伊勢の地を踏んだときは、おそらく九月も終わりに近い、今でいえば晩秋の頃であったと思われる。大伯皇女と大津皇子は久びさの邂逅を喜びながらも、これが永遠の別れになるかもしれないという暗い思いに捉えられて、話す言葉もしめりがちになるのであった。二人は人目を避けて老杉の影を歩みつつ、来し方行く末のことを話し合った。

「無謀なことをしてはなりませんよ。くれぐれも身をいとい、名をいとわなければ――」

二十四歳の逞しい若者ではあっても、大伯皇女にとっては、いたいけな幼い日の思い出のからまる弟である。早く母を失った故に、別れ住むその日まで、あるときは母のように慈しんできた弟――今も一人清らかな生を守り続ける大伯皇女には、弟はまたこの世における唯一人の懐かしく慕わしい人でもある。

「姉君もお体を大切になさって、たとえ私がどのようなことになりましょうとも、決して世をはかなんだり恨んだりなさらず、強く生きていってください」

大津皇子は、わが身を心配する姉に、言いしれぬ哀れみと愛しさを覚えつつ言うのである。大津皇子には自分の前途が、はっきりと見えるような気がしてならなかった。今別れたら果たしていつ再会できるのであろうか。おそらく、生きて再び相会う日は巡ってはこないであろう。そんな思いが皇子の胸中を突き抜けてゆく。

「大津、あなたは私にとってかけがえのない、ただ一人の弟なのですよ。決して早まってはなりません。気の苛立つこともあり、逆らいたいこともあるでしょうけれど、どうあがいても所詮は無駄なのですからね。自重して、命だけは大切にしてください。住む処は異なっても、お互いに生きてさえいれば、また会える日もあるのですから」

大和を遠く離れている大伯皇女には、緊迫した都の様子を摑むことは難しかった。弟の話から或る程度は理解できても、これがこの世の最後になろうなどとは、どうしても思いたくなかった。

「解っております。生き永らえたいとは思っております。けれど、あの皇后が果たして私をこのままにしておくでしょうか。黙して死を待つより、いっそのこと亡き父君のように最後の勇を振って、雄々しく男らしく戦う方がよいのではないかとも思われます」

大津皇子は燃えるような瞳で姉を凝視しつつ言うのである。

「若いあなたが血気にはやるのも私にはよく理解できますが、もし、あなたに万一のことがあれば、後に残された妃の山辺皇女(やまのべのひめみこ)はどうなりますか。そして、この私はどうなりますか。ねえ、大津、いっそのこと、このまま、この地より身を隠してしまってはどうなのでしょう」

大伯皇女は涙ながらにかきくどく。

「姉君、運命です。運は天地の大いなる心に任せるより他に仕方ありません。そうした星のもとに生まれついた私なのでしょう。日の恵みが私の上にあるか、凄絶な嵐に巻き込まれるか、大和に帰ってみなければ分りません。姉君のお言葉は嬉しいと思いますが、逃亡するという卑怯な手段は男としてとりたくありません。行く手は全く暗黒というほかありませんが、大和には私を信じて待っている者たちもおります。——姉君、思えば短い今生の縁でしたが、これがお別れになるかもしれません。お大切にお暮しくださいますように……」

皇子は万斛の思いをこめて姉の手を強く強く握りしめる。皇女もまた、語り尽せぬ万感のすべてを托して、細い腕も折れよとばかり、弟の力強い手を、しっかりと握り返す。溢れる涙に身をふるわせる姉と弟の悲傷きわまりない心情をも知らぬげに、天空に冴える青白い秋の月は、無情の光を黒い二つの影の上に、ただいたずらに投げかけていた。

「姉君、いつまでもお名残りは尽きませんが、月明りを頼りに帰ることに致します」

皇子は涙を振り払ってきっぱりと言った。

「では夜の明けぬうちに、人の目に触れぬようにおいでなさい。身をいとおしんでくださいね」

大伯皇女も別れ難い弟に別れる辛さを強いて払いのけるように言って笑顔を作ろうとするのだったが、あとから、あとから溢れ出る涙に、弟の姿さえもかすんでくる。二人は再び、しっかりと手を握り、お互いの目と目を喰い入るように見つめ合った。

「では」

皇子は短く言うと、決心したもののように皇女の手を離した。

青白い月光に濡れる老杉が、黒ぐろと地上に影をおとして、水のような月の光が静かに伊勢の神域に流れている。

断腸の思いの皇子は、一歩行っては振り返り、三歩歩んでは振り返り、別れ難い思いにその足もにぶりがちである。血を吐く思いの皇女は、離れ行く弟の姿を涙溢れる瞳に焼き付けようとするかのように、じっと眺めつづけている。互いにちぎれよとばかり手を振り合いつつ別れゆく姉と弟——。一期一会、会者定離とか——。世に言い古されたことわりが、この姉と弟の血のにじむような悲痛の別離を思い描くとき、あまりにも大きな重さをもって、胸の底に沈んでくる。

やがて皇子の姿は山の木立の影に隠れてしまった。皇女は魂を失ったもののように、なお月の光に濡れながら、滂沱（ぼうだ）と流れる涙を拭おうともせず、木の間に立ちつくしていた。どれだけの時が過ぎ去ったであろう。白じらと明ける暁の光に、ふと吾に返った皇女は、弟の身を思って歌ったのである。

わが背子を　大和へ遣（や）ると　さ夜深（ふ）けて　暁（あかとき）露に　わが立ち濡れし（万葉集、巻二—一〇五）

（私の愛しい弟を大和へ帰そうと見送って立っていると、夜もすっかりふけて、明け方になり、山の露に濡れてしまった）

二人行けど　行き過ぎ難き　秋山を　いかにか君が　独り越ゆらむ（同、巻二—一〇六）

（二人いっしょに行っても、淋しく恐ろしい秋の山を、弟はどのようにして、独りで越えて

ゆくのだろうか）

もう生きて相会うことの叶わないかもしれない大津皇子を思う、血を分けた姉の切々とした思いが、この二つの歌にはあまりにも生なまとにじみでている。

万葉集の数多い歌のなかで、私の最も好きなのは、大伯皇女と大津皇子の歌である。それには生死をかけた姉弟の心が迸っている。かけがえのない命の尊さが凝集している。その悲しくも美しい歌の調べが、私の心奥の琴線に悲傷の曲を奏でるとき、目ににじむ涙を拭うことさえ忘れる。深更から明け方まで、山の下露に濡れて弟の身を案じる姉、もの淋しい夜半の秋山を越えて、情勢不穏の大和へ孤独の身を運ぶ弟の心情を思いやる姉。そこには恋するものの愛情さえも越えた愛情がある。自己をすら忘却した愛情がある。人間の真情や、まことの愛の尊さは、自己滅却のなかにこそ見出される。その真情と愛情が、柔らかな女らしい歌の調べのなかに、そくそくと流れて、大伯皇女の優しく気品高い姿までが、眼前に彷彿とあらわれてくる。

こうして大和へ帰った大津皇子の上に、如何なる運命が待っているのであろうか――。

(二)

大津皇子が伊勢より大和へ帰って数日、十月二日の運命の日は訪れた。

皇子は親しい川嶋皇子の密告によって、謀叛の疑いありとして捕えられ、それに連盟したとして、新羅僧行心（こうじん）、八口音橿（やくちのおとかし）はじめ三十数人のものも捕えられた。

大津皇子に、果たして謀叛の心があったのだろうか。無かったと言い切れる根拠もないが、確かにあったとも言い切れないであろう。これら三十余人が集まって、政治に対する不満や、大津皇子をそそのかすような話合いが行なわれていたと仮定しても、それが直接的に謀叛につながったかどうかは疑問である。むしろ、そんな事実は無かったにもかかわらず、幾人かのものが会合することが鸕野（うの）皇后側の疑惑をかい、皇子謀叛の好材料となったのではなかろうか。それが証拠に、このなかで処刑されたのは大津皇子一人であり、連繋者とみられる三十数人は殆ど許され、ただ、礪杵道作（ときのみちつくり）が伊豆に流され、新羅僧行心は飛騨の伽藍（てら）に遷されるだけにとどまっている。

大津皇子が謀叛を企てたというただ一つの材料となるのは、行心が皇子を評して、

「太子の骨法、是れ人臣の相にあらず、此れを以（も）ちて久しく下位に在らば、恐るらくは身を全くせざらむ」

と言ったのに皇子がまどわされた、と懐風藻に記されていることだけである。

しかし、聡明な大津皇子が、こんな称賛や、おだての言葉ぐらいに心動かされるであろうか。時機をみ、周囲の情勢をみたときに、事成就するや否やを、皇子ほどの人が悟らぬ筈はない。ちがった見方をすれば、新羅僧行心は、皇后側の意を帯していたものとも考えられる。また、皇子が信をおいて、或いは不平の一端をもらしたかもしれない三十数人のなかにも、裏面では皇后側に通じていたものがあったかもしれない。ともかく、結果的には、鸕野皇后の草壁皇太子に対す

る母性愛が高じて、さしも英明の女傑鸕野皇后を狂わせ、大津皇子を悲劇の渦中に陥れたのであろう。

こうして、天武帝崩御後、一ヵ月を経ずして大津皇子は捕えられ、翌十月三日、訳語田(おさだ)の舎(いえ)に死を賜うた。皇子は死に臨んで肺腑をつく歌と詩を残した。

ももづたふ　磐余(いはれ)の池に　鳴く鴨(かも)を　今日のみ見てや　雲隠りなむ（万葉集、巻三—四一六）

（磐余の池で鳴く鴨を見るのも、今日を最後として、私は死んでゆくのであろうか）

金烏(きんう)西舎に臨(て)らい、
鼓声短命を催(うなが)す。
泉路賓主無し、
此の夕家を離(さか)りて向かう。（懐風藻）

（太陽は西に傾き、夕刻を告げる鼓の音は、短い命を更にせきたてるように聞こえてくる。黄泉の道には客も主人もなく、自分はただ一人で、この夕べ家を離れて死出の旅に旅立ってゆく）

なんという悲美寂滅の絶唱であろうか。おそらく、この地上に残された悲曲の粋であろう。これを読んだだけで、私は大津皇子に謀叛の企(たくら)みは無かったと思われてならない。謀叛を企てようとするほどの人なら、もっと大胆な居直った歌を詠むはずである。

清浄とした悲美の調べ、胸を刺す悲愁の言の葉、あまりにも美しすぎ悲しすぎる歌と詩は、己が運めを大自然の手にゆだね、諦めと悲哀をこめて、この世に残していったものであろう。その悲傷の心奥に、皇子は何を思い、何を見ていたのであろうか。晩秋の陽が二上山に怪しく沈み、真っ赤な血のような残光で西空一帯が染められてゆくとき、悲劇の人大津皇子は、偉大な才能と、大いなる前途への雄飛を挫折されて、あたら二十四歳の若き命を、磐余の池畔で散らしていった。妃の山辺皇女は、黒髪を振り乱し、素足のまま皇子のあとを追って、花の命をまた散らしていった。人びとは、この妹背の悲劇に紅涙の袖をしぼった。

明けて十一月十六日、大伯皇女は伊勢神宮斎王の任を解かれて大和に帰った。伊勢で弟に会ってからまだ二ヵ月も経たないのに、愛する弟はもうこの世の人ではなかった。皇女はできるなら大和へ帰りたくはなかったが、実弟が死を賜わった今、斎王の地位にとどまることは許されなかった。皇女時に二十六歳であった。弟のいない大和は皇女にとって何の楽しみももたらしはしなかった。ただ人の世の儚なさが、皇女の心に蕭々と吹きすさんでいった。皇女は亡き弟を偲んで涙ながらに歌った。

神風(かむかぜ)の　伊勢の国にも　あらましを　なにしか来けむ　君もあらなくに（万葉集、巻二―一六三）

（あのまま伊勢の国におればよかったのに、なんのために帰ってきたのであろう。恋しい弟も生きてはいないのに）

見まく欲(ほ)り　わがする君も　あらなくに　なにしか来けむ　馬疲るるに（同、巻二―一六四）

（私が会いたいと思っていた弟もいないのに、どうして帰ってきたのであろう。馬が疲れる

だけなのに）

「私は、どうして、なんのために帰ってきたのであろうか」

大伯皇女は、そんな愚痴を言いたくもなるのであった。恋しい弟が生きていてこそ、弟に会えてこそ、嬉しい大和であり、懐かしい故郷である。馬の背に揺られて、いたずらに吾も馬も疲れ果てて帰ってきても、そこにはもう弟は生きてはいない。あの日語り合ったのが今生の別れであった。弟の言葉から万一の場合を考えないではなかったが、それがこうも早く現実となって訪れてこようとは——。今更のように皇女の胸中には弟懐かしさが渦巻き、あの優しさ、逞しさが彷彿として浮かび上がってくる。目を閉じれば、「姉君」と言って手をさしのべる弟の面影が、まなかいをよぎっていく。「大津」と低い声で呼んでみても、それに応えてくれるものはもういない。あのまま伊勢の土地に骨を埋めてしまえたら——と思っても、それは所詮、儚い願いであった。右を見ても、左を見ても、弟大津を死に追いやった人たちばかりが権勢を振るう大和の都——大伯皇女の平穏な住居の場が、この土地のどこに残されているのであろう。

大津皇子の亡骸は、二上山の雄岳の頂上に移し葬られることになった。どうしてあの険しい山上に皇子の墓を作らなければならなかったのであろうか。罪なき人を罪に陥れた良心の呵責に戦き、死せる人の魂を怖れて、自分たちの身辺より遠ざけることを願っての故であったろうか。けれどその山は奇しくも神の山であった。それがせめてもの皇子を死に追いやった人たちの贖罪であったのかもしれない。その日、大伯皇女は歌ったのである。

うつそみの　人にあるわれや　明日よりは　二上山を　弟世(いろせ)とわが見む（万葉集、巻二―一六五）

（現世の人である私は、明日からは弟の眠る二上山を弟と思って眺めよう）

磯のうへに　生ふる馬酔木(あしび)を　手折(たを)らめど　見すべき君が　ありと言はなくに

（同、巻二―一六六）

（岩の上に生えている馬酔木を手折ろうと思うけれど、それを見せるべき弟が生きているとは、誰も言ってはくれない）

大津皇子の葬送は、馬酔木の白い花咲く春の日であったのだろうか。相抱くように睦み合う二つの山、あの二上山の雄岳の頂に弟は眠っている。明日からは二上山を弟だと思って眺め、心の支えとしていこう。大伯皇女は黒ぐろと蒼空に聳える山の峰を仰ぎつつ、わが心のなかへその山の姿を焼きつけるように見つめるのであった。

皇子の奥津城のほとりの岩蔭に咲いていた玉のような馬酔木の花、その白い花房に皇女の涙がホロホロとこぼれ落ちたことであろう。白玉の涙を吸って、花の色はなおのこと白い輝きをましたかもしれない。それとも、臨終の際の皇子の面を思わせるように、蒼白の愁いをましたかもしれない。――弟は馬酔木の花が好きだった。けれど、今その花を手折ってみても、共に愛でるべき弟はすでに亡い。どこかの土地に生きていると誰かが言ってくれたら――そんな夢のような願いも、蒼空のちぎれ雲のただよいに似て、根無し草のやるせなさに似て、ただいたずらに皇女の胸を切なく重苦しく締めつけてゆくばかりであった。

大津皇子を死に追いやり、ひたすら草壁皇太子即位を待ち望んだ鸕野皇后の願望も、持統称制三年（六八九）四月、草壁皇太子の病死によって、あえない終止符を打たれた。

この時の鸕野皇后の失望は、どんなにか大きかったことであろう。可能な限りの万難を排して、唯一つのことにかけた皇后の賭は一朝にして覆ったのである。因果は巡る小車の如く、他に及ぼした災いは、確実に皇后の頭上に見事な鉄槌を下ろした。孫の軽皇子はまだ幼かった。しかし、さすが女傑の皇后は、明けて六九〇年、正式に持統天皇として即位する。

その後、大伯皇女はどんな生涯をたどったのであろう。続日本紀によれば、皇女は文武天皇の大宝元年（七〇一）十二月二十七日、四十一歳で薨じている。

おそらく都のあった飛鳥の地は、皇女にとって住み難い場所であったろう。二上山の山裾に小さな一庵を結び、生涯、弟を肌身近く感じつつ、皇女は残りの生を送ったのではなかろうかと私には思われる。それが皇女に最もふさわしい生き方でもある。四季おりおりの山の風物を愛で、自然の移り変わりを友としながら、いつまでも弟を偲んで、今の染寺のあたりに、ひっそりと清らかな生涯を、つつましく送り迎えたと想像したい。朝に夕べに、弟世と見る二上山に語りかけながら——。

持統天皇

㈠

朱鳥元年（六八六）五月二十四日より、天武天皇は高熱を発して病の床に伏した。

天皇の病気平癒祈願のため、川原寺において薬師経があげられ、法師たちは宮中で経典をよみ、天下には大赦の触れが出された。六月十日、占いによって天皇の病気は草薙剣（くさなぎのつるぎ）の祟りとの宣託があり、宮中に安置していた草薙剣を、その日に尾張国熱田社に送り納めた。これは、天智七年（六六八）に僧道行（どうぎょう）が熱田社より盗み、新羅へ逃げる途中で風雨に遭って迷い帰り、以来、宮中に置かれていたからである。六月十六日、伊勢王（いせのおおきみ）はじめ官人を飛鳥寺に遣わして、衆僧に天皇病気平癒の祈願を行なわせ、十九日には百官を川原寺に遣わして燃燈供養を施行させた。

川原寺

七月になると、天下の調を半減し、徭役を免除し、紀伊国の国懸神、飛鳥の四社、住吉大神に御幣を奉り、七月八日には宮中に百人の僧侶を招いて金光明経を講読させた。こうして、神を敬い仏に祈っても天皇の病は容易に癒える気色もみえず、ついに十五日、「天下の事、大小を問わず、悉に皇后及び皇太子に啓せ」との勅が出され、更に大赦が行なわれた。十六日には広瀬、龍田の神を祭り、十九日には民の借財返還が免除された。二十八日には七十人の浄行者を選んで出家させ、宮中の御窟院に常住させて祈りを行なわせた。諸王や諸臣は天皇のために観世音像を造り、大官大寺において観世音経を講じさせた。八月一日には八十人が出家して僧侶となり、二日には百人が尼僧となって、百の観音菩薩像を宮中に安置し、二百巻の観世音経を講読した。九日には天皇病気平癒を天神地祇に祈り、土佐大神に御幣を奉り、皇太子はじめ各皇子には加増を行ない、檜隈寺、軽寺、大窪寺、巨勢寺にも加増を行なった。

九月四日には、親王、諸臣、悉く川原寺に集まって天皇病気平癒祈願を行なった。

しかし、数多の善政や信心も空しく、自らを神と称した天武天皇も、その年の九月九日、ついに病癒えず、宮中において五十六年の生涯を閉じた。九月十一日、南庭(みなみのおおば)に殯宮(もがりのみや)をたて、二十四日、南庭に殯し、これより二年二ヵ月の長きに亘って、慟哭のなかに諸人の誄(しのびごと)が繰り返されてゆく。

天武帝崩御に遭遇して鸕野皇后の嘆きは深かった。

天皇崩(かむあが)りましし時の大后(おほきさき)の御作歌一首

やすみしし　わご大君の　夕されば　見(め)し給ふらし　明けくれば　問ひ給ふらし　神岳(かむをか)の　山の黄葉(もみち)を　今日もかも　問ひ給はまし　明日もかも　見(め)し賜はまし　その山を　振り放(さ)け見つつ　夕されば　あやに悲しび　明けくれば　うらさび暮し　荒栲(あらたへ)の　衣の袖は　乾(ふ)る時もなし

(万葉集、巻二―一五九)

(わが大君が、夕方になるとご覧になるように思われ、朝にはお尋ねになるように思われる神岳の黄葉のことを、今日もお尋ねになるだろうか。明日も黄葉をご覧になるだろうか。もうおなくなりになってしまったのに、そんなことを考えながら神岳を仰ぎ見ていると、夕方には無性に悲しくなり、明け方にはたまらない淋しさにおそわれて、亡き大君を偲ぶ毎日の悲しみの涙のために、喪服の袖は乾くときさえもない)

時は秋の終わり、浄御原宮からほんの咫尺（しせき）の間に望まれる雷岡、その岡は神のいます岡として神岳と呼びならわされている。神岳を掩う樹々は、逝く秋の粧いも麗しく錦繡（きんしゅう）の彩りに輝いている。亡き帝は、とりわけて神岳の秋の紅葉をお好みになった。

「鸕野、神岳の紅葉は、さぞかし見事であろうな」

という帝の声が、鸕野大后の耳には生き生きと響いてくる。今もその懐かしい君が自分の側近くに立って、共に神岳の黄葉紅葉を観賞しておられるようにさえ思われる。帝の息づかいが、帝の衣ずれの音が、鸕野大后には、はっきりと聞こえてくる。けれど辺りを見廻しても、その恋しい君は、もうどこにもおいでにはならない。――あんなに神に祈り仏に祈り、ありとあらゆる人事を尽くしたのに、帝はとうとう私をおいて遠い国へ旅立っておしまいになった。十万億土の果てにあると聞く遙かの国で、帝はなにをしておいでになるのであろう。きっと帝もこの紅葉をご覧になっていることであろう――渋い雑木の黄葉と、火のように燃える楓の紅葉が綾なす錦さえ、涙に濡れる大后のまなかいには、遠い極楽の園の幻影のように写し出され、その淡い幻の彼方に、亡き帝と過ごした数奇ともいえる半生が、走馬燈のように駈け巡ってゆく。

――帝のところへ輿入れしたのは、斉明三年（六五七）、私の十三歳のときであった。母の遠智娘（おちのいらつめ）は祖父（蘇我倉山田石川麻呂）のあとを追って死に、厳しい父（中大兄皇子―天智天皇）と優しい祖母（斉明天皇）の間で私は育ってきた。輿入れしたころ帝には額田女王という詩才たけた容姿端麗な妃があり、二人の間には十市皇女が生まれていた。私はまだ少女ではあったけれど、艶麗な女盛りの女王と帝に、どんなにか心を悩ませたかしれない。だが程なく女王は父（中大兄皇子）の妃として召されていった。姉の大田皇女や、その他数多くの女人が帝にはかしずいていたが、額田女王の去ったあと、帝の愛と信頼はわが身一つに集められて、天智称制元年（六六二）には可愛い草壁皇子が筑紫の娜の大津宮で誕生した。その皇子も二十五歳の若者に成長している。姉の大田皇女の忘れ形身、草壁皇子より一つ歳下の優れた大津皇子の存在だけが、帝の亡くなられた今では一番の心配の種である。

そうそう、壬申の乱が起こったのは、私の二十八歳のときであった。あのときの帝の悲壮極まりないお覚悟は、今思い出しても身内がふるえてくる。父天智帝の御在世中は、父と夫の確執に一方ならぬ苦労をしたが、最期の病床の父上の夫に対する冷たさを知っては、私も夫に従わざるを得なかった。吉野に隠棲する夫に従って都落ちをした日、吉野の里に隠れ住んだ日々、思えば惨めな忍苦の毎日ではあったが、常に夫の側にあり、虹のような夢を抱いてその苦しさを耐え抜いた。そして父の死、やがて起こった壬申の戦い、夫や皇子と共に吉野を出発した日の悲壮な決意、胸の血の逆巻くようなあの日も、遠く返らぬ日となってしまった。父の生存中こそ父と夫の間に挟まれての苦慮があったが、父亡きあとの大友皇子に対しては何の遠慮するところもなかった。それに、その妃の十市皇女は額田女王の娘である。私は近江を攻める夫を助けることに一顧の疾しさも惑いもなく、ただ夫の勝利を祈り、影の形に添うように夫の側につき従った。そして、あの輝かしい勝利。天神地祇のご加護、数多の神仏の助け、諸皇子や諸臣、民の雄々しい働きはあったとしても、やはり君のご運が強く、人望が他を圧していたのであろう。

飛鳥の古京に凱旋し、君と手を携えて新しい都造りに意欲を燃やした生き生きとした日々。天武二年（六七三）二月二十七日、わが君は正式に天皇の御位におつきになり、私は皇后の座にすわった。額田女王や十市皇女も近江から助け出されて飛鳥に帰ってはきたが、もう額田女王は私の意識の外の存在となっていた。わが君が若い日に見られた一場の夢、その夢のなかの幻の女として、四十歳をこした女王など私にはもう問題ではなかった。過ぎ去ったことは過ぎ去ったこととして許すことのできる雅量が、苦難の道をのりこえた私にはできていたのであろう。あの女王も、今では五十歳の半ばをこす老嫗になっているであろう。わが君の崩御をどんな気持で迎えたことであろうか。十市皇女が亡くなったとき、一度宮中に伺候したことがあったが、この度は遂に姿さえもみせなかった。やはり、宮中にくるのはつらかったのであろう。おそらく心のうちでは泣いていたのではなかろうか。考えてみれば哀れな女というべきであろう……誰かに訪ねさせてみてもよいのだが……。

亡きわが君は数かずの善政を施された。父のように猛進型のご性格ではなく、落着いた思慮深いお方であった。ああ、それにしても、なぜおかくれになったのであろう。あの強いご運も今は尽きて、神仏さえもわが君を見離しておしまいになったとは——。

次から次へと追憶の糸をたぐりよせる鸕野大后の目には、また新たな涙が湧き上がってくる。大后は、ものぐるおしいまでに高潮した哀惜の心を、なにものかにぶっつけるように歌うのであった。

一書に曰はく、天皇崩りまし時の太上天皇の御製歌二首

燃ゆる火も　取りて裹みて　袋には　入ると言はずや　面知らなくも（万葉集、巻二―一六〇）

（燃えさかる火でさえも、取って包んで袋に入れるというではないか。だのに私は、亡くなられたわが君を、自分の思いのままにすることもできない）

北山に　たなびく雲の　青雲の　星離り行き　月を離りて（同、巻二―一六一）

（北山にたなびいている淡い水色の雲が、星を離れ、月を離れて流れていくように、わが君は私を離れて去ってゆかれた）

激しい鸕野大后の天武帝に寄せる限りない慕情が、読むものの心をひきしめるようにひびいてくる。

真赤な焔を上げて燃えさかる灼熱の火でさえも、袋に入れることができるというのに、亡くなられたわが君を再び甦らせることはおろか、その方の側にさえ行くことの叶わない自分。大后の嘆きは、人の世に生まれ、二世を契った夫に先立たれたすべての女人の嘆きではあるが、これほどの激しい言葉でその慕情を表現されたものは他にないのではあるまいか。ここに情熱の女人、鸕野大后の面目が躍如としているように思われる。

星を離れ、月を離れる青雲にも似て、自分を一人残して冥界に旅立たれた君。手を差しのべ、血の叫びを叫んでも、もうその手は届かず、声も空しく蒼空に吸いこまれて、わが君は遙かの国

に、現身の自分には、見えぬ国に去ってしまわれた。この大后の限りない悲愁の思いが格調高い歌の中に、あますところなくうたいこめられている。

女傑であり、のちに偉大な政治家として成長してゆく鸕野大后も、やはり一人の女人であり、亡夫を慕う心優しい女である。そして、夫への慕情と愛情が、これから以後の大后を常に支え導いてゆく。天武帝決起のその時から、常に夫を助け、夫に仕えてきた鸕野大后の、女人の血の叫びが凝結したような三つの歌を読んで、私にはその女人のすばらしさが思われると共に、この情熱が政治家として大成した原動力であるとも思われる。

(二)

悲しんでも悲しんでも、天武先帝への追慕は胸から消えはしなかったが、今となっては草壁皇太子に最大の望みをつなぎ、雄々しい母として立ち上がらなければならないとの決意を、鸕野大后は新たにした。それは今に始まったものではなく、先帝在世中も、先帝の病中も、常に大后の胸中を大きく占めていたものではあったが、いよいよその思いが悲壮さを帯びてきた。

草壁皇太子は多くの舎人(とねり)からも慕われる心優しい皇子であったが、健康に恵まれないのが大后の心配の種であり、かの優れた異母弟大津皇子が、皇太子にとって目の上の瘤のように思われる。大后は先帝生存中から大津皇子の身辺には常に警戒を怠らなかったが、先帝崩御後まだ日も浅く、南庭に殯宮をたてて、多くのものが慟哭の渦のなかにある九月二十四日、川嶋皇子の密告で大津皇子の謀叛が知らされた。大后としては、全く思う壺に大津皇子がはまったというべきであろう。大津皇子と川嶋皇子は刎頸の交わりを結ぶ親密な仲であった。天智天皇と色夫古娘の間に生まれた川嶋皇子は、身分の低い母をもちながら、これからの天武系の朝廷のなかで生き抜いてゆくためには、鸕野大后の心証をよくすることが身を守る最も安全な方法であるとの打算から、莫逆の友を売る非を敢て行なったのではなかろうか。十月二日、大津皇子は捕えられ、翌十月三日、訳語田の舎で処刑されて、二十四歳の前途多い若き命を散らした。

鸕野大后の最大の悩みの種であり、草壁皇太子の最強の政治的競争相手であった大津皇子を葬って、大后はようよう愁眉を開いた。かの漢の高祖の妃呂后が、わが子・盈の太子の地位を守るため、異母弟如意王を毒殺した故事にも似て、鸕野大后は、あらん限りの母性愛をわが子に捧げたのである。先帝崩御のとき「燃ゆる火も　取りて裹みて　袋には　入ると言はずや……」と歌った大后の情熱は、わが子に対してもまた異常なまでの熱を帯びずにはいられなかったのであろうか。けれど、この場合の鸕野大后のやり方だけは、どうしても肯えないのは私一人ではないであろう。

政治は非情であり、いたずらな同情や感傷は許されないものではあろうが、実姉の生んだ子を死に追いやる大后の心に、一片の哀憐さえもなかったと私は思いたくない。先帝を失ったとき、あれほどの慕情を歌いあげた大后は、人の心の奥底を、常人より以上に察知できる烱眼の持主であり、豊かな詩藻の持主でもあったろう。その大后が、大津皇子の黒白を見抜けなかった筈がない。疑う術のない大津皇子を泥濘の深みに追い込み、皇子を葬った心の責めは、必ずや大后を人知れず苛んだことであろう。その責め苦を越えてまで皇太子の地位を守り、わが子の安泰を願わなければならなかった鸕野大后は、思えば、あまりにも悲しいわが子溺愛の母の業を担った人であり、過酷なまでの執念の持主でもある。

とにかくも、未来多き大津皇子はこの世から葬られ、草壁皇太子はその地位を守りきることができた。しかし、病弱の故に皇太子は未だ天皇の位にはつかず、大后は称制として政務をみなければならなかった。のちに女帝として偉大な才能を発揮する大后は、称制時代においても、負債者の労働を減じ、六十歳以上の一人暮しの老人や、八十歳以上の高齢者、病めるもの、貧しきものには、布や綿などを下賜し、罪人を許し、或いは刑を減じ、調賦を半減するなど、数多くの善政を行なっている。また、外国使節や渡来人、辺境の地の民に対しても、賞を下賜し、生業を助けるなど、大らかな女帝の片鱗が窺われる。

こうした間にも先帝の殯宮に誄（しのびごと）を奉る人のあとは絶えず、その年（朱鳥元年）の十二月十九日には、先帝没後百ヵ日の大法要が、大官大寺、飛鳥寺、川原寺、豊浦寺、坂田寺で営まれた。あけて持統称制元年（六八七）八月二十八日には、三百人の高僧を飛鳥寺に請じ、先帝の御服（おおみそ）をもって作った袈裟が贈られた。そのときの大后は悲傷の思いに閉ざされて、語る言葉さえも乱れがちであった。九月九日には先帝没後一周忌の法要が都の寺々で営まれ、十月二十二日に先帝の

天武・持統天皇陵

陵を檜隈大内陵（高市郡明日香村野口）に定め、大后は、皇太子、公卿、百官、国司、国造、数多の民を率いてその土地を築き固めた。

二年（六八八）一月八日には薬師寺において先帝のための大法要を営み、二月十六日には「これからのち、毎年、先帝の命日には必ず潔斎して法要をいとなめ」との勅が出された。そして遂に、その年の十一月十一日、先帝の亡骸は大内陵に葬られたのである。後年、鸕野大后（持統太上天皇）もここに合葬され、比翼塚大内陵の松の緑は、今日まで千古の艶を失っていないが、先帝崩御にあたって、大后の心には、未来は先帝と共にという思いが兆し、陵はその願いに基づいて設計されたのかもしれない。この短い仮りの世は如何ともすることができなくても、永遠の世においては亡き君と共にあることを、その君の崩御のとき、大后は、はっきりと心に定めたのではなかろうか。そして、現身のわが背後に、先帝の大いなる守りあるを信じ、先帝の心を心として、鸕野大后は、女ながらも堂々と大地を濶歩していったのであろう。二年二ヵ月の長い間、殯宮に泣き悲しみ、誄を奉る人びとは引きもきらず、大后もまた何回となく君の遺骸の安置所を訪ねては、生ける人に語るように話しかけた日々は終わった。魂魄は常に肌身近くとどまられることを信じてはいても、その遺骸は大内の奥津城の奥深くしずまって、大后は新たな寂寥に捉われた。

三年（六八九）正月十八日より二十一日まで、大后は先帝と共に隠忍の日々を過した懐かしい吉野宮へ初めての行啓をする。これより生涯の間に三十余度の吉野行幸は繰り返されるが、如何に吉野が大后にとって強い印象と思い出に裏付けられた土地であったかがよく窺える。

み吉野の　耳我(みみが)の嶺(みね)に　時なくそ　雪は降りける　間(ま)なくそ　雨は零(ふ)りける　その雪の　時なきが如(ごと)　その雨の　間なきが如　隈(くま)もおちず　思ひつつぞ来(こ)し　その山道を

（天武天皇、万葉集、巻一—二五）

（吉野の高峰である耳我の嶺には、定まるときもなく雪が降っていた。止むときもなく雨が降っていた。その雪や雨がひっきりなしに降るように、たえずもの思いにふけりつつ、自分はその山道を逃れてきたのだった）

という先帝の御製を、鸕野大后は思い出していたことであろう。吉野に逃れた失意の日々、あの苦難と寂寥と焦燥に満ちた過ぎし日が、仄かな懐かしささえともなって、大后には思い出されたことであろう。それと共に、天武八年（六七九）五月五日の吉野行幸の際に詠まれた先帝の得意の御歌も思い出されたことであろう。

よき人の　よしとよく見て　よしと言ひし　芳野よく見よ　よき人よく見

（天武天皇、万葉集、巻一―二七）

（昔のすぐれた人が、よい所であるとよく見て、よいと言った吉野をよく見なさい。よい人たちよ、よく見ておきなさい）

あのとき天皇は、草壁、大津、高市、河嶋、忍壁、芝基の異腹の皇子らを、同じ母から生まれた兄弟のように慈しもうと仰せられ、私もまたその誓いの輪のなかにあった。その君はすでにいまさず、共にあった大津もまた哀れな犠牲者とはなり果てた。願わくは、草壁の上に先帝のみ心が通い、先帝の後を継ぎうる立派な天皇となってくれるように――大后は吉野宮に御幸して、こんな感懐にふけったのではなかろうか。

同じ年の四月十三日、鸕野大后が異常なまでの望みを托した草壁皇太子が、二十八歳で薨去する。大津皇子処刑後、二年六ヵ月の短かさで、大后の執念とまで思われる母性愛は、鉄槌もて打たれるように、あえかなものとなり終わった。やはり、この世の中には、人力や人智ではどうすることもできない摂理が存在しているのではなかろうか。大津皇子の処刑から草壁皇太子の薨去に至る厳然とした事実をみるとき、私は因果の恐ろしさを思わないではいられない。人間の力の空しさと、業の報いの確実さを思わないではいられない。さしもの女丈夫鸕野大后も、この時ばかりは、謙虚に大津皇子に与えた自らの非を振り返ったことであろう。

それにしても、天武帝崩御に際しては、あれだけの悲傷と追慕を歌いあげた大后が、最愛の皇太子の薨去に一片の追悼歌も詠んでいないのは何故であろう。柿本人麿が皇太子追慕の歌を奉って、宮廷歌人としての地位を確固としたものにし、皇太子に仕えた舎人たちも泣き悲しみつつ二十三首の挽歌を奉っているというのに――。人麿に皇太子追慕の挽歌作製を命じ、舎人たちの数多い挽歌に満足して、大后は自らが歌うことを止めたのであろうか。それとも、あまりの出来事に動顚して歌を詠む心の余裕さえ失ったのであろうか。しかし、たとえ執念の権化になって守り育てた皇太子であっても、鸕野大后ほどの人が、その薨去に当って吾を失ってしまうなどとは考えられない。怜悧な大后は、研ぎ澄まされた刃のような冷静さで周囲を眺め、自分がいたずらに嘆き悲しむことは、人びとの嘆きをいっそう強め、ひいては人心の動揺を来すことを鋭敏に感じとっていたのであろう。天武先帝の崩御に当っては、その君の偉業を称え、その君を偲ぶことが朝廷の威を示す結果になることを考えた大后は、この度は皇太子の死に捉われずに政治に邁進する自分の姿勢が、朝威の顕現であることを考えたことと思われる。ここに、女には惜しいほどの大后の緻密な計算をみると共に、政治の非情さと、一国を統べるものの悲しさが思われる。

けれど、大后も一人の女人である。亡きわが子を偲ぶ母としての悲しさと、先帝への慕情と、大津皇子への罪の意識が織りなす綾のなかに埋没して、人知れず夜半の褥のなかで泣きぬれた日もあったことであろう。だが、そうした感傷や甘えが、許される筈もない。ここ十数年の間に、鸕野大后の上にふりかかった事どもは、あまりにも多く大きかったが、その度ごとに、大后は、より大きく、より勝れた人間へと成長していったのではないだろうか。

孫の軽皇子はまだ七歳であった。自らが天皇となる決意をかためた大后は、翌四年（六九〇）一月一日、宮中において即位した。これが日本で三番目の女帝、持統天皇である。

㈢

飛鳥京には、まだ幾分肌寒さを覚える早春の風が柔らかく吹いて、都大路をそぞろ行く都人の衣の袖をゆるがしている。甘樫の岡、仏頭山、南淵山にかかる淡い霞に、やがて訪れる春の息吹を待ち望んでいるようである。飛鳥川の響きも、ほのかな春の足音に快く語りかけているように思われる。

持統女帝は天皇の位につくと間もなく、即位の前年（持統称制三年—六八九）六月二十九日に、中央政府の諸司に配布した浄御原令二十二巻の実施に着手した。

——この浄御原令は、天武十年（六八一）二月二十五日、天武先帝のご意志によって編纂が始められたのであった。先帝と共に大極殿に臨み、親王、諸王、諸臣を集めて、律令の編纂を命じたのが昨日のことのように思われる。同じ日、草壁皇子が皇太子に定められ、私たちの前には輝かしい前途が洋々と開けていたのに……。私は先帝のご遺志を継いで律令の完成を急がせていたが、それも、ようやく昨年完成した。今こそ先帝のみ心を心として、これの実行に移るべきである——。

持統天皇は即位にあたって、こんな決心を固めたのではなかろうか。

その実施の第一として、持統四年（六九〇）四月十四日の詔勅で、官位昇進の年限を、有位者は六年、無位者は七年と定め、その出勤日数によって九等級を選び、一定年限後の平均が四等級以上のものは、勤務態度、特別な功績や特殊な才能、氏姓の大小によって冠位を授け、朝服の規定を行なう旨が述べられた。これによって、七月一日より公卿、百官は新しい朝服を着て出勤することになった。

七月五日には、天武帝の長子、高市皇子を太政大臣（おおまつりごとのまえつきみ）とし、丹比嶋真人（たじひのしまのまひと）に正広参（しょうこうさん）を授けて右大臣（みぎのおおまえつきみ）とし、あわせて中央の大人事異動を行ない、新たに中官と宮内官が設けられて八官が揃った。次いで六日には地方官人事の大異動が実施され、七日には家庭より朝服を着て宮門の開かれる以前に出勤せよとの勅が出され、九日と十四日には朝堂における礼法についての勅が出された。

持統女帝の、中央集権制による律令国家へかける意欲の旺盛さが窺われる。これは、先帝が計画しながら、その緒につかぬうちに崩御したことに対する尽きせぬ哀惜の現われであると共に、先帝の遺志を生かし、先帝の心のままに歩むことを自分の大きな使命と考えた現われであり、それがまた、女帝の生きる支えでもあったのではなかろうか。

七月十四日には、亡き草壁皇太子のために、三ヵ寺の僧、三百二十九人に贈物がなされた。この寺の名は判然としないが、持統女帝は大いなる仏教信仰家であったのではないかとの感を深くする。

七月十六日には戸籍作成について再度の詔勅が出された。過ぐる持統称制三年閏八月十日に、その年の冬に戸籍を完成するように触れ出されていたのが、未だ出来上がらなかったためである。これは天智天皇のときに作られた庚午年籍以来二十年ぶりのことで、翌五年に完成したが、持統四年が庚寅（こういん）の年であったため、庚寅戸籍と呼ばれた。

九月十一日には、租税徴集の方法を、これまでの戸別制を改めて個人別とする旨の勅が出され、九月十三日からは紀伊を巡幸して、親しく下情視察を行なった。

こうした間にも、持統女帝はたびたび吉野宮を訪れているが、この頃の吉野は、女帝にとっての思い出の地であると共に、繁雑な政務から離れる憩いの場ともなっていたのではなかろうか。吉野川の清流を愛で、吉野の青巒（せいらん）のなかに憩い、先帝と語り、先帝を想いつつ、次への政治構想をねり、自らの政治姿勢をたしかめて、新しい意欲に溢れて都に帰ってきたのであろう。そうするうちにも、女帝の胸中には、新都への夢が大きくふくらんでいった。

役所の数も、役人の数も、浄御原令実施に伴ってとみに増加してきた現在、飛鳥浄御原宮は手狭になり、中央集権制の律令国家にふさわしい、大唐国の都城にも似た一大都城を造ろうという意欲に、女帝は生き生きと若返っていった。才智たけ、意志強く、女には惜しいほどの大らかさをもち、人心の掌握に長じた女帝は、また、豊かな詩藻と婉麗な美貌に恵まれた文化人でもあった。女帝の詩心が、女帝の夢が、そして、なににもまして偉大な女帝の政治的手腕が、緩急所を得て、官吏や民の心を、ある時は引き締め、また和ませながら、平和で、文化の華薫る白鳳時代を現出させていくのである。

十月二十九日、太政大臣高市皇子は、新都建設の候補地である藤原の地を、公卿、百官を引き連れて下検分した。十二月十九日、女帝は親しく藤原の宮処候補地に行幸した。

この地は、東は香久山、西は畝傍山、北は耳成山に囲まれた平地で、南方遙かに吉野山を控えている。狭くなった浄御原宮に比べると、このひろびろとした平野には、女帝の構想通りの一大都城を造り得るであろう。大和三山の麗しい緑に三方を囲まれ、先帝との思い出につながる吉野山を南に望見できる藤原の地は、女帝の理想にぴったりと当てはまる処であった。

持統五年（六九一）二月一日には、先帝の遺志を継いで、公卿の家ごとに仏殿、経蔵を造り、毎月、六斎（むよりのいみ）（八日、十四日、十五日、廿三日、廿九日、三十日）の祭りを行なうように命じた。女帝は、こうしたことにまで先帝の遺志を尊重し、およそ天武帝が手がけたことや、志したことは、事の軽重を問わずその実施を命じ、常に先帝の心を心とし、その遺志に支えられて行動していった。三月二十二日と四月一日には、男女、貴賤、人身売買、奴婢等に関しての勅が出され、庚寅戸籍作成に当っての細かい指示がされた。

九月九日、ちょうど天武先帝の五回目の命日に、曽ての日、大津皇子を讒訴した浄大参（じょうだいさん）川嶋皇子が薨去する。齢三十五歳。草壁皇太子の早世といい、壮年の今や働き盛りと目される川嶋皇子の薨去といい、大津皇子の嘆きと恨みにまつわる因縁の目に見えぬ糸が尾を引いて、磐余の池畔の血の悲劇に、二上山の西空を真っ赤に染めた晩秋の夕日の不気味な残照のように、後の世までも呪いの焔になめ尽くしてゆくのではないかと思われてならない。

十月には先帝の山陵守衛についての勅が出された。この異常なまでの先帝に対する女帝の執着ぶりに、女心のきめの細かさが偲ばれる。

六年(六九二)二月十一日、女帝は三月三日より伊勢国へ行幸する旨の勅を出したが、中納言直大弐三輪朝臣高市麻呂は、この度の行幸は農事の妨げになるから取り止めるようにと諫言した。しかし、女帝はこの言を入れず、三輪高市麻呂は冠位をなげうって重ねて諫言したが、これもいれられず、女帝は伊勢行幸を敢行する。この時、高市麻呂は職を辞し、遂に大宝二年(七〇二)に長門守となるまで閑職に甘んじた。壬申の乱に大功をたてた忠臣高市麻呂は、硬骨で一本気な人物であった。吉野宮への行幸をはじめとして、とかく外出好きの女帝に対し、しかも、即位後まだ日も浅い女帝に対し、彼一流の政治的識見から、農繁期を女帝行幸に煩わされる民の心を考えての諫言であったが、女帝には、また女帝としての政治的識見があった。大和国に君臨する持統女帝にとって、地方を平らかに治めることは重大な責務であり、特に、壬申の乱に功績多く、自らの思い出にもつながる伊勢地方の巡幸は、先帝追慕の上にも、人心収攬の上にも大切なことであった。三月十七日、伊勢の行宮に落着いた女帝は、その地方の国造たちに冠位を与え、その地方の今年の調役を免じるほか、大赦の令や、高齢者への物品の下賜など数多の善政を施し、同二十九日には、近江、美濃、尾張、参河、遠江などの諸国にも同様の沙汰がなされた。

五月二十三日、いよいよ藤原宮造営は軌道にのり、難波王らを藤原の地に遣わして新都の地鎮祭がとり行なわれた。

七年（六九三）九月九日、天武先帝崩御より足掛け八年の命日に、先帝供養の無遮大会が内裏で行なわれ、捕われ人は悉く許された。その夜、女帝は夢に先帝の姿を見た。

天皇崩りましし後八年九月九日、奉為の御斎会の夜、夢のうちに習ひ給ふ御歌一首

明日香の　清御原の宮に　天の下　知らしめしし　やすみしし　わご大君　高照らす　日の皇子　いかさまに　思ほしめせか　神風の　伊勢の国は　沖つ藻も　靡きし波に　潮気のみ　香れる国に　味こり　あやにともしき　高照らす　日の皇子（万葉集、巻二―一六二）

（明日香の浄御原宮に天下をお治めになったわが大君天武天皇は、どのようにお思いになったのであろうか。伊勢の国は、沖の藻が波になびき、潮の香のほのかに匂う国……ああ、懐かしいわが君よ）

斎会の行事も滞りなく済み、かすかな疲れにまどろむ女帝の枕辺に、亡き君は、沖の藻が寄せる波に靡くように、ほのかに漂う潮の香のように、そこはかとない幻の姿をあらわされたのであろうか。壬申の乱のとき、吉野を出立して鈴鹿の山道を越え、伊勢に達したときの思い出が、潮騒のように女帝の胸を掩ってゆく。その君は、きっと凛々しく馬にまたがって、伊勢を目指され

たありし日の勇姿を、女帝の胸に甦らせたことであろう。浄御原宮に天下をお統べになったわが君、高く輝く日輪のように、気高く麗しかったわが君。どんなお気持であの馬の背に揺られておられたのであろう。どうお思いになって私を置いたまま遙かの国へ旅立ってしまわれたのであろう……。帝、おなつかしい帝——そう叫んだとき、亡き君は、かき消すように女帝の枕辺から去ってゆかれた。やるせない思いだけを女帝の胸にのこして……。

夢の歌。脈絡のないこの歌が、却ってその時の現実を、女帝の尽きせぬ先帝への燃ゆる慕情を歌いつくしているように思われる。次から次へと、夢の掛橋を渡るかそやかな思い出が、一人の女人としての持統帝の姿を鮮やかに浮彫しているのではなかろうか。

こうした間にも、夜を日に継いで新都の造営は着々と進み、やがて訪れる輝かしい日を目指して、一大都城は建設されつつあった。

(四)

持統八年（六九四）十二月六日、念願の藤原宮は完成して遷都が行なわれた。九日には新宮殿において百官の拝朝の儀、十日には遷都を寿いで、親王より郡司に至るまでのものに布などが下賜され、十二日には盛大な遷都祝賀の宴会が催された。

藤原宮造営に当っては、万葉集の「藤原宮の役民(えにたつたみ)の作る歌」にも詠まれているように、近江の田上山から伐り出した檜を角材にして宇治川に浮かべ、筏に組んで巨椋池（おぐらのいけ）にくだし、木津川を遡らせて大和に運んだ。各地から徴発された民は、家のことも我が身のことも省る暇さえなく、鴨のように水の上を右往左往しつつ、新しい宮殿の木材を運んだ。

持統四年十月の太政大臣高市皇子の視察、同十二月の女帝自らの候補地検分から、満四ヵ年の歳月と、数多の民の労働力を結集して新都は造られたのである。その間、皇族や官吏への宅地の給与や、天皇の新都の道路視察、新都造営に当って掘り出された遺骸の収容などの煩わしいことはあったが、天武先帝時代からの世の中の安定と、持統女帝の積極的な性格や政治に対する情熱が、この壮麗な宮殿の完成と都造りを可能にさせたのであろう。持統女帝の満足や思うべし。女帝は翌九年（六九五）一月八日に吉野宮に行幸しているが、さだめし、新都完成の高揚した感懐を、先帝との思い出の地で、じっとかみしめたかったのではなかろうか。

藤原宮の朝堂院は、大極殿、東西北三殿、正門、回廊からなる一院と、その南に、十二堂、中門、回廊からなる一院、更にその南に、東西朝集殿、南門、回廊からなる一院があって、合わせて南北約六〇〇メートル、東西約二四〇メートルに及ぶ日本最大の規模をもつ朝堂院であったことが、発掘調査によって判明したそうである。また続日本紀によれば、内裏関係の建造物も多く、相当の広域に及んだようである。

この藤原宮を擁する藤原京は、大和三山の間の平野部、藤井ヶ原にあって、左右両京に分かれ、両京の町割りは十二条と四坊からなり、道路を縦横に配し、東西の市もあって、後年の平城京の原型をなすものといわれる。

大唐国の都城にならった、この国における初めての永久の都城を建設しようという持統女帝の大いなる理想が、ここに明らかに実現されたのである。

やすみしし　わご大王　高照らす　日の皇子　荒栲の　藤井が原に　大御門　始め給ひて　埴安の　堤の上に　あり立たし　見し給へば　大和の　青香具山は　日の経の　大御門に　春山と　繁さび立てり　畝火の　この瑞山は　日の緯の　大御門に　瑞山と　山さびいます　耳成の　青菅山は　背面の　大御門に　宜しなべ　神さび立てり　名くはし　吉野の山は　影面の　大御門ゆ　雲居にそ　遠くありける　高知るや　天の御蔭　天知るや　日の御蔭の　水こそば　常にあらめ　御井の清水（万葉集、巻一―五二）

と、万葉集には藤原宮のことが歌われている。青々とした大和三山が、東西北の三門の側に、瑞々しく、神々しく聳え立ち、南の御門遥か彼方には吉野の山が屹立する藤原の都、その御井の清水の尽きせぬようにと藤原宮の弥栄をたたえるこの長歌の作者は柿本人麿なのではなかろうか。

これに続く短歌、

藤原の　大宮仕へ　生れつぐや　処女がともは　美しきろかも（同、巻一―五三）

（藤原の宮殿にお仕えするために生まれてきた乙女たちは美しいことだなあ）

においても、藤原宮に奉仕する乙女への羨望の言外に、壮麗な藤原宮がたたえられている。優れた歌人であった持統女帝も、

春過ぎて　夏来るらし　白栲の　衣乾したり　天の香具山（万葉集、巻一―二八）

（春が過ぎて夏が来たらしい。真っ白な衣が乾してある。天の香久山は）

と、藤原宮から望んだ香久山の状景を歌っている。青葉したたる香久山、抜けるような真っ青な空、青嵐に翻る衣の目に沁むような白さ、女帝の限りない自然美への造詣と、民の上に寄せる大らかな愛情が、この簡潔な歌のなかにあまさず歌いこめられている。女帝は、民の安らかな生活を、真っ白に洗い上げた衣の輝きに察しながら、わが治世の無事をよろこんだことであろう。

女帝の御代は、孝徳年間に蕾をほころばせた白鳳文化が、豊かに円熟した時代でもあった。孝徳天皇から天智天皇に至る間は、なにかと国内に問題が多かったが、壬申の乱を契機として世の中は徐々に平安を取り戻した。天智帝の頃に一旦は途絶えた新羅との親交も、天武帝即位後まもなく再開され、天武二年（六七三）六月十五日には、新羅より天武帝即位を祝福する使節が来日している。そして再び盛んとなった大陸との交通で、わが国にも大陸文化の影響が多く、仏像彫刻などに新唐様式が採り入れられる。そのなかで持統朝文化を代表するのは、柿本人麿によって高揚された短歌文学と、薬師寺の建立ではなかろうか。

柿本人麿は、斉明、天智朝の白鳳文化を代表し、第一期万葉を代表して、万葉の母神ともたたえられる、かの閨秀宮廷歌人額田女王のあとを受けて、華々しく宮廷歌人として登場する。官吏としての公的地位は低かったが、その優れた詩才故に天武朝末期から徐々に台頭してきた人麿は、詩藻豊かで文学的教養の深かった持統女帝の寵を得て、宮廷歌人としての地歩を固めた。第二期万葉を代表する人麿の歌は、公的な儀礼歌と個人的な抒情歌に分けられる。皇室賛歌や皇族挽歌などの儀礼歌は、絢爛とした修辞に彩られ、荘重な響きを宿して万人の胸を打ち、個人的な相聞歌や抒情歌は読むものの心情にそくそくと訴えかけて、彼の円熟の域に達した歌のかずかずは、白鳳文化のもつ文学的価値を、ますます高からしめたといえるであろう。

薬師寺は、天武九年（六八〇）十一月十日に皇后（のちの持統女帝）が発病したとき、その平癒を祈って天武先帝が建立を発願したが、完成をみずに天武帝は崩御し、持統女帝は先帝の愛の結晶ともいえる寺の造立工事を続けた。持統十一年（六九七）七月には仏像開眼会が行なわれ、文武二年（六九八）十月には、その堂塔はほぼ完成された。この寺は平城遷都に伴って奈良に遷されるが、薬師三尊は白鳳時代末期の作といわれ、現在の橿原市木殿あたりに建てられた持統朝の薬師寺は、白鳳文化の粋を集めて造立されたものであろう。

白鳳文化華やかなりし頃の藤原の都は、さぞや麗しい彩りと、平安で豊かな幸せに満ちていたのではあるまいか。その頃の女帝の平和な明け暮れを思わせるものに、こんな歌がある。

不聴（いな）と言へど　強（し）ふる志斐（しひ）のが　強語（しひがたり）　このころ聞かずて　朕（われ）恋ひにけり

（万葉集、巻三―二三六）

（嫌だというのに無理に語って聞かせる志斐の強語を、この頃は聞かないので、私は恋しく思っている）

志斐という老女は、いろいろの面白い物語をする女であった。多分、下情に通じて、下じもの世間話を女帝に申し上げることのできる、身分は低くとも女帝が心を許された気のおけない老女であったのではなかろうか。くどくどと繰り返す老女の話は、時には聞きづらく、うるさくても、全然それを聞かないでは物忘れしたように寂しくもなる。煩雑な政治に疲れたとき、老女の世間話は、女帝の心を慰める一掬の安らぎをもたらしたのかもしれない。老女を招くのに、こうした諧謔を交えて呼び出す女帝は、厳しい政治家の反面、ユーモアを解する心の持主でもあった。その女帝に対して、志斐の嫗も諧謔味たっぷりに応えている。

否と言へど　語れ語れと　詔らせこそ　志斐いは奏せ　強語と詔る（万葉集、巻三―二三七）

（お話するのは嫌ですと言っても、語れ語れと仰せになりますので、志斐はお話申し上げておりますのに、強語だなどと仰せになって）

国を統べる天皇と、一介の老女との関係とは思えない親密さが、二人の歌のやりとりのなかには感じられる。こうした女帝の大らかさやユーモアが、あの美麗な壮大な藤原宮造営の背後にはひそんでいたのであろう。持統女帝の人間性のなかには、大らかさと華やかさ、進歩的、厳しさなどのほかに、庶民的な優しさや思いやりが秘められていたのであろう。

持統十年（六九六）七月十日、太政大臣、後皇子尊と尊称された高市皇子が薨去する。齢四十三歳であった。高市皇子は天武天皇の長子として生まれたが、母（尼子娘）が地方豪族胸形徳善の娘であったため、皇位継承からは、やや後退した地位に甘んじなければならなかった。だがその勝れた力量と才能は、かの壬申の乱に於ては天武天皇より全軍の総帥を任じられて目ざましい活躍をなし、また、草壁皇太子なき後の朝廷にあっては右に出るものなく、太政大臣として女帝を補佐した。持統朝の平穏な政治運営も、女帝が後顧の憂いなくしばしば都をあけることができたのも、高市皇子の才腕と人物に負うところが多かった。草壁皇太子を日並知皇子尊（ひなみしのみこのみこと）と尊称したのに対し、高市皇子を後皇子尊と尊称するのは、皇子を次期天皇への衆目の一致するところであったのではないだろうか。

壮年の働き盛りの高市皇子の突然の薨去が何に原因するものか定かでないが、皇子薨去に際しての持統女帝の胸中は、複雑微妙な動きをしたことであろう。女帝としては自分の孫の軽皇子に皇位を譲りたいと内心考えていたと思われる。しかし、智力、実行力、人望、人格共に勝れた男盛りの高市皇子が厳然として健在である限り、如何に直系であっても、このとき十四歳の軽皇子と高市皇子では、政治経歴において、人物、識見において、相当の隔たりがあったであろう。公平な目で見たとき、高市皇子に軍配の上げられるのは当然である。女帝としても、苦しかった壬申の乱以来、影になり日向になって朝政を援け、特に即位してからは、太政大臣の重責を担って政治に邁進してきた皇子を、無下に左遷することも憚られたであろう。それが突然の高市皇子の薨去に遭遇して、女帝は皇子の死を惜しむと共に、一方では、ほっとしたものを感じたのではなかろうか。天武帝の皇子たちは幾人かあったとしても、あとのものは女帝にとって問題ではなかったであろうから――。

高市皇子薨去に際して、柿本人麿は万葉集中最長の荘重な挽歌を奉った。

持統朝もようやく終わりに近付いてきた。高市皇子薨去を契機として、早く孫の軽皇子に位を譲り、自分がその後見となることを女帝は考え続けるのであった。

(五)

薬師寺の甍は陽光に燦然と輝き、都の鎮めをなす大和三山の翠緑は蒼空に映えて、持統女帝の夢を実現した藤原の宮は、萌え出ずる遙かな希望と、永遠の平和を象徴するかのような華やぎのなかにある。宮門を出入りする数多の官吏。宮仕えする乙女たちの麗姿。緑したたる三山の裾に栄える壮麗な宮殿と、都大路を行き交う民の笑まいのうえを、爽涼の初秋の風がしのびやかに渡ってゆく。こうして殷賑を極める藤原の宮にくらべて、飛鳥の浄御原宮のあたりは、日を追うて寂寥をましていった。

采女(うねめ)の　袖吹きかへす　明日香風　都を遠み　いたづらに吹く(万葉集、巻一―五一)

(采女の美しい袖をひるがえすように吹いていた明日香風も、藤原に都が遷って、ただいたずらに淋しい旧都のあとを吹きぬけてゆく)

と、志貴皇子が歌っているように、天武帝の君臨した飛鳥浄御原宮も、今は置き忘れられたかのように、蕭々と秋風に吹かれて、寂寥のなかにしずまっていた。

高市皇子の薨去に伴って、それまで持統女帝の胸中に渦巻いていた皇位継承の問題は、女帝の心のなかでは軽皇子への譲位という形を確立させはしたが、それで総てが解決されたわけではなかった。天武帝が他の妃たちに生ませた皇子を、女帝が問題にしていなかったとはいうものの、現実に、忍壁、芝基、舎人、長、穂積、弓削、新田部の七皇子は未だに健在であるし、その他の諸王、皇族、有力氏族たちも、朝廷では隠然とした勢力をもっている。律令体制をとって政治が運営されている以上、いかに女帝の力が強く、男まさりの性格ではあっても、これらの諸皇子や官僚を無視して、天皇の独裁で皇位継承者を定めるのは難しいことであった。

女帝は、皇族、公卿、百官を宮中に召し出して、皇位継承問題についての会議を開いた。女帝が自分の意中は秘して各自の意向を述べさせてみると、甲論乙駁それぞれに自分の思わくを述べて、なかなか皇位は決定しそうにもなかった。女帝時代になって、とかく疎まれがちの忍壁皇子を推すものもあれば、長皇子を推すものもある。女帝は黙って意見を聴いていた。この時、やおら立ち上がった葛野王（かどののおおきみ）（大友皇子の遺子）は、一歩進み出て、

「わが日の本の国では、神代から現在に至るまで、子孫が相続して皇位を継ぐことに定まっています。もし、兄弟が相続することになると、内乱はここから起こるでありましょう。天意を測り知ることはできませんが、人間関係の問題から考えたとき、日嗣（ひつぎ）の皇子は自ずから定まっております。とやかくと余計な詮議はするものではありません」

と、敢然と言い放った。その言葉を聞いた弓削皇子は、何か一言反駁しようとしたが、葛野王に叱りつけられて、その言葉を呑みこんだ。葛野王の気迫に押されて、あとは誰も反対を唱えるも

のもなく、皇位継承者は軽皇子にきまり、女帝は自分の初志を貫くことができた。

壬申の乱に父大友皇子を失った葛野王は、持統女帝にとっては旧敵の遺子ということになる。しかも、その母は額田女王の娘十市皇女である。こうしたことから、葛野王は持統朝においては、あまり恵まれた存在ではなかったことと思われる。兄弟相続と、父子相続の相剋の犠牲となった父大友皇子のことを考えると、葛野王は表面にこそ出さなくても、天武先帝や持統女帝に持つ恨みの根は、さぞかし深かったことであろう。だが、現実に世は持統女帝の統治下にある。

——今となっては、己れの恨みや悲しさは内に秘めかくして、女帝の意を迎えることのみが立身の道である。この機会を外したら、再び自分は長い日の目を見ない生活を強いられることであろう——

そうした打算が葛野王の胸中を駈け巡ったのではなかろうか。言外に多分の皮肉を含めつつも、葛野王は女帝の意志の方向へと去就を決したのである。

女帝もさるもの、葛野王の胸中の葛藤はとっくに読んでいた筈なのに、王の一言で国家の日嗣が定まり、内紛も起こらずに済んだことに対する悦びを述べ、特に王を呼び出して正四位を授け、式部省の長官に任じた。

こうして葛野王は不遇の境界から這い出すことができた。自分の感情や真情を捨て去った葛野王の進言で、持統女帝の孫に寄せる期待は実現されたが、皮肉とより言いようのない現世の縮図が、この皇位継承劇には感じられる。

明けて持統十一年（六九七）、軽皇子は正式に皇太子となった。その年の六月、女帝は後継者の定まった安心からか、それとも長年の政治の疲れからか、かりそめの病に伏す身となった。女帝の病気平癒を祈願して、公卿百官は仏像制作を発願し、七月二十九日、その開眼会が薬師寺において催された。念願の日嗣の皇子もきまり、先帝の自分への愛の権化ともいうべき薬師寺の本尊の開眼会も滞りなくすみ、病も癒えた女帝は、ようやく安堵して、月あけて八月一日に、軽皇子に皇位を譲った。ここに十五歳の少年文武天皇が生まれたのである。

しかし、年少の天皇に、持統太上天皇は、まだまだ安心することはできなかった。のち、二十五歳で早逝する文武天皇は、父の草壁皇子に似て、ひ弱い体質の持主だったことと思われる。

持統太上天皇の最後の大事業は、大宝律令の完成とその公布であろう。

文武天皇四年（七〇〇）三月十五日、刑部(おさかべ)親王、藤原不比等、粟田真人(あわたのまひと)らの諸王諸臣に命じて、浄御原令や唐令を検討させ、新たに作らせた律を加えた大宝律令（律六巻、令十一巻）は、翌大宝元年（七〇一）八月三日、一年五ヵ月という短期間で完成した。八月四日には西海道以外の六道に明法博士を遣わして、大宝令の講習会が開かれた。天智朝の近江令、天武・持統朝の浄御原令の集大成ともいえる大宝律令の、精力的な編纂の蔭には、必ずや持統太上天皇の厳しい督励があったことと察しられる。

大宝二年（七〇二）二月、大宝律は施行された。七月十一日、文武天皇は吉野離宮に行幸しているが、多分、太上天皇も行を共にしたことと思われる。とすれば、これが生涯における最後の吉野への御幸である。

初秋の風が、離宮のあたりを優しく吹き過ぎていったことであろう。曽ての日の行幸に供奉した柿本人麿が、美しく歌いたたえた吉野の宮――吉野の風物――。離宮は女帝の世になって新たに造り替えられたものであろうが、女帝時代から現在までの三十数回の行幸をみるとき、吉野は太上天皇にとって、心の故里であり、魂の憩いの場であったとの感を深くする。

孫に位を譲り、精力を傾けた律令の完成もなった今、ふと省みると、ようやく老いの痛みが、その体にしのび寄る今日この頃ではなかったのであろうか。肌辺吹く涼風のなかに立ち、周囲を巡る杉木立を眺め、岩をうがって流れる吉野川の清流を望みつつ、太上天皇の胸のなかには、こ

雷の丘

れが先帝との思い出の地を訪れる最後になるかもしれないという死の予感が、音もなくよぎっていったかもしれない。そう思って眺めると、幾十度眺め愛した吉野の風物が、また新たな感懐を誘って、太上天皇の胸を打ちつづけたことであったろう。

吉野から帰った太上天皇は、十月十日から東海の国ぐにを巡る旅へと車駕を進めた。この巡幸の門出を寿ぐかのように、十月十四日、新しい律令は天下の諸国にあまねく頒ち下された。

参河路に吹く風は逝く秋の冷気をはらんでいた。山肌を彩る晩秋の紅葉の美しさに、太上天皇は先帝と共に眺めた神岳（雷丘）の紅葉を思い出していたかもしれない。なぜかしきりに先帝の幻に誘われるように、冬の訪れをもおそれずに出で立ってきた旅であった。参河を過ぎ、尾張、美濃、伊勢、伊賀と、遠い日、先帝と共に進んだ苦難の道すじを、かみしめ、味わうように、車駕はゆっくりと轍を進め、十一月二十五日、再び参河に帰った。大和に帰り着いたのは、おそらく冬の色濃い十二月の初旬だったのではあるまいか。

総てのことを成し終えたという安心と、疲れが、一度に太上天皇を襲ってきた。十二月十三日、病の床につき、二十二日、持統太上天皇は、安らかに先帝のもとへと旅立っていった。齢五十八歳であった。

持統女帝の生涯は、天武先帝の追慕と、先帝の残影のなかに終始されたといってもよい。しかし、そのあまりにも完璧な生涯に、私はたじろぐ思いがする。女帝の生涯に於ての唯一つの汚点は、大津皇子の処刑であった。だがそれも大局から眺めたときには、或いは為政者として止むを得ないことであったのかもしれない。

どこから押しても、どこから突いても、なんの欠点もない人柄は、また面白味に欠けることも事実である。派手で旅行好きであったとはいえ、それも諸国平定の上の要務であり、吉野離宮への行幸も、先帝への追慕とともに、諸皇子、諸王、諸臣たちへの慰安をも兼ねていたものであろう。

私は、ほとほと、持統天皇という優れた女性は苦手であると痛感した。一片のロマンスも、ひとかけらの失敗もない女性。およそ私とは雲泥の相違の高い地点に、磐石の重みをもって毅然と立つ持統女帝は、畏敬の的ではあっても、女人としての親しみはついに感じることができなかった。良妻賢母、完璧な政治家。女帝のただひとつの女らしさは天武先帝への尽きせぬ追慕のみであった。私は殊更にそれを強調しすぎたかもしれないが、それればかりが救いであったからである。

いずれにしても、女には惜しい人物であったという感じが深い。天武先帝への追慕にしても、穿った見方をすれば、政治的な緻密な計算の上になされていたものであったかもしれない。そして、あたかも、その緻密な計画のすべてを為し終えたかのように、この世を去っていった最期まで が、理性と計算の上に組み立てられていたような感じさえする。

偉大な女性、賢明な女性、というのが偽らぬ私の持統女帝観である。

人麿をめぐる女たち㈠——穴師の女

㈠

延喜五年（九〇五）四月十八日、醍醐天皇より史上初めての勅撰歌集編纂の勅命を受けた紀貫之は、古今和歌集仮名序において「………かきのもとの人まろなむ、哥（うた）のひじりなりける。……」としたためている。第二期万葉を代表し、七世紀後半の最大の歌人とたたえられ、歌聖と仰がれる柿本人麿——彼は、いったいどのような女人遍歴の道をたどったのであろうか。人麿をめぐる女人群像に焦点をあてて、その綾なす悲しき恋の行方と末路を追ってみたい。

柿本氏は第五代孝昭天皇の御子天足彦国押人命（あめたらしひこくにおしひとのみこと）を祖とし、大和平野の東北部を本拠とする氏族の出で、春日氏や和珥（わに）氏と同族であり、第三十代敏達天皇の御代に、家門に柿の木があったところから柿本姓を名のったといわれている。もとは柿本臣であったが、天武十三年（六八四）に朝臣を賜った。しかし、人麿の名は正史には登場せず、和銅元年（七〇八）に没した柿本佐留の名がみえるのみで、その人と人麿の関係は不明である。

柿本人麿は、生年、没年共に明確ではなく、位はおそらく六位以下であったろうといわれ、万葉集や柿本人麿歌集に残される夥しい歌によって、その生涯を想像するにすぎない。彼は孝徳朝の末頃、現在の天理市櫟本のあたりで呱々の声をあげたのではなかろうか。壬申の乱のときは、若き人麿も大海人皇子側の旗下に馳せ参じて戦場を駈け巡ったことであろう。天武朝の後期から、豊かな詩才を認められて徐々に頭を上げてきた人麿は、持統女帝という絶大なる支援者を得、草壁皇太子薨去の際の挽歌を契機として、一躍、宮廷歌人としての輝かしい脚光を浴びた。

だが、私がここにとりあげようとするのは、そうした公的な宮廷歌人としての人麿ではなく、人間としての人麿の恋の喜びと悲しさである。彼も人の子、ましてや人情の機微を解する詩人人麿が、恋のとりこにならなかったとしたら嘘である。彼がその生涯において契りを重ねた女人が何人あったかは判らないが、私はその歌を通して、ここに四人の女人を登場させてみたい。しかし、それはあくまでも私の小説的発想であることを、あらかじめここにお断りしておきたい。

人麿が穴師の女と知り合い、恋を囁き交すようになったのは、いつごろのことであろう。私の想像では、穴師の女こそ人麿の最初の女であり、子までもうけて、人麿の生涯において、人間として最も幸せな一時期を共にした女人だったと思われる。その頃の彼は、まだ歌人としてあまり名声の上がらない時代であったか、もしくは、ようやく台頭しはじめてきた時代だったのではなかろうか。

櫟本あたりのわが家から黒駒にまたがって、時折り飛鳥宮廷に出仕する人麿の胸中には、青年の遥かな夢が虹のようにふくらんでいた。身分は低くとも、常にわが上に注がれる鸕野皇后の温かい思いやりの目のあることを、人麿は恐懼と感激のなかに受けとめていた。前途が輝かしい光彩に彩られて、若き胸の血を熱く熱くにえたぎらせていく。

穴師の里

そんなある日、ふと痛足川のほとりで見た一人の美しい女人の面影が、彼の胸を痛いほどしめつけて、いつしか忘れられないものとなっていった。清らかな痛足川の水に洗われたかと思われる透き通った白い面ざしや、川辺に咲く紅椿のような紅い口もとが、まだ女体の神秘を知らない詩人の心を疼かせつづける。そして、心なしか、ふと見合わせる女の目の色に、自分への仄かな慕情が隠されているように思われる。甘ずっぽく、やるせない女人思慕の日々は過ぎ、いつしか焼けつくような夏の日が訪れてきた。今日も懐かしい女への想いを胸に秘めて、白っぽく乾いた山の辺の道を、物思いに沈みつつ駒を進ませる人麿の耳に、滔々と川波を立てて流れる痛足川の響きが聞こえてくる。彼女の住む里はもう近い。おそらく弓月が嶽の上には夏雲が湧き上がっていることであろう。

痛足川　川波立ちぬ　巻目(まきもく)の　由槻(ゆつき)が嶽(たけ)に　雲居(くもゐ)立てるらし（万葉集、巻七―一〇八七）

勤め明けのその日、早目に帰路についた人麿は、川波立つ痛足川のほとりに、自分を待つように佇む恋しい女の姿を見出した。女は焦れる心と焼ける体を川瀬の渦に沈めようとでもしていたのであろうか。ほんのりと淡い紅に染まった素足のなまめかしさと、白露を含んだ瞳のいじらしさが、人麿に無言の慕情を訴えかけてくる。女の風情に心の堰を切られて、つと駒からおりた人麿は、羞じらいを満面に散らしてさしうつむく女の手を、何ものかに追いかけられるように、強く強く握りしめていた。高潮した彼の目には、弓月が嶽に湧き立つ雲のたたずまいまでが、二人の不思議な逢う瀬を祝福しているかのように映し出されてくる。

あしひきの　山川の瀬の　響る(な)なべに　弓月が嶽に　雲立ち渡る（同、巻七―一〇八八）

響く川瀬の音、弓月が嶽の頂に湧き上る真っ白い雲。真夏の昼の深い深い静寂の中に、熱い手と手を絡ませて、互いの愛の想いを初めて確かめ合った情熱の詩人と妙麗の女人。

この鄙びた穴師の里に、人麿の名声はまだ伝わってはいなかった。それだけに二人の恋は自然であった。逢う瀬の重なるにつれて、人麿は女の優しさに、女は人麿の情熱に惹きいれられ、契りを深めることに埋没する日々が過ぎていった。

女の家に程近い檜原の地に手を携えて散策の足を運んだこともあった。宮廷への往還に絶えず眺める檜原の山ではあっても、愛しい女人（ひと）と二人して眺める山への感懐は、まるで初めてその山を見たような厳粛なものであった。

鳴る神の　音のみ聞きし　巻向の　檜原の山を　今日見つるかも（万葉集、巻七―一〇九二）

二人は小波きらめく檜原池のほとりへと足を運んでいった。東南には神山三輪山が神々しい姿をみせ、その北には、まるで自分と妻が睦み合うように巻向の山並が連なっている。その美しさに見とれつつ、人麿はいっそう強く妻の手を握りしめる。

三諸の　その山並に　子らが手を　巻向山は　継（つぎ）のよろしも（同、巻七―一〇九三）

妻と初めて睦み合った夏の日もとく過ぎて、逝く秋の名残りをひときわ際立たせるかのように、緑松輝く三輪山に立ちまじる雑木もみじが、巻向山を彩る黄葉紅葉が、二上山に沈もうとする落日の残照に映えて、目も綾な金繡の粧いをみせている。わが衣を、いとしい妻の衣を彩り染めてみたいほどの鮮かな錦の山容に、人麿は思わず口ずさんだ。

我が衣　色どり染めむ　味酒（うまさけ）　三室の山は　黄葉しにけり（同、巻七―一〇九四）

茜から菫色に西の空は夕の色を深めてゆく。二人は肌刺す風の冷たさに身を寄せ合い、家路をいそぐのであった。

女の家は痛足川のほとりにあった。静寂の夜、閨（ねや）の中まで高い川音の響いてくることがあった。長い妻の黒髪をまさぐりながら人麿は黙ってその音を聞いていた。妻も彼の胸に顔を埋めて、じっと川音に聞き入っている。かすかにふるえる妻の体を抱きしめていると、自分の来ない日の一人居に耐える妻の淋しさが哀れで、「今宵は嵐が来るのかもしれない。自分が来ない日は随分と用心しなければならないよ」と、小さい桜貝のような妻の耳もとへ、人麿はそっと囁きかける。

ぬばたまの　夜さり来れば　巻向の　川音（かはと）高しも　嵐かも疾（と）き（万葉集、巻七―一一〇一）

後髪はひかれても、公的な務めをもつ人麿は、いつまでも妻と共にいることはできなかった。その上、古代の常として妻問い婚の形式をとっていたと思われるから、四六時中、夫婦が同一の家に起居することはできなかった。それだけに古代の夫婦には思いやりが深く、いつまでも恋愛中のような新鮮さを味わうことができ得たのであろう。だが一方、女の側から考えると、これはなんとしても淋しくやるせない生活であったことと思われる。待つだけの生活、決して女の側から積極的に出ることのできない生活、男を信じる以外に手のない生活なのである。もし男が心変わりでもして女の家を訪ねなくなれば、それで夫婦生活は終わりをつげる。まるで根無し草のようなその生活のなかに、私は、はかなさの持つ限りない美しさを思う。男とて同じである。自分の訪れない日、ふと妻が他の男に心を許すことがないとは断言できない。それこそ、逢うひと時ひと時が珠玉のように大切であり、まさに一期一会の極致のような夫婦のいとなみであったことと思われる。それだけに、お互いの心の結び付きが、お互いの信頼が、どれほどか大切にされたのではなかろうか。

巻向の　痛足の川ゆ　往く水の　絶ゆること無く　またかへり見む（万葉集、巻七—一一〇〇）

痛足川の水が絶えることなく流れ続けるように、絶えることなく訪れてこの川を眺めようという言外に、きぬぎぬの別れの朝の、尽きせぬ妻への愛情が匂いたってくる。

こうしたなかにも、夫婦の平和な生活に何ものをも忘れ去る豊かな日々もあった。

夏影の　房の下に　衣裁つ吾妹　裏設けて　わがため裁たば　やや大に裁て

（同、巻七—一二七八）

夏の木立が緑蔭をつくる涼しい嬬屋のなかで、夫のために妻は着物を裁っている。妻の鋏の動きを眺めながら、「私の着物を裁つのなら、心して少し大き目に裁っておくんだよ」と、人麿は注意する。人麿は大柄な人だったのであろうか。平凡な夫婦の姿に、ほほえましい睦みが思われる。

君がため　手力疲れ　織りたる衣ぞ　春さらば　いかなる色に　摺りてば好けむ

（同、巻七—一二八一）

「あなたのために、手もだるくなるほど疲れて織り上げた着物ですよ。春になったらどんな色に染めたらいいでしょうね」妻は人麿にそう話しかける。夫のいない日、一人住居の淋しさを紛らすため、夫のことばかり考えてひたすら織り上げた着物もようやく出来上がった。「どんな色に染めましょうか」「そうだね、どんな色が好いだろう。おまえに任せておくよ」そんな会話の場面が目に浮かぶ。歌われた時期は異なるが、夏の着物を裁ち、春着を織る妻の姿に、穴師の里の人麿夫婦のある日、ある時の安らぎが思われる。

穴師の女こそ、人麿にとって、その生涯のなかで会うことのできた唯一人の糟糠の妻であったのではなかろうか。この二人の平和な明け暮れは果たしていつまで続けられるのであろうか。

(二)

人麿と妻の間に可愛い愛の結晶が誕生したのは、二人が相知ってより一年余りの後であった。父となり母となった若い二人の喜びは、何ものにも替え難いほど大きかった。人麿は与えられる限りの時を妻のもとで暮らし、日ごとにあどけなさを増すみどり児を中にして、夫婦の睦みは、より強い縁の糸を固く固く結び合わせてゆくのであった。

現在の幸せが未来永劫に続くであろうと錯覚するところに、生きとし生けるものの見落しがあるのかもしれないが、その願いこそ、生ある人間にとって、かけがえのない尊さをもつのではなかろうか。しかし、運命の無情は、その幸せの坩堝のなかに、その悦びの極みのなかに、いつまでも浸ることを許されないように仕組まれているのかもしれない。朝の紅顔は夕の白骨とか——。人麿もまた、その厳しく無情な定めに、愛し愛されたいとしい妻を奪い去られる悲しみの日に遭遇しなければならなかった。

穴師の里で相知った妻が亡くなったのは何時ごろのことなのであろう。悲傷に涙して歌われた挽歌を通して、誕生した子供がまだ乳離れもしない日に、その妻は忽然とみまかったように思われる。二人が愛のいとなみのなかに身を投じて、二年も経たない日のことではなかろうかと私は想像する。人麿の手には、母の乳を求めて泣くいたいけなみどり児だけが残された。

うつせみと　思ひし時に　取り持ちて　わが二人見し　走出の　堤に立てる　槻の木の　こちごちの枝の　春の葉の　茂きが如く　思へりし　妹にはあれど　たのめりし　児らにはあれど　世の中を　背きし得ねば　かぎろひの　燃ゆる荒野に　白栲の　天領巾隠り　鳥じもの　朝立ちいまして　入日なす　隠りにしかば　吾妹子が　形見に置ける　みどり児の　乞ひ泣くごとに　取り与ふる　物し無ければ　男じもの　腋はさみ持ち　吾妹子と　二人わが宿し　枕づく　嬬屋の内に　昼はも　うらさび暮し　夜はも　息づき明し　嘆けども　せむすべ知らに　恋ふれども　逢ふ因を無み　大鳥の　羽易の山に　わが恋ふる　妹は座すと　人の言へば　石根さくみて　なづみ来し　吉けくもそなき　うつせみと　思ひし妹が　玉かぎる　ほのかにだにも　見えぬ思へば（万葉集、巻二―二一〇）

（この世に生きていたときに、二人で手に取って眺めた門の前の堤に生えている槻の木の、多くの枝に春の葉が繁っているように、いつも想いを寄せ、頼りにしていた妻ではあるが、人は必ず死ぬという世の中の道理に背くことはできず、かげろうの燃える荒野に、白い美しい領巾に身を隠して、鳥のように朝立って、入日のように隠れてしまったので、妻が形見に置いていったみどり児が乳を欲しがって泣くたびに、取って与えるものもないから、男だのに子供を腋にかかえて、妻と二人で寝た夫婦部屋のなかで、昼は昼で心淋しく暮し、夜は夜で溜息をついて夜を明かすのだが、どうしてよいのかも分らず、妻を恋しく思っても会う方法もないので、羽易の山に妻がいると人が言うままに、岩を踏み分けて来てみたが、別段これといって良いこともない。いつまでも自分と一緒にこの世にいてくれると思っていた妻の幻さえ、仄かにも見えないのだから）

なんという悲しい歌であろう。二世を契り合った夫と妻、その間にはいとしい子供まで生まれているというのに、妻は夫と子供を残したまま、遠い遠い遙けき国へ、透き通った白い薄絹の領巾に身を隠すように、卒然と旅立ってしまったのである。

乳を求め、母を慕って泣くみどり児。その子供を武骨な腕にかかえて、乳を作る術さえも分らず、淋しさと悲しさと苛立ちのなかに、うろうろと狼狽えつつ右往左往する人麿。

花の香匂う紅唇は紫の色さえ消し、透明の面わは深い淵瀬のように蒼白に沈み、あの甘い囁きも、火と燃えた心も体も、今は人麿の手を届かすこともできない久遠の彼方へと去っていった。これが人の世のことわりであろう。命あるものの定めであろう。若く妙麗で優しかった妻、人麿のために衣を織り、着物を縫いあげた働きものの妻。いつまでも共に暮らせると思っていたその妻が、朝空を翔ける鳥の如く飛立ったまま、かそけき夕の闇のなかに消えていってしまった。

人麿の慟哭は、相愛の妻を失った世のすべての男の嘆きではあろうけれど、このあまりにも深い人麿の嘆きに接したとき、この世の無常の定めが恨まれる。

人の世に愛別離苦の悲しさがなければ、人は未来永劫に平和と安らぎのなかに生き続けられるのかもしれない。だが、愛別離苦の苦しさがあればこそ、人は現し世の、このたまゆらのひと時を、何ものにも替え難い無上の時として、無上の悦びとして感謝し得られるのもまた事実である。人の子がこの世に生まれてくるのは、この世を作ったものの限りない英知であったのだろうか。

長い目で見たとき、人麿が穴師の妻を失ったからこそ、後年の恋も生まれ、それにつれて派生する数多い抒情歌も生まれてくるのではあるが、この時点において人間人麿にそれを求めることは苛酷である。

衾道(ふすまぢ)を　引出の山に　妹を置きて　山路を行けば　生けりともなし（万葉集、巻二―二一二）

亡き妻は引出の山に葬られた。人麿は、ここに妻と共にわが身も埋め去りたいほどの思いに捉えられたことであろう。寂寥の山肌に妻のみを残して帰ることは、後髪をひかれる心地である。けれど、泣くわが子が人麿の帰りを待ちわびている。もちろん、乳母も求めたであろうし、近所の子持ち女がたっぷりと甘い乳を与えていてくれたでもあろう。けれど、亡き妻の残していった、ただ一人の愛の結晶を他人の手に委ねてしまうことは、まだ人麿にはできかねたのではなかろうか。許されることなら、妻と共に山の土となりたい衝動が、詩人人麿の胸を掩いつくしたとしても、現実はそれの許される筈もなく、また、できる筈もなかった。淋しい家ではあっても、やはり帰っていかなければならなかった。生きる心地もなく、山路をとぼとぼと辿りつつ、痛足川のほとりの家へ人麿は帰った。

家に来て　わが屋を見れば　玉床の　外(ほか)に向きけり　妹が木枕(こまくら)（万葉集、巻二―二一六）

家に帰り着いて孀屋(つまや)に入ってみれば、妻と共に寝た寝床の上には、自分の枕が置かれているだけで、妻の枕は寝床の外にころがっている。妻が生きていたときは、いつも二つ揃えられていた枕であったのに、主なき木枕は置かれるべき所さえ失ってしまったのであろうか。侘しい夫の蕭条とした思いが、そくそくとして伝わってくる。

去年(こぞ)見てし　秋の月夜(つくよ)は　照らせれど　相見し妹は　いや年さかる（同、巻二―二一一）

去年は一緒に妻と見た秋の名月。わが側にほっそりとした体をそっとすり寄せた懐しい妻。月は今年も同じように森羅万象を惜しみなく照らしている。だが、人麿の側に恋しい妻はもういない。ただいたずらに月日のみが流れ去って、彼の心の深い傷は、いっこうに消え去ろうともしない。人麿の妻が死んだのは、夏の終わり頃ではなかったろうか、なぜか私にはそんな気がしてならない。

妻の生きていた頃には、勤めのない日にしか訪れることのなかった穴師の家に、妻の死後、宮廷を休んで何日間か人麿は滞在していた。しかし、亡妻への思い出のみに終始して、宮廷出仕を怠ることをそう長らく許される筈はない。人麿は多分、妻の形見の子供を誰かに預けて宮廷へ出仕することになったのであろう。だが、妻と共に暮らした家は、人麿にとって忘れ難い思い出の家であった。その後も人麿はおりあるごとに痛足川のほとりの家に足をむけ、子供を抱き、妻を偲んだことであろう。そんなある日、彼は曽て妻と共に散策した檜原の地に蹌踉と足を運んだ。

いにしへに　ありけむ人も　わが如か　三輪の檜原に　挿頭折りけむ（万葉集、巻七—一一一八）

古えに生きたであろう人びとも、自分が今、三輪の檜原に生える青い檜の小枝をそっと折って頭に挿したように、ここで挿頭を折ったことであろう。そして亡き妻も、自分の訪れない日は、寂寥を紛らすために、自分と同じように、こうして髪飾りを手折って挿したのではなかろうか——あの匂うような長い黒髪に——。

往く川の　過ぎにし人の　手折らねば　うらぶれ立てり　三輪の檜原は（同、巻七—一一一九）

過ぎにし人——死んでしまった人——儚くなったいとしい妻、お前が手折らないので、手折るお前が死んでしまったので、三輪の檜原の檜の木々でさえ、淋しそうに、うらぶれて立っているではないか。その檜原よりも、なおいっそううらぶれ果てたわが心を、人麿はこう歌いたかったのではなかろうか。

人麿は妻と共に歩んだ道を、一人とぼとぼと檜原池のあたりまで下ってきた。過ぎにし日、妻と共に眺めた巻向山。その山は今日も晩秋の入日に輝いて、美しい金繍の彩りをみせている。

児らが手を　巻向山は　常にあれど　過ぎにし人に　行き纏かめやも（同、巻七—一二六八）

巻向山はあの時と同じように、絢爛と紅葉しているけれど、死んでしまったお前と、もう再び私は睦み合うことはできない。二上山に落ちようとする残光は、西空一帯を妻が翔り去った極楽の園のように、金色に茜に染め出している。巻向山のたたずまいに妻を偲び、夕の光に妻を想う人麿は、菫色の時のうつろいのなかを、はじめて妻と手を取り合った痛足川のほとりまで足を進めた。その川の水の流れまでが、人麿には、定めなき憂世を生きるわが身の象徴とすら思われてくる。

巻向の　山辺とよみて　行く水の　水沫のごとし　世の人われは（万葉集、巻七—一二六九）

巻向の山辺を、とうとうと水音をたてて流れゆく痛足川の水。その水に浮かぶ泡沫のように儚い運命にもてあそばれる現し世の自分——、これからのわが運めは如何になりゆくのであろうか、——人麿は水の流れを眺めながら、うつろいやすい人の世の無常を、しみじみとかみしめたことであろう。薄墨色に消えてゆく夕の光。人麿は晩秋の風の冷たさのなかに立ちながら、来し方、行く末を思い続けるのであった。

穴師の女への思い出は、いつまでも彼の心に残り、あの檜原の地が恋しく人麿の胸の琴線をふるわせ続けていた。彼の踰跟の足は、いずこへ向けられるのであろう。そして、どんな運命の道すじを辿ってゆこうとするのであろう。

人麿をめぐる女たち(二)――初瀬の女

三輪の檜原が、痛足(あなし)川のほとりから望む弓月が嶽が、穴師の女への思い出と重なって、人麿の胸に妖しい幻影の渦を巻いていた。

穴師の女が亡くなって二年目の秋も過ぎ、紅葉の美に輝いていた巻向山の峰の弓月が嶽も、淡く雪化粧する冬の日が訪れてきた。人麿の胸に渦巻く幻影は日を追うて大きくなり、巻向の弓月が嶽が招くように人麿に何かを囁きかけてくる。山の誘いにいざなわれて、肌刺す寒風を受けながら、人麿は蹌踉の足を弓月が嶽に運んだ。懐かしい檜原を通り、岸の小松が白雪に彩られる痛足川の上流を辿り、寒さにこごえつつ人麿は巻向山の峰に達した。ここが巻向の弓月が嶽である。南西には秀麗な三輪山の頂が望まれ、東には更に高いもう一つの峰が見える。これも巻向山の一つの峰で、初瀬の弓月が嶽ともいわれる。山の木霊に導かれるように、その峰に達した人麿の足は、初瀬の地へと向けられていた。

弓月が嶽

山の麓の数軒の家が疎らに建つささやかな山里に出た人麿は、一軒の家の軒下に放心したように佇んでいる女の姿にわが目を疑った。夢にも忘れたことのない穴師の女が、まるで雪の中の幻のようにそこに立っていたからである。

「おまえは——」人麿は思わずそう口走って女の側に駈け寄った。だが、近付いてよく見れば、面ざしや姿形は似ているものの、それはあの懐かしい妻ではなかった。

「お許しください。亡くなった妻にあまりにも生き写しだったものですから……」

人麿は己が粗忽を詫びた。女はかすかに微笑みながら、

「山越えでおいでになったのですか。白いものが降っておりますのに……。中へ入って衣服を

乾かされませ」

と、勧めてくれる。人麿は見えぬ糸に手繰られでもするように、その女の後に従った。女の他には召使いと思われる老女が一人いるだけである。囲炉裏の榾にあたりつつ語り合うと、その話す様子までが、亡き妻に心なしか似通っているようである。女の親切を謝し、また訪れてもよいかと人麿は尋ねた。拒絶するでもなく頷くでもない女の様子が、なおのこと人麿の心をそそる。妻を失った一人身の淋しさもさることながら、なぜか弓月が嶽に招かれるように登って出逢ったことを思うと、自分とこの女との出逢いは、奇しき縁のほかの何ものでもなく、出逢うべく運命づけられていた二人であったとさえ思われてくる。

人麿は初瀬の弓月が嶽の麓の家に通い、いつしか二人はしっかりと結ばれていった。しかし、妻を失ってからまだそんなに日も経たないことでもあり、女にも何か曰くありそうなので、二人の間は秘め事として通さなければならなかった。それだけに、人麿には不安と心配が大きかった。

長谷の　斎槻が下に　わが隠せる妻　あかねさし　照れる月夜に　人見てむかも

(万葉集、巻十一―二三五三)

初瀬の弓月が嶽の麓に住んでいる自分の隠し妻を、耿々と輝く月明りのもとで誰かが見ているかもしれない。ひょっとすると、他の誰かと会っているかもしれない――あらぬ妄想が人麿の心を疼かせる。会う日の間遠である故に、遠く離れ住む女と自分である故に、そして何よりも、誰にも知られてはならない隠し妻である故に、慕情と不安が錯綜して人麿を押し潰しそうである。けれどまた、一個の堂々とした男子である自分が、必然ともいえるこの恋に命を賭け、惑い惑った揚句に人目を避けて会うその妻は、たとえ天地を貫き徹すような光が照り渡ったところで、人に見付かることはないであろうと、人麿は吾と吾が不安を慰めるのであった。

大夫の　思ひ乱れて　隠せるその妻　天地に徹り照るとも　顕れめやも

（万葉集、巻十一—二三五四）

これほどまでに人麿が人目を憚り、隠し果したいと念じたのは、いったいどんな女だったのだろうか。彼の異常とまで言える歌いぶりに、あるいは高貴の女人だったのではないかと思われる。よし、前の妻を失ってまだ日が浅いのに、早くも他の女に心を惹かれているのかと世間が取り沙汰したところで、なんのさし障りがあるだろう。恋に生き、恋に死んだ詩人人麿が、それくらいのことで世間の目を怖れる筈はないが、これを隠し通そうとしたところに、秘められたわけがあると思われてならない。

私は、高貴の女人が、許されぬ恋の為にこの地に隠棲させられていたか、道ならぬ恋が露見して都落ちさせられ、年老いた側女と共に山里深く隠れ住んでいたのではなかろうかと想像する。それをたまたま人麿が見初め、女もまた寂寥を託つ暮らしのなかに、一点の燈明を見出した思いで人麿に心を寄せ、身を許したのではないだろうか。もし二人の仲が世間に知れ、飛鳥宮廷に知れ、天武帝の耳にでも入ろうものなら、宮廷人としての人麿の公的生命はもちろん、女にとってもまた命取りになりかねない危い恋であり、逢う瀬ではなかったろうか。急流の淵瀬に架けられた細い丸木橋を渡るような危険な恋。その危険さ故に、命を削る逢う瀬故に、二人はなおのこと灼熱の火のごとく、たまゆらの時を求めて燃えさかったのであろう。

赤駒の　足掻速けば　雲居にも　隠り行かむぞ　袖枕け吾妹（万葉集、巻十一―二五一〇）

赤駒の足さばきが速いので、私は遠く雲の彼方に隠れてゆくかもしれないよ。だから、今、私の袖を枕にするのだよ。いとしい妻よ――この切羽詰った歌いぶりはどうであろう。なにものかに追われるように、人目を忍んで暫しの逢う瀬のなかに没入する男と女。なにかしら、初瀬の女と人麿の関係には、妖しい後めたささえ感じられる。人見てむかも、と歌い、今、私の袖を枕にしなければ、いつどうなるかもしれない、と歌う歌いぶりから、あるいは、女には切れようとして切れることのできない男が、他にいたのではないかとまで疑われてくる。

隠口の　豊泊瀬道は　常滑の　恐き道そ　恋ふらくはゆめ（同、巻十一―二五一一）

人麿の歌に比して、女の歌には余裕がある。やはり大様に育てられた高貴の女であろう。初瀬の道は、水苔が生えてずるずる滑る危い道です。私のことばかり考えて怪我をしないように気をつけてくださいね。と、はやりたつ人麿を軽く押えている。不思議な女人というほかない。けれど、その女は、あの雪の日のように戸口に立って人麿を待つ心やさしい女でもあった。そうした女を思えば思うほど、人麿の心は切なさに疼いた。

泊瀬川　夕渡り来て　吾妹子が　家の門にし　近づきにけり（同、巻九―一七七五）

初瀬川を夕方渡って、妻の家の門に近付いてきた、という一見なんの変哲もない歌である。けれど、人目を避け、飛鳥宮廷から夕闇に紛れて、思いに思って辿りついた懐かしい妻の家の門前で、誰にも気取られはしなかったであろうか、誰の目にも触れなかったであろうかと辺りを窺いながら、門の戸を叩く手も震えがちの人麿の姿を想像すると、秘められた恋の哀歓が、悲しく胸を打ちつづける。

だが、この初瀬の女との恋も、そう長くは続かなかったようである。女は人麿を残して黄泉の国へと旅立っていった。

土形娘子（ひぢかたのをとめ）を泊瀬（はつせ）山に火葬（やきはぶ）る時、柿本朝臣人麿の作る歌一首

隠口の　泊瀬の山の　山の際（ま）に　いさよふ雲は　妹にかもあらむ（万葉集、巻三─四二八）

初瀬の山の山際にさまよっている雲は妹であるのだろうか──土形娘子とは、何処の如何なる女なのか不詳であるが、私は、この女人を初瀬の隠し妻とつなぎ合わせてみたい。

初瀬の女は、人麿の訪れない日に、ふとした病がもとで身罷ってしまった。山深く隠棲させられた女であったから、葬儀はひそかに行なわれた。一日、時を見て人麿が訪ねてみると、年老いた側女が一人で家の後片付けをしていた。女主人も亡くなり、老女はわが里へ帰るところであった。老女から女の死を聞かされ、初瀬の山で火葬に付されたことを人麿は知った。だが、その墓のありかさえ、彼には告げられなかった。

人麿は初瀬の山を望んだ。初瀬山の上には、名残り惜しそうに、去りもやらず浮遊する一団の白雲があった。ああ、あれがわが妻なのであろうか。妻の魂が雲となって自分に呼びかけている

のであろうかと、人麿は短く儚なかった初瀬の女との夢のような逢う瀬を思い出していた。

燃えるような灼熱の恋、慕情と焦燥と不安の絡みあいに血さえ凍るような忍びの恋。夏の夜空を染める花火の美にも似た短く激しい恋の終末の哀れを、この歌を読みながら、私はしみじみと思うのである。

人麿は女人に惹かれ、こよなく女人を愛したが、女運の悪い人だったというほかない。

福（さきはひ）の　いかなる人か　黒髪の　白くなるまで　妹が声を聞く（万葉集、巻七―一四一一）

この歌の作者は不明であるけれど、人麿の心を言い現わし得て妙であると思う。穴師の妻を、初瀬の妻を相次いで失った人麿。永久（とこしえ）に相寄り相添うて、白髪の老翁老媼となるまで睦み合える人は、どのような幸福を授かっている人なのであろうか。人間として生まれ、夫と呼び妻と呼ばれて暮らす以上、互いに白髪の老人となり、皺深く、腰萎えても、命永らえて睦み合いたいものである。

初瀬の女と人麿の出逢いは、不思議な幻妖のしわざとも思われる。幻のなかに浮かぶ女——それは穴師の女の化身ではなかったのであろうか。

人麿をめぐる女たち㈢——軽の女

㈠

飛鳥宮廷における人麿の宮廷歌人としての存在は、今や動かし難い確かさをもち、持統女帝の地方巡幸の鹵簿（ろぼ）のなかには、必ずといってよいほど供奉する人麿の姿がみられた。持統女帝の寵愛を一身に受け、宮廷歌人の名声と自信に支えられる人麿は、三十歳も半ばに達した堂々たる男子であった。その上、ここ十年近い間に、相継いで二人の妻に先立たれた人生の苦悩が、彼により大きい人間的な深みを加えていた。そうした人麿に心を寄せる女たちは、都にも旅先にも幾人かあったが、そのいずれもが人麿の心を捉えるほどの女ではなかった。行きずりの恋心にふと惹かれることはあっても、淡雪のように消えてゆく儚い恋であった。

人麿が、彼の生涯において三度目の運命的な出逢いをした女は、軽の里に生まれ、後宮に奉仕する采女であった。采女とは、孝徳天皇の時代に定められたもので、郡の小領以上の眉目麗しい娘をあて、後宮にあって天皇や皇后の御用を承る女官であり、皇子や諸王、高級官吏といえども、天皇の許しなしに手出しすることのできない禁断の園の花である。しかし、采女とても赤い温い血の通う人の子であり、花も羞じらう若く美しい女人であるから、いかに厳しい掟に縛られてはいても、人知れず心を許し合った男がいなかったとは限らない。だが、その恋は、秘めた上にも秘め隠さなければならない恋であり、身の危険を伴う恋でもあった。

人麿が軽の女に心惹かれるようになったのは、持統四年（六九〇）九月十三日から、二十四日にかけての女帝の紀伊巡幸の頃からではなかったのであろうか。それ以前にも、采女として奉仕する軽の女と、歌の御用で女帝に召される人麿が、宮廷内で顔を合わせる機会はあったかもしれないが、この紀伊巡幸の供に加わった歌人と、才たけた麗人は、火花のように散るお互いの胸の琴線の音を感じ合ったのであろうと思われる。

彼女は、今をときめく人麿の颯爽としたなかに壮年の落着きを秘めた姿と、日頃、女帝の側にいて聞かされる彼の歌に、以前からひそかな想いを寄せていた。人麿も、天皇の側近くに侍る佳人の、旅先における生き生きとした挙動を目のあたりにし、教養深く洗練された言葉使いを耳にして、それまでにも心惹かれていたものが、いっそう鮮明に印象づけられていった。期せずして二人の想いが、波荒い熊野の海を背景に、潮騒のように互いの胸に通い合っていった。

都に帰ってからも、人麿の心は彼女のことで一杯になっていた。相継いで契った妻を失った心の空洞が、ひとひらの花の薫り高さに鎮められてゆくのを肯わずにはいられなかった。けれど、いかに歌人としての名声は高くても、後宮に奉仕する采女と通じることは勿論、想いを交すことさえ至難の業であるのを、人麿はよくよく承知していた。承知してはいても、せめて自分の胸の想いだけでも彼女に伝えたい気持が、矢のように人麿を襲ってくる。とみこうみ思いあぐねて、うつうつとした幾日かが過ぎた後、女はこの頃、軽の里に帰って静養しているらしいことを、人の話から知ることができた。持統女帝の特別な寵愛を受け、飛鳥宮廷内でも屈指の美貌と才華に恵まれる彼女に注目する人は、人麿の他にもいたのである。そうした人びとにとって、彼女の動静はとかく噂の種となり、里に帰っていることも自然と人の口の端にのぼった。この好機を逃すべき理由はない。人麿は想いをこめた歌をしたためて使いの者に託し、ひそかに軽の屋敷へ届けさせた。

み熊野の　浦の浜木綿(はまゆふ)　百重(ももへ)なす　心は思(も)へど　直(ただ)に逢はぬかも（万葉集、巻四―四九六）

（ご一緒に訪れた熊野の浦の浜木綿が、幾重にも重なり合っていたように、心のなかではあなたのことばかり思っているけれど、直接お会いする機会さえもありませんね）

古(いにしへ)に　ありけむ人も　わがごとか　妹に恋ひつつ　寝(い)ねかてずけむ（同、巻四―四九七）

（昔の人も自分と同じように、恋しい女人(ひと)を思いつつ眠ることができなかったのでしょうか）

人麿には思いもかけないことが起こった。まさかと思った女から返歌が届けられたのである。震える手で文筥を開き、流麗な文字を彼は何度も何度も読み返した。

今のみの　行事にはあらず　古の　人そまさりて　哭にさへ泣きし（万葉集、巻四―四九八）

（恋しい人を思って眠れないのは今の世のことだけではありません。昔の人は今よりもましてて、想う人を恋して声をあげて泣いたことでしょう）

百重にも　来及かぬかもと　思へかも　君が使の　見れど飽かざらむ（同、巻四―四九九）

（百度でも繰り返して来てほしいと思うからでしょうか。あなたからの使いを見て飽きないのは――）

人麿は欣喜雀躍した。想いを寄せることさえ許されぬと思った女が、自分のことを憎からず思っていてくれる。これがたとえ文字の上の遊びとしても、人麿は嬉しかった。これだけの歌を詠める女に巡り会えたことが、歌を愛する人麿にとっては、奇しき定めであったとすら思われてくるのであった。だが、どうすれば女と逢うことができるのであろうか。里に帰っているとはいっても、大勢の召使いに守られて、館の奥深くに住んでいる女と逢う術は、なかなか見つけられそうにもない。

女の心が判ったからには、どんな手段を用いても、彼女に逢いたいと思われて、人麿の心は恋のために千々に乱れてゆく。けれど、その恋の達しられる方法さえもなく、水に浮かぶ沙にも似た自分の儚い明け暮れを、人麿はしみじみと思いみるのだった。こんな儚い命を生き永らえて、なんの甲斐があるのだろうか――人麿は熱病にでもうかされたように、女のことばかり考えて夕べの道をとぼとぼと歩いていた。何かに縋り付きたいような、何かに賭けてみたいような、とりとめもない思いが、夕べの道を行く人麿の胸中を、だんだんと大きく占領していった。彼は道角に足をとめた。そこに佇んで、道行く人びとの言葉から自分の運命を占ってみようと思ったのである。

言霊の　八十の衢に　夕占問ふ　占正に告る　妹はあひ寄らむ（万葉集、巻十一―二五〇六）
玉桙の　路行占に　うらなへば　妹は逢はむと　われに告りつる（同、巻十一―二五〇七）

藁にも縋りたい人麿にとって、夕占の結果は吉とでた。運命の女神は彼に微笑んだのである。

――恋しい女は自分に逢うであろう――なんと幸先のよい占いのお告げであったろうか。人麿は、ほのぼのと薔薇色に染まってゆく熱い血潮の躍動を、大切に抱きしめて家路をたどった。

女の屋敷のある軽の里では、年に何回か市がたった。いわゆる軽の市である。人麿は女の住む軽の里が懐かしく、その里で催される市が懐かしく思われた。夕占の宣託が実現されないまま空しい幾日かは去り、満たされない思いを抱きながら人麿は軽の市へと足を運んだ。市場は着飾った老若男女や、威勢のよい商人たちで賑わっていた。人麿は雑踏のなかを憑かれたもののように、ふらふらと歩いていった。とある辻まで来たとき、あの女が、忘れることもできない懐かしい女が、一人の侍女を連れて、薄絹で顔を隠し忍び姿で歩いているのが目に入った。吾を忘れ、前後の見境も忘れた人麿は、つと走り寄って女の袖を押えた。女は、はっとしたように立ち止まった。

付き従う侍女も、女主人の身に危険が迫ったとでも思ったのか、きっと身構える。女が薄絹をすかして眺めてみると、自分の袖を押えているのは、宮廷に今を時めく歌人人麿である。自分に歌を贈り、自分も歌を返した人麿である。女は静かに袖を離すと、落着いた態度を取り戻して声をかけた。

皇祖の　神の御門を　懼みと　侍従ふ時に　逢へる君かも（万葉集、巻十一―二五〇八）

ああ、あなたは、私が宮殿で慎んで天皇さまにお仕えしているときに、お逢いしたことのあるお方でございましたのね――女はそう言うと、自分について来るようにと目顔で人麿に合図した。人目を避けるように、女たちの後から少し離れて人麿は歩いていった。女の邸に着くと、侍女は言い含められていたとみえて、そっと裏の木戸を開けて人麿をいざなった。

その夜、はじめて二人は固く結ばれた。女は、このことはたとえ口が裂けても他言しないようにと、固く人麿を戒めるのであった。

真澄鏡　見とも言はめや　玉かぎる　石垣淵の　隠りたる妻（同、巻十一―二五〇九）

どうしてあなたに逢ったことを他言しましょうか。人目を憚かっている可愛い妻よ――深い契りを結んだ今、人麿は堂々と彼女を妻と呼ぶことができた。だがこの恋は決して他人に知られてはならない、白刃の上を渡るような、薄氷を踏むような危険な恋であった。禁断の園の花を手折った人麿、禁門の掟を破り去った女、その恋の味は甘く芳しいものではあったろうが、また、厳しく切ない苛酷さをも伴っていた。

女は翌日後宮に帰るということであった。だが屋敷も宮廷に近い軽にあることでもあり、持統女帝の特別のお計らいもあって、年に一、二回は、里帰りが許されるらしい。その時はこちらから使いを差し向けましょうと女は言った。人麿の心にまた新しい希望の光は射し始めたが、次は何時逢えるかもしれない儚いやるせない恋でもあった。

人麿の女を恋う心は疼くように日を追うて激しさを増し、女からの使いの訪れだけが待たれる日々が続いていった。

㈡

妻を想って眠られぬ朝（あした）には、河を渡ってくる鴛鴦（おしどり）の姿を見てさえ、軽の里からの使いではないかと心騒ぐ人麿であったが、二人の逢う瀬は妻が屋敷に帰る僅かのときに限られていた。

千度、万度、心に想う恋妻は、人にも明かすことのできない後宮の女官である。このように恋い焦がれて苦しむものと知っておれば、高嶺の花として眺めていた方が、まだ心安らかであったかもしれないと、禁断の木の実を手折った淡い後悔の念さえ浮かんでくることがある。人びとが家路に急ぐ夕べともなれば、妻を恋する心はいっそう切なく、一人寝の冷たい夜の侘しさが、昼の恋しさにもいやまして、人麿を掩い包んでゆく。自分のこのもの狂おしいまでの心の高鳴りを、火のように燃える熱い体を癒やし慰めてくれるであろう想い妻は、今日も宮中の奥深く天皇の御用を勤めているのであろうか――こうして恋の奴となり果てつつ、逢う術もままならぬままに、短い命は一年一年と削られてゆくのであろう――。

こうした明け暮れのなかに、もたらされた妻からの里帰りの便りは、人麿にどんな大きな悦びを与えたことであろうか。しかし、人麿とても宮廷出仕の公的役目を負う身である。文使いが来ると直ぐに軽の里へ赴くということもなりかねたであろう。

そんな人麿を、久びさに逢う懐かしの夫を、軽の妻は千々に心を乱しながら待ちわびるのであった。待って待って、待ちくたびれて、こんなにお待ちしているのに、お見えにならないのなら、お見えにならなくてもかまいませんわ……と投げやりな気持の起こる下から、宮廷からはこんなに近い所にある家なのに、遠回りでもしておられるのだろうか。それとも、長らく逢わないうちに、道をお忘れになってしまったのであろうか。いや、それよりも、誰かに見咎められて邪魔だてでもされておられるのではなかろうか……と。

人麿には七夕の歌が多いが、彼と軽の妻は、奇しくも、天の川に遮られ、一年にただ一度、鵲（かささぎ）の橋を渡って逢うことを許された、彦星と織姫に似通っているように思われる。短く限られたたまゆらの時を、人目を忍ぶ逢う瀬のなかで、そしてまた、あい見ぬ日の互いに想い合う心の架け橋を絆として、二人は、より強く、より固く結ばれていった。

隼人（はやひと）の　名に負（お）ふ夜声　いちしろく　わが名は告（の）りつ　妻と恃（たの）ませ（万葉集、巻十一―二四九七）

はっきりと私の名前を申し上げましたからには、どうぞ妻として信頼してくださいませ――女

は、健気にも人麿の前に誓うのである。そして、

剣刀（つるぎたち）　諸刃（もろは）の利（と）きに　足踏みて　死なば死ぬとも　君に依りなむ（万葉集、巻十一―二四九八）

諸刃の鋭い剣を踏みつけて死ぬのなら死んでもかまいません。どんな危険が身に迫りましょうとも、私はあなたと添いとげます――とまで、女はきっぱりと言い切るのであった。この危険は常に二人の感じていることであったが、敢てその危険を冒してまでも添いとげたいという、命がけの激しい積極的な女の情熱を聞かされて、人麿も男冥利に尽きたのではなかろうか。私は、軽の女は、よほど確としたバックボーンに支えられた女ではなかったろうかと思う。采女として冒してはならない禁を破ったからには、いつ尖鋭な諸刃の剣を踏みつけないとも限らない。それを承知しつつ自ら選んだ恋の道である。自分の選んだ道である以上、最後までその道を一筋に歩み続けるという女の血のにじむような悲壮な決意には、粛然として襟を正さしめるものがある。女にここまで言われれば、人麿とてもそれに応えなくて、どうして男の一分が立つであろうか。

吾妹子（わぎもこ）に　恋ひし渡れば　剣刀（つるぎたち）　名の惜しけくも　思ひかねつも（同、巻十一―二四九九）

おまえを恋したからには、自分も名声など惜しいとは思っていない――男にとって、命よりも大切な自分の名声さえも、いとしいわが妻のためなら惜しくはないと、人麿も力強く応えるのであった。まさに火花の散るような二人のやりとりである。

持統六年（六九二）三月六日から二十日にかけて、持統女帝は伊勢志摩方面の巡幸に旅立たれた。女帝の巡幸には必ずといってよいほどお側に供奉する人麿は、この度は留守居役を仰せつか

った。軽の妻は女帝の巡幸に従った。都にあって、遠く伊勢国の妻を偲びながら人麿は歌うのであった。

嗚呼見（あみ）の浦に　船乗りすらむ　媙嬬（をとめ）らが　珠裳（たまも）の裾（すそ）に　潮満つらむか（万葉集、巻一―四〇）

くしろ着く　手節（たふし）の崎に　今日もかも　大宮人の　玉藻刈るらむ（同、巻一―四一）

潮騒（しほさゐ）に　伊良虞（いらご）の島辺（しまべ）　漕（こ）ぐ船に　妹乗るらむか　荒き島廻（しまみ）を（同、巻一―四二）

人麿の脳裡には、曽遊の地である伊勢志摩の風景が、まざまざと甦ってくる。ちょうど満潮の今時分、船乗りをしているであろう乙女たちの美しい裳裾のあたりまで、海水は満ちてきていることであろう。そのなかにいるであろう妻の裳裾は、濡れはしなかったであろうか。潮騒のざわめく伊良虞の島辺を漕ぐ船に乗っているであろうわが妻、あの荒々しい港湾のあたりを漕ぐ船に……伊勢の地にいる懐かしの妻に寄せる人麿の慕情が思われる。

「宮廷への道を大勢の人が歩いてゆきますけれど、私の恋しく思う方は、ただあなたお一人だけでございます」と女は、たまの逢う瀬を待ちかねては、人麿に身を寄せて囁くのである。逢わなかった以前より、逢うて後の恋しさはいやまさる。「このようにあなたのことばかりを思って、その恋のためにもし命の消えるものでありましたら、私はもう千度も死んでいるかもしれません」とも女は熱い息の下から言うのであった。

歌を詠み、才色すぐれ、出自正しく、采女として後宮に仕える女に、これほどまでに恋される人麿は、歌才の非凡であったこともさることながら、並はずれた男性的魅力をもっていた人なのであろう。

軽の館の片隅で、二人は互いの心を確かめ合い、暫しの時に精一杯の命を燃焼させたのであろう。この僅かの時が過ぎて、あたりが白じらと暁の色に染まりかけると、人麿は人目につかぬように裏木戸を開けて帰らなければならない。毎日逢うことのできない夫、人目を怖れて逢うことさえも憚からねばならぬ夫、その夫と共に過した貴い珠玉のような夜の明けるのがうらめしい。今度は何時逢えるのであろうか。逢い見ることのできない長い寂寥の日々を思うと、永遠に夜が明けないでほしい、今日の日が千年もの長さであってほしいと、女には思われる。昨夜抱かれただけなのに、ほの明るい暁の光に見る夫が、また恋しく、いつまでも離れがたない思いに女は襲われてくる。

軽の女と人麿の血の色に彩られたような赤い思いの数かずを托した歌群（うたむら）は、薫り高い悲美の調べを奏でて、二人の悲恋の恋路を、なまなまと読むものの心に訴えかけてくる。

軽の女との恋が、人麿にとって如何に切なく苦しいものであったかは、

わが後に　生れむ人は　わが如く　恋する道に　会ひこすなゆめ（万葉集、巻十一—二三七五）

の歌が、よく伝えている。自分の後から生まれてくる人は、自分のようにこんな切ない恋の道に、決して決して会ってはいけない——だが、その恋は、人麿自身が求めた恋であり、軽の女自身が求めた恋である。

女を求めてさすらいつつ、夜露に濡れ、朝霜に染まるまで、夜っぴて、冬の寒空の下をゆく人

麿――人麿を恋い、面わを伏せて、とぼとぼと道を歩む女――だが行き交う人びとは、恋い焦がれて死ぬのなら死ねばよいとでもいうように、恋しい人の消息すら伝えてくれようとはしない。他人は表面に冷淡を装いながら、こんな二人の姿は、口から口へ、人から人へと伝えられていったことであろう。どんなに人目を避け、ひそかに、ひそかに、年のうち両手の指の数にも満たないほどの逢う瀬であったとしても、これほどの二人の情熱を隠し果すことは不可能なのではなかったろうか。

年をとるまで共に添いとげたいと恃みにしているあなたのために、世間からとかく噂をたてられると、女は嘆いている。人麿も、いつもいつも見ていたい恋しい妻なのに、毎日通ってくれば人がとやこう口の端にのぼらせると歌っている。二人の噂は表面だちはしなくとも、宮廷人の間では、ひそひそと囁き交されていたのであろう。

それは当然女帝の耳にも入っていたと思われるが、人麿を寵愛し、軽の女を寵愛される女帝の大きい羽交のもとに抱かれて、二人の間は黙認されていたのではないだろうか。あれほどの女丈夫であり、男勝りの女帝であるから、もし人麿が女帝の意に染まぬ人間であれば、一刀両断のもとに宮廷歌人としての生命は断たれていたことであろう。

だが、女帝の心を心として歌いうる宮廷歌人は、人麿をおいて他にはなかった。女帝は彼の許し難い恋をも黙認して、歌の御用を命じておられたのであろう。異例の寵愛という他はない。

持統朝の終りか文武朝の初めの或る日、人麿にとって三度目の憂世の嵐は襲いかかってきた。

その日、軽の邸から訪れた使いのもたらしたものは、待ち焦がれた妻からの便りではなく、軽の妻の死を知らせる悲しい便りであった。夫である人麿にみとられることも許されず、軽の妻は一人淋しく遥かな国へと旅立ってしまった。それを聞いた人麿の驚天動地の心境と、地底に引きずり込まれるような寂寥の心を、血の涙を流し、悲傷の思いに閉ざされて歌った挽歌によって偲びたい。

㈢

天飛ぶや　軽の路は　吾妹子が　里にしあれば　ねもころに　見まく欲しけど　止まず行かば　人目を多み　数多く行かば　人知りぬべみ　狭根葛　後も逢はむと　大船の　思ひ憑みて　玉かぎる　磐垣淵の　隠りのみ　恋ひつつあるに　渡る日の　暮れ行くが如　照る月の　雲隠る如　沖つ藻の　靡きし妹は　黄葉の　過ぎて去にきと　玉梓の　使の言へば　梓弓　声に聞きて　言はむ術　為むすべ知らに　声のみを　聞きてあり得ねば　わが恋ふる　千重の一重も　慰むる　情もありやと　吾妹子が　止まず出で見し　軽の市に　わが立ち聞けば　玉襷　畝火の山に　鳴く鳥の　声も聞えず　玉桙の　道行く人も　一人だに　似てし行かねば　すべをなみ　妹が名喚びて　袖そ振りつる（万葉集、巻二―二〇七）

古えの軽の里は、現在の橿原市大軽から見瀬、近鉄飛鳥駅のあたりにまで及んでいたといわれ、

剣池と畝傍山

物々交換の市場として古くから栄えていたらしい。

大軽の里の大きな家並の間を抜けると、古えの軽寺の跡（現在の法輪寺）があり、その北にある春日社の境内には、応神天皇軽島豊明宮（かるしまとよあきらのみや）伝承地の石文がたてられている。西北には畝傍山、西南まぢかに丸山古墳の望まれる静寂な大軽の里の、軽寺の跡あたりに人麿の想い妻の屋敷があったのではなかろうか。今も古代の軽の里の片鱗がとどめられているような、静かな落着いた寺のあたりに、私はその女人を住まわせてみたい。そして、その女人は、この地方の豪族、軽氏の娘として生まれ、釆女として後宮に仕えることになったと想像したい。彼女が相当な大家の生まれであり、釆女であったからこそ、悲しい人麿との恋が生まれたのであろう。そうでなければ、浄御原宮からも、藤原宮からも、歩いてもそう時間のかからない軽の里に住む女人を、人麿が訪ねることさえままならなかったとは考えられないからである。

彼女が唯の後宮の女人であり、幾日間か宮廷にとどまっては家に帰ることが、ある程度自由にできるような身分であれば、二人にとって相逢うことは、さして至難の業ではなかったであろう。また、女には夫があり、それ故に人目を怖れたとの仮定もなりたつではあろうが、女がすでに結婚しておれば、彼女の屋敷から文使いの来る筈はない。私には、女は禁園の花であり、持統女帝の寛大さと、里が近いという関係で、ときには年に一、二回、家に帰ることを許された采女であったとしか想像できない。

宮廷出仕も止めるであろう遠い将来に、人麿と女は望みを托していたのであろうか。人目を避け、人の噂を怖れて、逢うことも極度に差し控え、互いに心のなかで恋しく思い合っていた二人——人目を憚らずに相逢える日を頼みとし、望みとしていた二人——なんと純情な、なんといじらしい人麿とその妻なのであろう。明日の日も分らぬ人の世の理(ことわり)のなかに生きて、遠い将来に望みを繋ぐ人麿と軽の妻……あまりにも現実離れした夢に生きるその生き方と心根が、私にはとても美しいと思われるし、涙ぐましくさえなる。頼みにならぬものに夢を抱き、儚きものに望みをかける。それも万一の僥倖というのではなく、真実、心の底からその実現を信じ切って……それは、なんという愚かなことであろう。でも、そんな生き方のできる人間が、この世に幾人いるであろうか。おそらく、それは寥々たるものではあるまいか。その寥々とした愚かさに徹した、いや、真実の恋に徹した詩人の美しさを私は懐かしく思う。その妻の純情さが私には慕わしくなってくる。けれど、現世(うつしよ)は夢ではない。人の希望は空しく潰(つい)えてゆくことが多い。

夢の彼方の架け橋を手を携えて渡るはずであった妻、たとえ諸刃(もろは)の剣を踏みつけるようなことがあっても、人麿さまと添いとげますと言い切った、いじらしい、可憐な軽の妻が、また匆然と人麿が宮廷から出かけている留守中に身罷ってしまったのである。

「太陽が西空に沈むように、照る月が群雲(むらくも)に掩われるように、あなたの愛してくださった女は亡くなってしまいました」

と、軽の里からの使いが、人麿に告げに来たのである。嬉しい妻の便りを運んでいた使いが、恋にふるえる熱い涙のあとの水茎をもたらした使いが、今は人麿の期待も希望も根底から覆すような、妻の死の便りを届けてきたのである。

沖の藻が靡くように自分に慕い寄ったいとしい妻が、黄葉が散り落ちるようにこの世を去っていったという使いの言葉に、動顚してしまった人麿は、その使いにどう答えてよいのか、何をしてよいのかさえ考えられなかった。ただ取り乱して、うろうろと狼狽えるほかに術もない。

使いの者も帰り、一人取り残されてみると、自分の手を握ることすらも許されず、一人淋しく旅立ったであろう死の床の妻が哀れで、あとからあとからと涙がこみ上げてくる。妻の臨終の枕辺にさえ立ち会えなかった自分も、またみじめである。けれど、これは当然二人の受けなければならない報いであった。愛してはならない女人を愛した人麿、憂世の男に想いを寄せた禁園の女

——。それは判りながら人麿は家の中でじっと落着いていることはできなかった。

懐かしい妻を恋う心の千分の一でも慰められるかもしれないと、人麿は妻がよく出かけた軽の市に来てみた。軽の妻は、家に帰ったおりには、雑沓で賑わう軽の市に忍び姿で出かけては、人麿への慕情の高なりを慰めるのだと、生前に人麿に語ってきかせたことがあった。妻には、人麿に初めて袖をとられ、言葉を交した軽の市が忘れられなかったのであろう。そしてまた、多くの老若男女の庶民で賑わう軽の市は、名を隠し、身を潜める彼女にとって、またとない隠れ蓑の役目をも果していたのであろう。妻の思い出にまつわる軽の市の道の辺に人麿は立ち止った。じっと耳をすましても、いつもなら聞こえる畝傍山の鳥の鳴き声も聞こえてはこず、道を行き交う人びとも誰一人として亡き妻に似通ったものはない。亡き妻への限りない慕情と大衆のなかの孤独のやるせなさに、今にも狂い出しそうな心をどうすることもできず、人麿は小さい声で妻の名を呼びながら、袖を振ってみる。けれど、それに応えてくれるものは唯の一人も見当りはしない。この広い天地の間に、一人ぽつんと取り残された自分。昨日までの、あの夢多い悦びに満ちた日々は過ぎ去ってしまった。人目を怖れ、人目を避けて、忍び忍んで相逢うたことすらが、今となっては懐かしい思い出のよすがとなってしまった。人麿は寂寥に包まれてとぼとぼと軽の里をさまよっていった。

秋山の　黄葉を茂み　迷ひぬる　妹を求めむ　山道知らずも（万葉集、巻二―二〇八）

黄葉の　散りゆくなべに　玉梓の　使を見れば　逢ひし日思ほゆ（同、巻二―二〇九）

秋山に散り敷く黄葉の中に迷い入ってしまったように、妻の迷い入った黄泉の国への道を求める術さえも人麿には判らなかった。妻の死を知らせる文使いを見ると、ああ、こうして帰った日を知らせてきた妻であったのにと、過ぎし日の二人で過した時が懐かしく思い出されてくる——いろいろの思い出が人麿の脳裡を走馬燈のように、いつまでも駈け巡っていった。厳しい掟を冒して手折った禁断の木の実は、熟す日も待たずに大地へと返っていった。妻の優しい言葉や、白い肢体のなまめかしい思い出が、日ごと夜ごと、人麿を寂寥の淵に、懊悩の断崖に誘い寄せた。

大宝元年（七〇一）九月、文武天皇は紀伊国に行幸された。持統太上天皇も行を共にされたのではなかろうか。人麿はこの行幸に供奉した。だが十年前の持統女帝の紀伊行幸のおり、共に供奉した軽の妻は、すでにこの世の人ではない。人麿にとっては、見るものが総て亡き妻の思い出につながってゆく淋しい旅であった。

黄葉の　過ぎにし子等と　携はり　遊びし磯を　見れば悲しも（万葉集、巻九—一七九六）

潮気立つ　荒磯にはあれど　行く水の　過ぎにし妹が　形見とそ来し（同、巻九—一七九七）

古に　妹とわが見し　ぬばたまの　黒牛潟を　見ればさぶしも（同、巻九—一七九八）

玉津島　磯の浦廻の　真砂にも　にほひて行かな　妹が触れけむ（同、巻九—一七九九）

一昔前のあの日、あの時、それはまだ仄かな恋の芽生えの時であった。あの紀伊巡幸の供を契機として急速に深まった二人であった。そう思えば、人麿には、共にそぞろ歩いた海辺も、黒牛潟も、妻が触れたであろう玉津島の細かい砂も、総てが亡き妻の思い出を孕んでいる。あの時の妻の笑顔も、若やいだ妻の声も、昨日のことのように人麿には思われる。砕け散る荒磯の水のさまにさえ、懐かしい思い出はこめられている。

翌、大宝二年（七〇二）十二月、持統太上天皇は崩御される。人麿にとって最大の後援者であった持統太上天皇の崩御と共に、人麿もまた宮廷歌人としての座を去ってゆく。それは時代の流れであるとともに、人麿の許されない禁断の恋をも黙認しておられた、持統太上天皇の崩御によるところが大きいといわなければならない。

世は若い文武天皇の時代であり、政治の実権を握るのは、多治比嶋（たじひのしま）であり阿倍御主人（あべのみうし）であり、次に現われるのは藤原不比等である。

これまでの人麿の受けた寵と、宮廷歌人としての偉大な名声と、それに伴う奔放な恋と所行を、快からず思っていたこれらの人びとによって、人麿は都を追われ、石見国に落ちてゆくことになる。

人麿をめぐる女たち㈣——石見の女

㈠

柿本人麿が、石見国の一地方官として赴任したのは、大宝二年（七〇二）十二月の持統太上天皇の崩御から、そう日も経たなかった頃のことであろうと私は想像する。

草壁皇太子の挽歌によって、宮廷歌人としての地位を確固としたものにし、高市皇子の薨去に際しても長大な挽歌を奉った人麿は、文武四年（七〇〇）四月四日に薨去した明日香皇女（天智天皇の皇女）の挽歌も詠んでいるが、これが彼の宮廷歌人としての最後の仕事であった。

持統太上天皇の崩御にあたっては、人麿にその挽歌を命じるものはなかった。人麿がもしそれを作っておれば、先の挽歌よりも更に長大にして荘重な、太上天皇の賛美と追憶に彩られた傑出した挽歌が詠じられたことであろう。だが、人麿にそれを許さない大きな世の移り変りを、彼は如何なる無念と落莫の思いでかみしめたことであろうか。

栄光の日々は終った。非凡な歌才に恵まれた故に、持統女帝の寵を恣（ほしいまま）にし、歌人として一世を風靡した過ぎし日――。飛鳥宮廷や藤原宮廷の輝かしい脚光を浴び、数多い華やかな恋に恵まれ、人びとの憧れの的であり、羨望（せんぼう）の的であった己が上に、音もなく忍び寄る落潮の定めを、詩人の鋭い神経は、太上天皇の病臥と共に、いち早く受けとめていた。人麿の予感は危惧のみにとどまることなく、確実に彼の上に襲いかかってきたのである。

愛し愛された軽の妻にも先立たれ、春風の訪れをも待たず、寂寥と落魄の思いに閉ざされて、都をあとにする人麿の鬢（びん）のほつれには、年齢を隠すべくもない白いものが目立っていた。曽ての日の栄光もロマンも、瓦解の如く崩れ去って、西辺の地、石見に向う人麿には、行く水に浮かぶ泡沫（うたかた）の儚なさにも似た、返らぬ日の夢だけが残されていた。

詩を愛し、歌を愛し、女人を愛して、万人に秀でた天成の歌才に恵まれ、飛鳥宮廷に、そして藤原宮廷において、限りなく両翼を拡げた詩人人麿には、公吏としての政治的や事務的の才腕、地方の人心を収攬する外交的才能などは乏しかったのではあるまいか。というより、そうしたことは、彼の最も不得手なものであり、嫌悪することではなかったろうか。華やかな宮廷歌人から、地味で苦労多い一地方官への転落は、そうでなくとも細い詩人の神経を、より細く鋭く研ぎ澄まし、彼の感じ易い魂を傷つけていった。石見国の国府に着任して、地方行政の政務に従事する人麿は、日を追うて、その仕事が自分の本質に適さないことを、確実に認識しないわけにはいかなかった。こうして懊々として楽しまぬ日は、情容赦もなく過ぎていった。

だが、嫌いだからといって、自分の肌に合わないからといって、仕事をなおざりにすることはできない。公的使命を帯びて着任した以上、任務は果たさなければならない。地方巡察にも出かけなければならない。馬の背に揺られ、従者と共に、人麿は石見地方の巡察に出かけていった。そんな旅は、行く先々の里の首長の家に宿をとって、翌日は次の里への行程を踏み出すことになったのであろうと思われる。

その夜は角の里（島根県江津市都野津町）の里長の家に宿ることとなった。里長の家では、新しく着任した国司に一夜の宿をすることを大変光栄に思い、心を尽して歓待した。夜の酒宴には娘も父母と共に酒席に侍って、国司一行の旅の疲れを労った。初々しい娘の出現が、人麿には久方ぶりに出逢う春光の恵みのように思われた。思わず盃を重ねたほろ酔いの心地良さも手伝って、人麿は即興の歌を朗々と詠じるのであった。石見国に赴任して以来、こんな豊かな明るい心に満たされ、声を張り上げて自作の歌を詠じたのは今宵が初めてである。人麿は、うつうつと胸を塞いでいた痼が、淡雪のように解けてゆくのを覚えた。従者たちも、何時もに似ない人麿の晴れやかな顔を見て、ほっと救われた様子である。この家の娘は相当な教養をつんでいるらしく、父母に勧められるまま、羞じらいに頬を染めつつも、客人を慰めるため、箏をかきならして、透きとおるように澄んだ声で即興の自詠を披露して、人麿の歌に和した。人麿は、鄙には稀な娘の美貌と、歌の素養の嗜みに触れて、深い感激と懐かしさを覚えた。

巡察の旅を終えて国府に帰ってのちも、人麿には娘のことが忘れられなかった。国府から相当の距離はあったが、彼はその後も折に触れては角の里長の家に通い、二人は契りを結んだ。里長もその妻も、国司とわが娘の結ばれたことを喜びこそすれ、つゆ恨みに思うこともなく、従者たちも、それは当然のこととして受けとめているようであった。

失った筈のロマンスが、四度(よたび)、人麿の上に微笑みをなげかけた。青年の日のように迸る情熱の高鳴りを人麿は覚えた。石見の海辺に咲いた一輪の月見草のような可憐な乙女が、今や五十という老いゆく坂にさしかかった人麿に、生きる悦びの息吹を通わせてくれた。失意に明け暮れる地方官としての味気ない生活のなかに、一条の光明が差しはじめてきた。その交わりは、軽の女との恋のような、命をかけた激しさはなかったとしても、人麿の晩年に光彩と華やぎと希みをもたらした、しみじみと落着いた情緒深い契りであった。毀(こわ)れ易い掌中の珠をいとおしむように、若い乙女の柔肌(やわはだ)をかき抱いて、人麿は深い感懐にひたり、彼女もまた、この不可思議な夫との出逢いを無上の幸として、人麿に慕い寄るのであった。

愛の燈火にてらされて幾何(いくばく)かの歳月は流れた。人麿は藤原京へ地方の状況を報告するために、上京することとなった。暫くは石見国を遠ざかり、妻の依羅娘子(よさみのおとめ)とも離れなければならない。暫しの別れを惜しんだ二人ではあったが、妻の家から直ちに出立ということもなりかねた。僅かの供を連れて国府から人麿は出立した。出立の日は妻に知らせてあるが、顔も合わせずに出で立つことは、やはり心残りである。人麿は妻との別れに耐えかねて歌うのであった。

石見の海　角の浦廻を　浦なしと　人こそ見らめ　潟なしと　人こそ見らめ　よしゑやし　浦は無くとも　よしゑやし　潟は無くとも　鯨魚取り　海辺を指して　和多津の　荒磯の上に　か青なる　玉藻沖つ藻　朝羽振る　風こそ寄せめ　夕羽振る　浪こそ来寄せ　浪の共　か寄りかく寄る　玉藻なす　寄り寝し妹を　露霜の　置きてし来れば　この道の　八十隈毎に　万たび　かへりみすれど　いや遠に　里は放りぬ　いや高に　山も越え来ぬ　夏草の　思ひ萎えて　偲ふらむ　妹が門見む　靡けこの山（万葉集、巻二—一三一）

（石見の海の角の浦廻を、よい浦も潟もないと他の人は見ているかもしれないが、そんなことはどうでもよい。たとえ、よい浦や潟がないにしても、和多津の海辺の岩の上の、青い美しい藻が、朝風や夕浪に寄せられるように、寄り添うて寝たいとしい妻を、角の里において きたので、この道の多くの曲り角ごとに、何度も何度も振り返ってみるけれど、いよいよ遠くその里は離れてゆき、いよいよ高く山も越えてきた。今ごろは定めし、夏草が打ちしおれるように、自分のことを恋しく思って嘆いているであろう妻の家の門が見たい。靡け伏せ、この山よ）

石見のや　高角山の　木の際より　わが振る袖を　妹見つらむか（同、巻二—一三二）

（石見の高角山の木の間から、私の打振る袖を妻は見たであろうか）

小竹の葉は　み山もさやに　乱るとも　われは妹思ふ　別れ来ぬれば（同、巻二—一三三）

（笹の葉は風に吹かれて山全体をざわめかしているが、私は一心に妻のことを思っている。別れて出で立って来たのだから）

つのさはふ　石見の海の　言さへく　韓の崎なる　海石にそ　深海松生ふる　荒磯にそ　玉藻は生ふる　玉藻なす　靡き寐し児を　深海松の　深めて思へど　さ寝し夜は　いくだもあらず　這ふ蔓の　別れし来れば　肝向ふ　心を痛み　思ひつつ　かへりみすれど　大船の　渡の山の　黄葉の　散りの乱ひに　妹が袖　さやにも見えず　嬬隠る　屋上の山の　雲間より　渡らふ月の　惜しけども　隠ろひ来れば　天つたふ　入日さしぬれ　大夫と　思へるわれも　敷栲の　衣の袖は　通りて濡れぬ（万葉集、巻二―一三五）

（石見の海の韓の崎の暗礁に深海松は生え、荒磯の岩には藻が生えている。その美しい藻のように寄り添うて寝た妻のことを、深く深く思うけれど、共寝した夜はいくらもなくて別れて来たので、心を痛めて妻を懐かしみつつ振り返ってみても、渡の山には黄葉が散り乱れていて、妻が振っているであろう袖もはっきりとは見えず、屋上山の上の雲間に隠れる月のように見えなくなったときに、入日が差してきたので、立派な男子であると思っている自分も、妻恋しさの涙で衣の袖は濡れてしまった）

青駒の　足掻を早み　雲居にそ　妹があたりを　過ぎて来にける（同、巻二―一三六）

（私が乗っている青駒の足さばきが早いので、妻の家のあたりを遥かに遠く過ぎてきてしまったなあ）

秋山に　落つる黄葉　しましくは　な散り乱ひそ　妹があたり見む（万葉集、巻二—一三七）

（秋山に散り落ちる黄葉よ、暫くの間は散ることを止めてくれよ、妻の家のあたりを見たいのだから）

別れ来た妻への慕情のにじみでるこれらの歌に、晩年の人麿の哀れがひそんでいて、やがて訪れる終焉の序曲を垣間見る気がする。

㈡

国府から石見の海辺を通り、妻の里を真近に望みつつ、高角山を越えて、駒の背に揺られながら、人麿一行は都へ上ってゆく。

晩秋の山々は錦に彩られ、山をぞよめかす木枯に、狂うように黄葉は舞い落ちてゆく。その黄葉の狂乱の舞のなかに、抱く夜の少なかった妻の残影が、幻のように浮かび上ってくる。血の色の透いて見える白い柔肌、濡れたような漆黒の髪、細いうなじ、けがれを知らぬつぶらな瞳、思いやり深い心遣い、自作の歌を口ずさむときの羞じらいを散らしたかんばせ——。嶮しい山道を行く人麿の心の襞の隅ずみに、しみとおるように畳みこまれた妻の面影……。おりおりの愛らしい妻の仕草が妖しいまでに人麿の胸をしめつけてくる。独り居の日々を妻はどんな寂寥のなかで過ごすのであろうか——妻想う情に耐えかねた人麿は、散りしきる黄葉のなかで、袖もちぎれよとばかりに振りつづける。その自分に応えるかのように袖を振る妻の姿が、彼にはかすかに見える思いがする。道は隔たり、山は聳え、狂風に舞い散る黄葉が二人の視界を遮ったとしても、互いを思う心奥の目に、いとしい人の面かげは、はっきりと描き出されていたことであろう。

幾多の恋を経験し、三人の妻を失った人麿にとって、石見の女こそ、彼の最晩年を彩った薫り高い一輪の花ということができる。人麿はすでに恋の哀歓を知り尽し、漸く落着いた深い人生の慈味溢れる恋の味をかみしめることのできる年齢であり、心境に達していた。だが、妻の依羅娘子(よさみのおとめ)にとっては、人麿は初めて契った夫であった。それだけに、彼女には人麿を恋う心がしきりであった。常の時でさえ、つい自分の訪れが遠のくと、烈日に夏草のしなえるように、しょんぼりと力を失って涙にくれる妻のことを考えると、自分が都に上っている間を、どんな思いで暮らすのであろうかと、人麿には、それが切なく妻が哀れでならなかった。先に掲げた二つの長歌とそれに続く反歌は、往年のような生彩は多少薄れているが、老いの兆しに心弱く妻を案じる人麿の妻恋の情が、そくそくとして伝わってくる。

妻は人麿が上京するとき、一首の歌を詠んで彼に手渡した。人麿はこの旅の途中も、大切にそれを懐中に蔵めていた。

な思ひと　君は言へども　逢はむ時　何時(いつ)と知りてか　わが恋ひざらむ(万葉集、巻二―一四〇)

(心配しなくてよいと、あなたはおっしゃいますけれど、次にお逢いする時が分っておれば、私はあなたのことを恋しくは思わないでしょう)

「心配しないように」とだけでは妻は不安である。毎日帰ることが分っている夫でさえ、少し帰りの時間が遅くなると不安に苛まれるのが女の通性である。まして、四面楚歌ともいえる都へ上って、何日後に帰るのか、何ヵ月後に帰るのか、果たして無事に帰れるかどうかさえ分らないとなれば、妻が不安になるのは当然である。はっきり何月何日に帰ると言われれば、その時に希みをつないで、苦しい辛抱も、淋しい辛抱も可能である。この歌は女心の機微を適確に歌い尽している。

こうした妻の心配も杞憂にすぎ、人麿は無事に妻のもとに帰ってきた。二人は、また静かな味わい深い逢う瀬を繰り返していった。

しかし、都から帰っての人麿には、以前よりもまして憂悶の思いが色濃くなっていった。妻の前では自分の苦悩を見せないように心を配っていたが、胸中にたまるどす黒い澱は、日を追うて深く深く沈澱していった。妻のもとに通い、その優しい心と若い肢体に慰められる時だけが人麿の救いではあったが、恋は総てを支配することはできなかった。ともすれば、妻をかき抱いているときでさえ、曽ての日の栄光の残照が、かすかな光芒を放ちつつ妖しく胸中をよぎっていった。

予期はしていたものの、人麿が上京して目にしたものは、藤原不比等一派の新しい勢力であった。彼を石見国へ追いやった新勢力は、今も滔々と大河のように藤原宮廷を支配していた。許されぬ恋をも敢てした不埒な人麿を白眼視こそすれ、人麿が過ぎし日の栄光に輝く宮廷歌人であったことに関心を示すものは、都の官人の中には誰一人としていなかった。人麿の上京は、辺鄙な西国の一地方官が、民情報告に来たという以外の何の意味ももってはいなかった。右を見ても、左を見ても、彼に好意を寄せ、彼を必要とし、彼を登用しようとするものはなかった。人麿に媚を売り、人麿の歓心を得ようとつとめた宮廷の女たちすらが、路傍の人を見るように、さり気なく素通りしていった。時代はすっかり変っていたのである。四面楚歌の都大路を歩きつつ、人麿は人の世の冷たさに心も凍るようであった。この度の上京は、自分の地位が如何に転落したかを確認しにきたようなものであった。表面は国司であっても、明らかに石見国に左遷されたことを、もう一度はっきりと自覚しないわけにはいかなかった。

人麿の憂悶は、その肉体をも蝕みはじめていた。妻は夫のただならない様子を案じて、幾度となく薬師に看てもらうことを勧めたが、人麿はそれに応じようとはしなかった。人麿には、もうこの世に思い残すことは無くなっていた。若い妻を残して自分が死ねば、妻はどんなにか嘆き悲しむであろうと哀れには思われるが、妻のために生きなければならないという気力すらが、人麿からは、だんだんと薄れ去ってゆくのであった。

人麿が石見国に着任して、うつうつとした数年は流れた。その日も地方巡察の旅に出た人麿は、ついに心労と、それからくる体の不調が重なって、鴨山のあたりで病に倒れ、旅先で病臥する身となった。人麿には、これが自分の終末であることが予感された。妻に知らせたい気持がしきりに兆してきたが、国司としての体面上からも、任務先まで妻を呼び寄せることは憚られ、悒々として冷たい病の床に伏していた。死期を予知した人麿は、朦朧とした意識のなかで臨終の歌を草し、自分の死後、それを依羅娘子のもとに届けるようにと従者に言い含めた。

鴨山の　岩根し枕ける　われをかも　知らにと妹が　待ちつつあらむ（万葉集、巻二—二二三）

（鴨山の岩根を枕にして、今まさに死のうとしている自分であることも知らずに、いとしい妻は、自分の訪ればかりを、唯ひたすらに待ちわびていることであろう）

混沌とした人麿の脳裡には、過ぎ来し方の数多い栄えある思い出が花車のように渦巻いていた。その渦の中に、先だった三人の妻たちが、華やかな笑まいを見せて人麿を手招いている。「もうすぐおまえたちの所へ行くよ」人麿は声にならない声でそう叫びつつも、冴えている一つの理性だけが、石見国で得た妻を哀れんでいた。自分が死んでしまったら、おまえはどのように嘆くであろうか。せめてもう一度、しっかりとこの胸に抱きしめてやりたかったが……けれど、生死の境を彷徨する人麿には、それを果たすべき術もなかった。それから程なく、僅かの従者にみとられつつ、人麿の魂は永遠にその肉体を離れ去った。

宮廷歌人として一時代を画した人麿の最期としては、それはあまりにも淋しく悲惨な終末であった。けれど、詩に生き、恋に生きた彼の魂は、その悲しい現実を越えて、遠き彼方に高く高く飛翔していったことであろう。

彼の死は従者によって石見の妻のもとへ知らされ、臨終の歌もまた共にもたらされた。そして、不世出の歌人の死にざまと、その後のことどもも知らされた。夫の死を聞いた依羅娘子の悲嘆は、何に譬えようもなかった。夫を失った悲傷は彼女の小さい胸を突き破った。彼女は悲愁に耐えかねて歌った。

今日今日と　わが待つ君は　石川の　貝に交りて　ありといはずやも（万葉集、巻二―二二四）

（今日は来てくださるか、今日は来てくださるかと待ちに待つ夫は、遂に火葬に付されて、その遺骨は石川の流れに流され、そこにいる貝と交っているというではないか）

直の逢ひは　逢ひかつましじ　石川に　雲立ち渡れ　見つつ偲はむ（同、巻二―二二五）

（直接お会いすることは、もう到底できないことである。せめて、夫の遺骨が流されたという石川のあたり一帯に、雲よ湧き上ってくれ。その雲を見て、私は亡き夫のことをお偲びしよう）

この二つの歌は、なんという悲痛な絶唱であろうか。依羅娘子の心中は察するに余りある。永遠にわが胸には返らぬ恋しい夫を、懐かしい詩人を、湧き立つ雲に偲びつつ悲涙にむせぶ純情可憐な乙女のまなかいには、石川の清流に洗われる貝とも紛う白く小さい夫の遺骨が、散乱として浮かんできたことであろう。

歌を命とし、愛を命とした人麿は、行く先ざきに恋を得て、彼に思いを寄せ、彼に身を寄せた女人は、私のとりあげた四人の妻の他に、何人の多きにのぼるのであろうか。だが、人麿の生涯に於いて、本当に人間的な温かい愛の生活を共にできたのは、穴師の女と、石見の女だったのではなかろうか。

失意に沈む詩人を優しく抱擁し、若さと純情によって、人麿の苛立つ心を鎮めていったであろう石見の妻、依羅娘子と晩年の一時期を過ごし得たのは、彼にとって掛け替えのない幸せだったと思われる。

純情可憐な依羅娘子を残して、永遠にこの地上を去っていった人麿。燁々(ようよう)と輝く栄光の座から、奈落の底に転落した老いたる詩人の劇的な最期は、悲切の極みであると共に、世にも可憐な乙女と結ばれたことは、人麿の最後を飾るにふさわしい、また限りないロマンスのフィナーレではなかろうか。

大伴坂上郎女

(一)

大伴氏は古代日本の最大の豪族であり、天忍日命（あめのおしひのみこと）の子孫で、長らく軍事権と政治権を掌握していた。天忍日命より十四代目にあたる大伴金村は、武烈天皇の即位前紀（仁賢十一年ごろ）から、継体天皇の時代（五〇七～五三一）にかけて、政治の第一線に活躍した。金村は、欽明天皇元年（五四〇）に、任那（みまな）四県を百済に割譲する問題の責任を感じて自ら引退し、蘇我氏、物部氏に政治の座は譲ったが、その氏族は連綿として続いた。

大化五年（六四九）三月に、右大臣蘇我倉山田石川麻呂が、蘇我日向の讒言（ざんげん）によって、中大兄皇子の疑いを受け、山田の家で自らの命を断ったあと、翌四月には、金村の曽孫にあたる大伴長（おおとものなが）

徳が右大臣の位についた。その後、壬申の乱においては、長徳の子、大伴御行、大伴安麻呂、また長徳の弟、大伴馬来田、大伴吹負らは、いち早く天武（大海人皇子）側について、大いに戦功をたてた。

この壬申の乱の功労者、のちに佐保大納言と称される大伴安麻呂と、その妻石川内命婦の娘として誕生したのが、大伴坂上郎女である。坂上郎女は、生年、没年ともに定かではないが、持統朝の終りか、文武朝の初期に誕生したのではなかろうか。

安麻呂の兄、大伴御行は、壬申の乱の平定したのち、天武天皇をたたえて、

大君は　神にし坐せば　赤駒の　匍匐ふ田井を　都となしつ（万葉集、巻十九—四二六〇）

（天皇は神でましますから、赤駒が這っていた田を、立派な都となさった）

と詠んでいる。御行は大宝元年（七〇一）正月に、五十六歳で病没したが、大宝の年号に改元された裏には、黄金献上に尽した御行の蔭の努力があった。

天武朝以後、軍事的、政治的に力をもりかえした大伴氏は、奈良朝も後半になると藤原氏に押えられて、没落貴族としての運命をたどってゆく。

大伴家持が、万葉集編纂に重要な役割を果たしたという関係もあるだろうが、武門の家である大伴氏一族には歌人が多く、万葉集には、大伴氏に連なる人びとの歌が数多く散見される。坂上郎女の異母兄、大伴旅人は、山上憶良と共に筑紫歌壇を結成し、旅人の子、大伴家持は、万葉末期の代表的歌人であり、その作歌も夥しい数にのぼっている。

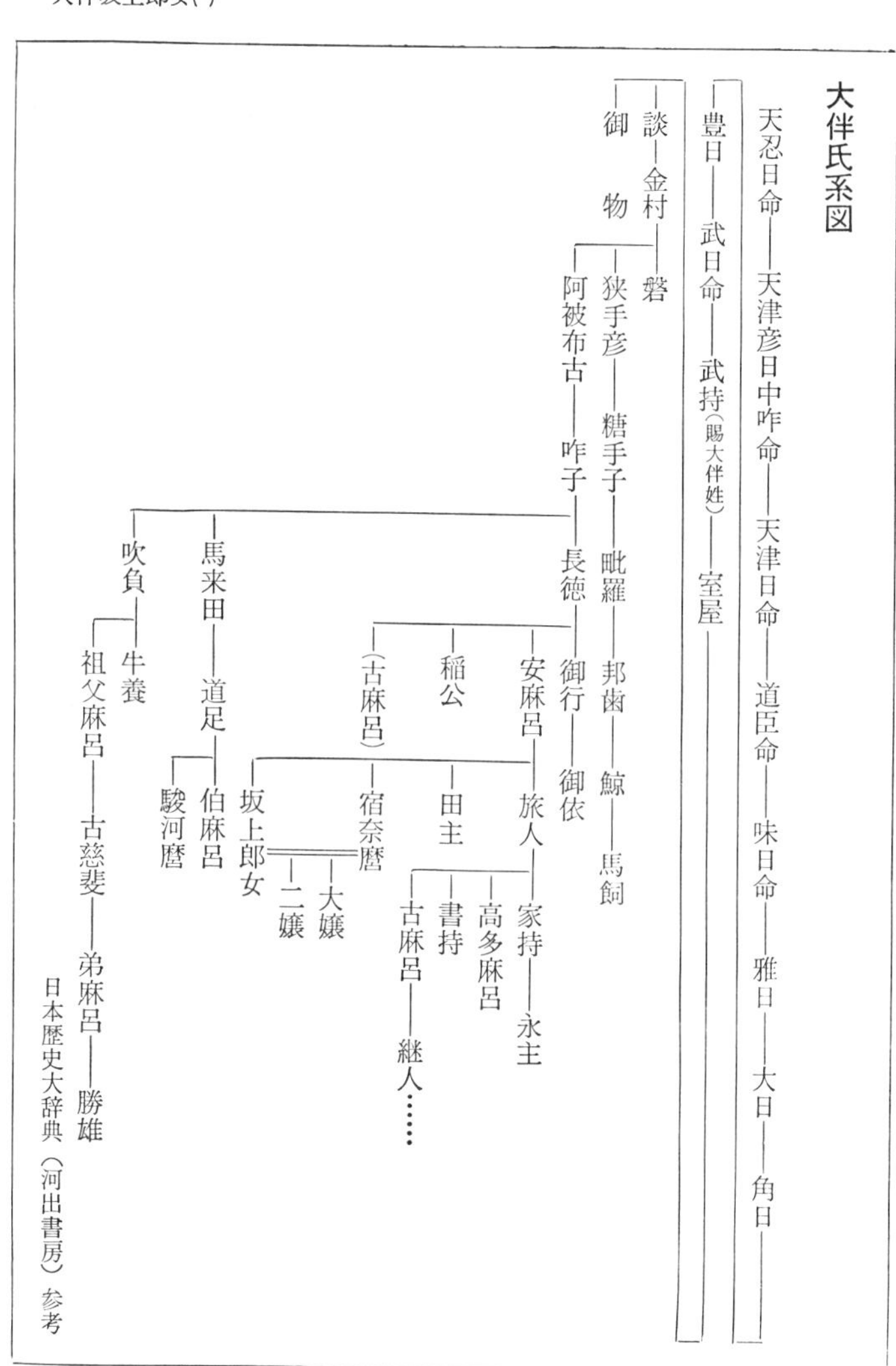
大伴氏系図
天忍日命
天津彦日中咋命
天津日命
道臣命
味日命
雅日
大日
角日
豊日
武日命
武持(賜大伴姓)
室屋
談
金村
御物
磐
狭手彦
阿被布古
糖手子
咋子
毗羅
長徳
邦歯
御行
鯨
馬飼
御依
安麻呂
稲公
(古麻呂)
旅人
田主
宿奈麿
坂上郎女
大嬢
二嬢
家持
永主
高多麻呂
書持
古麻呂
継人……
馬来田
道足
伯麻呂
駿河麿
吹負
牛養
祖父麻呂
古慈斐
弟麻呂
勝雄
日本歴史大辞典(河出書房)参考

こうした一門に生まれ育った大伴坂上郎女は、万葉集に、長歌六首、施頭歌一首、短歌七十七首を残し、万葉第三期第四期を代表する閨秀歌人である。しかし、時代の趨勢というか、郎女の人間性の現われというか、坂上郎女の歌には、洗練された技巧的な美しさや、知的な輝きはみられるが、読むものの胸に迫り、相手に訴えかける迫力には、やや乏しい恨みがある。万葉初期から二期にかけての、喰い入るように私の胸の琴線をふるわせ続けたあの感激は、坂上郎女の歌になると、なぜか彼方に遠のいてゆく。彼女の歌は、繊細な情趣や、燃えるような情熱からは程遠く、理知的で大味な感が深い。それは、白鳳から平安への過渡期としての、奈良時代の歌人がもつ傾向であったかもしれないし、没落しつつある大伴家を背負う、家刀自としての郎女の宿命であったのかもしれないが——。

慶雲四年（七〇七）六月、文武天皇は二十五歳の若さで崩御した。遺子首皇子はまだ七歳であったので、故草壁皇太子の室、文武天皇の母にあたる阿閇皇女が、翌七月に即位して元明天皇となった。年が改まった正月十一日、武蔵国より献上された和銅発見を機として、年号を和銅と改元し、それまでも懸案となっていた遷都の問題が再燃してきた。和銅元年（七〇八）二月十五日、元明天皇は遷都の詔勅をくだし、平城の地が理想的な都として最適であることを強調した。平城京造営は着々と進められ、和銅三年（七一〇）三月十日に、都は藤原より平城に遷された。故・持統女帝が、大唐国にならって、永久の都城たらしめようとの大理想のもとに建設した藤原京も、僅か三代十五年で廃都の憂目をみることとなった。

平城宮跡

平城の地には、藤原京より更に大規模な平城京が、唐の長安の都をそのまま模するように造られつつあったが、これが完成するまでには、遷都後まだ相当の年数を要した。平城京の広さは、東西約四・三キロ、南北約四・八キロに及び、平城京の中央北端に方一キロの平城宮がおかれ、天子南面の理想がここに実現した。宮殿の南面中央の朱雀門から、都の南中央の羅城門までは、幅八十五メートルの朱雀大路が貫通され、南北には朱雀大路に平行して、一坊から四坊までの大路、東西には一条から九条までの大路が通された。これらの道幅は、いずれも二十四メートルの広さを有していたといわれる。

遷都に伴って、貴族や官人たちの館も平城京に移され、和風や唐風の建物がたち並んだ。大伴安麻呂の屋敷は佐保にあり、坂上郎女は春日に邸宅を構えた。郎女の家は坂の上にあったので、一族のものが郎女を坂上郎女と呼んだと伝えられる。こうした奈良の本宅の他に、昔住みなれた竹田田荘（耳成山の北東）や、跡見田荘（桜井市鳥見山付近）も、別荘として維持し、ときにはそちらにも住んだらしい。

平城京の左京八条三坊には東市、右京八条二坊には西市という市場もつくられた。藤原氏の氏寺興福寺も、遷都と同時に外京三条七坊（現在地）に移建された。

和銅五年（七一二）一月には、太安万侶によって「古事記」が撰上され、翌六年五月には、諸国に命じて「風土記」を編纂させた。

奈良遷都より五年後の霊亀元年（七一五）秋、元明女帝は娘の氷高皇女（元正天皇）に皇位を譲った。元正女帝即位の翌年（七一六）には、飛鳥にあった大官大寺が奈良に移されて現在の大安寺となり、それから約二年後には、薬師寺や飛鳥寺も新京に移され、飛鳥寺は現在の元興寺となった。

坂上郎女は元興寺の里において、

故郷の　飛鳥はあれど　あをによし　平城の明日香を　見らくし好しも（万葉集、巻六―九九二）

（ふるさとの飛鳥はともかくとして、奈良の明日香を見るのは、とてもよいものだ）

と、歌っている。女人として当代一流の文化人であった坂上郎女は、古い都よりも、生々発展する新都に大きな希望を託していたのであろうか。それとも、懐かしい寺の移建に、言い知れぬ喜びを覚えたのであろうか。

大伴坂上郎女は、はじめ穂積皇子に嫁ぎ、その寵をうけること限りなかったといわれる。霊亀元年（七一五）、皇子が薨去してからのち、坂上郎女は藤原麻呂と相愛の仲となった。藤原麻呂は、藤原不比等の四男で、不比等が、天武天皇の妃であった異母妹五百重郎女と通じて生まれた子であると伝えられる。不比等の四人の子供のなかで、麻呂だけがかけ離れて年齢が下であるのも、そうした事情によるものであろうと思われる。麻呂は、郎女に次のような恋歌を送っている。

をとめ等が　珠匣なる　玉櫛の　神さびけむも　妹に逢はずあれば（万葉集、巻四―五二二）

（乙女たちの櫛箱のなかの櫛のように、私は古びてしまうことであろう。あなたに逢わなかったならば――）

よく渡る　人は年にも　ありとふを　何時の間にそも　わが恋ひにける（同、巻四―五二三）

（一年でも思う人に逢わずに辛抱する人もあるというのに、いつの間にか私はあなたのことばかり恋しく思っていることよ。僅かの間逢わなかっただけなのに）

むしぶすま　柔やが下に　臥せれども　妹とし寝ねば　肌し寒しも（同、巻四―五二四）

（からむしで作った柔らかい布団にくるまって寝ているというのに、あなたと一緒でないから、肌に寒さがしみ通ってゆくことよ）

この一連の歌に対して、坂上郎女の返し歌は左のようなものである。

佐保川の　小石ふみ渡り　ぬばたまの　黒馬の来る夜は　年にもあらぬか

（同、巻四―五二五）

（佐保川の小石を踏み渡って、あなたの乗っている黒駒の来る夜は、一年中毎晩であってほしい）

千鳥鳴く　佐保の河瀬の　さざれ波　止む時も無し　わが恋ふらくは（万葉集、巻四―五二六）

（千鳥の鳴く佐保川の河瀬にたつ小波のように、あなたを恋しく思う私の心は、止む時さえもありません）

来むといふも　来ぬ時あるを　来じといふを　来むとは待たじ　来じといふものを

（同、巻四―五二七）

（来ると言っても来ない時があるのに、来ないと言っているのを来るかもしれないと待ちはすまい。来ないと言っているものを）

千鳥鳴く　佐保の河門の　瀬を広み　打橋渡す　汝が来とおもへば（同、巻四―五二八）

（千鳥の鳴く佐保川の渡り場は、河瀬の幅が広いので板橋を渡しておきましょう。あなたがいらっしゃると思えばこそ）

この頃の麻呂と郎女は二十歳前後の若さであったと思われる。二人はすでに契り合う仲であった。だが、この二人の歌には、止むに止まれぬ慕情というより、恋の遊びのようなものが感じられてならない。恋歌の贈答というより、文化的教養高い上流貴族の男女が、恋を媒介として、技巧を極めた作歌の興味を満喫している感がぬぐいきれない。

そこには、古代の妻を想い夫を想う、そくそくと胸に訴えかける哀調や慕情は消えて、都会的な、新鮮な、洗練された流麗さが感じられる。軽妙であり、洒脱であり、センスの良さは歴然としながら、歌の言葉のもつ懐かしさや味わいは、もはや遠い日となり、同じ恋を歌っても胸を疼かせるような迫力は、徐々にその姿を消そうとしているようである。

(二)

佐保河の　岸のつかさの　柴(しば)な刈りそね　在(あ)りつつも　春し来らば　立ち隠るがね

（万葉集、巻四―五二九）

（佐保川の岸の堤の柴を刈らないでくださいね。このままで春が来たら、その木の蔭に隠れることもできるでしょうから）

と、坂上郎女は、佐保川の堤で柴を刈る人に歌いかけている。彼女は、藤原麻呂が訪れたとき、芽吹く雑木の蔭に身を潜めて、男心をじらそうとしたのであろうか。その華やかに若やいだ恋の日々は、大きな政治の流れに災いされて、相聞歌を交し、互いの身の温かみをも確かめ合った、坂上郎女と藤原麻呂の間は、まもなく疎遠となっていった。

麻呂と別れた坂上郎女は大伴宿奈麿(おおとものすくなまろ)の妻となる。大伴宿奈麿は、大伴安麻呂の第三子で、坂上郎女の異母兄にあたる。彼女が宿奈麿と結婚したのは、養老年間の終り頃ではなかったろうか。二人の間には、大嬢(おおいらつめ)、二嬢(おといらつめ)の二人の娘が生まれた。坂上郎女は二人の娘と共に春日の家に住み、宿奈麿は先妻の遺した田村大嬢と、平城宮近くの田村の里に住んでいた。しかし、その後の状況から判断すると、二人の結婚生活は数年にして終ったようである。坂上郎女は、幼い二人の娘をかかえて未亡人となり、亡夫と先妻の間に生まれた田村大嬢をも遺されたのである。

養老二年（七一八）、藤原不比等らは養老律令の撰修を開始する。養老四年（七二〇）五月には舎人親王らが日本書紀を完成し、その年の八月に右大臣藤原不比等が六十二歳で病没した。養老五年（七二一）一月、故・高市皇子（天武天皇の長子、持統朝の太政大臣）の遺子、長屋王が右大臣となり、同年十二月、元明前女帝が六十一歳をもって崩御した。時の政界の柱石であった藤原不比等の死と、元明前女帝の崩御は、政局に大きな影響を与え、ひいては、大伴氏にも少なからず影響を与えることとなる。

高市皇子の優れた力量を、そのまま受け継ぐ長屋王は、元正女帝の妹の吉備内親王を正妻としていた。長屋王は、儒教倫理をバックボーンとする硬骨の政治家でもあったが、佐保の山荘に皇族や貴族たちを招いて、詩宴を催す当代の文化人でもあった。

一方、藤原不比等の遺子、武智麻呂、房前、宇合、麻呂の四人の兄弟も、それぞれ政界の重要な座を占め、不比等の娘の宮子は、故・文武天皇の夫人に、光明子は首皇子の妃になっていた。

こうした新興勢力となりつつある藤原氏と、長屋王の間には、しばしば相容れないことが多かった。神亀元年（七二四）二月、元正女帝は首皇子に皇位を譲り、ここに聖武天皇が誕生した。表面は平穏を保っているかにみえた藤原氏と長屋王の関係は、複雑怪奇な宮子夫人称号問題や、皇太子基皇子の病没などを契機として悪化し、ついに、神亀六年（七二九）二月十二日、讒言された長屋王は、攻められて自経し、吉備内親王もまた夫のあとを追って死んだ。

坂上郎女の異母兄、大伴旅人は、聖武天皇即位に伴う叙勲によって、正三位にのぼり、封戸を賜った。しかし、その年（神亀元年）の三月下旬に、長屋王の宮子夫人称号問題がおこり、長屋王側にたっていた大伴旅人は、大宰帥として九州に赴任させられることとなった。九州において、旅人は下僚の山上憶良と共に、盛んな作歌活動を展開し、有名な酒の歌をはじめ、旅人の数多い歌の殆んどは、筑紫の地を舞台として歌われている。左遷ともいえる辺境の地への赴任は、この老詩人に異常なまでの感傷を誘い、傾く家運の将来を案じつつも、歌によって寂寥の日々を慰めようとしたのではなかろうか。神亀五年（七二八）、任地先において、旅人は正妻の大伴郎女に先立たれた。

この頃、坂上郎女もすでに夫の宿奈麿と死別していた。夫に先立たれた坂上郎女は、妻を失った老いたる兄旅人の身辺を助けるために、九州の地へと下っていった。

筑紫の国で、坂上郎女は、自分を恋する一人の男に出会った。けれど、愛された穂積皇子に死別し、藤原麻呂との恋に破れ、二児を遺したまま夫の宿奈麿に先立たれた坂上郎女は、激しく言い寄る相手に真剣に立ちむかうことはなく、手厳しくその恋心をふりほどくのであった。少なくともその頃三十歳にはなっていたであろう坂上郎女の心からは、うわついた恋心は消え去っていたのであろうか。女としての不幸をなめ尽した彼女には、およそ恋とは縁のない現実の生活だけが大切であったのかもしれない。

大宰大監大伴宿禰百代の恋の歌四首

事も無く　生き来しものを　老なみに　かかる恋にも　われは会へるかも

（万葉集、巻四―五五九）

（平穏無事に生きてきたのに、老年になってから、このような恋に私は会ったことだなあ）

恋ひ死なむ　時は何せむ　生ける日の　ためこそ妹を　見まく欲りすれ（同、巻四―五六〇）

（恋いこがれて死ぬような時になってからでは、どうなるものでもない。生きている日のためにこそ、恋しいあなたに会いたいと望んでいるのに）

思はぬを　思ふといはば　大野なる　三笠の社の　神し知らさむ（同、巻四―五六一）

（恋してもいないのに、もし恋していると言ったなら、大野の三笠神社の神様が何もかもお見通しで、罰をお与えになることでしょう）

暇無く　人の眉根を　いたづらに　搔かしめつつも　逢はぬ妹かも（同、巻四―五六二）

（休む暇もなく、むやみに眉を搔いても、逢うことのできないあなたなのでしょうか）

老いた大伴百代は、侘しい辺境の筑紫の国で、兄のために奈良からくだってきた坂上郎女をみた。彼女の豊満華麗な容姿と、洗練された知性溢れる言動に、百代は言いしれぬ憧れを覚えた。彼の老いの血は騒いだ。若い日に返ったような情熱が身内にたぎるのを覚えた。今日の日まで、未だ経験したこともないような女人思慕の思いが、百代をすっぽりと包みこんでしまった。百代は、上司に当る旅人の妹に懸想することを恥じて、何度も何度も、わが理性で己が情熱を払いのけようとするのだった。それは、苦しく切ない恋であった。けれど、彼はとうとう自制しきれなくなってしまった。この気持を秘めたまま、もし自分に死が訪れたら……と思うと、百代は黙っていることができなくなった。生きている日のためにこそ、命ある今日の日のためにこそ——百代は、もう何も恐れなかった。大野の森に坐す三笠の神よ照覧あれ、坂上郎女を想うわが心に偽りはない。平穏無事に暮してきた過去何十年の歳月のなかで、これほど苦しい恋はなかった。これほど一人の女人を思いつめたことはなかった。百代は、眉を掻けば思う人に会えるという俗信をも信じて、坂上郎女に命がけでぶつかっていった。消えようとする残り火が、一陣の風に、ひときわ赤く焔(ほむら)を燃えたたせるかのように——。

坂上郎女の次の二つの歌を、私は百代の体当りの情熱を冷たく突き放すような素っ気無い返歌と解釈してみたい。

大伴坂上郎女の歌二首

黒髪(くろかみ)に　白髪(しろかみ)交り　老ゆるまで　かかる恋には　いまだ会はなくに（万葉集、巻四—五六三）

（黒髪に白髪が交って老人となるまで、こんな恋にはまだ会ったことがありません）

山菅(やますげ)の　実成(みな)らぬことを　われに依せ　言はれし君は　誰(たれ)とか宿(ぬ)らむ（同、巻四—五六四）

（真実のないことを、さも私に関係あるように言いたてられたあなたは、誰と一緒に寝ておられるのでしょうか）

これはなんというひどい竹篦返しであろう。坂上郎女は、今や三十歳の女盛りである。過去三人の男に愛された体は、ますます豊麗さを増し、匂いこぼれるような中年の色香に満ちていたことであろう。そして、男心の酸いも甘いも、知りすぎるほどに知っていたことであろう。その彼女が、こんな恋に——こんな滑稽な恋に今まで会ったこともありませんよ、将来もまた会わないことでしょうと、老いた百代を揶揄し、心にもないことを言い寄って、一体、全体、あなたは誰と共寝しているのですか、ときめつけている。

あれほどまでに思いつめた大伴百代は、この返歌に接して、どんなに失望落胆したであろう。けれど、考えようによっては、これほど厳しいことを言われる方が、却って、さっぱりと諦めもつくのかもしれないが……。それにしても、老いの情熱を傾けている百代に対して、もう少し、いたわりをこめた返事のしようもあったのではなかろうか。

坂上郎女は、よほど理性の勝った男まさりの女人であったと思われる。藤原氏の怒りを受けて、頼みとする兄の旅人が左遷させられた現在の大伴氏を支えるべき、家刀自としての責任を双肩に担う坂上郎女にとっては、愛や恋は、もう遠く過ぎた日の遺物となっていたのであろうか。すでに父の安麻呂は死去していたであろうし、佐保の留守宅では、母の石川内命婦が、坂上郎女の二人の娘を養育していたのではなかろうか。大伴家の挽回を思い、大伴氏一族の繁栄を希う彼女にとって、同族に連なる百代のこうした態度が許し難かったのかもしれない。彼女は、好むと好まざるにかかわらず、女丈夫としての自己を確立させなければならなかったのであろう。

天平元年（七二九）八月、光明子は正式に聖武天皇の皇后となった。光明皇后である。同年二月の長屋王自経後、政府高官の人事も大分変わったが、天平二年（七三〇）秋に、大納言多治比池守が没し、その後任として、大伴旅人は大宰府から呼びもどされることになった。

㈢

大伴旅人の帰京に先立って、坂上郎女は一足早く都へ向けて出立した。天平二年（七三〇）十一月のことである。

冬十一月、大伴坂上郎女の、帥の家を発し上道して、筑前国宗形郡名児山を越ゆる時に、作る歌一首

大汝　少彦名の　神こそは　名づけ始めけめ　名のみを　名児山と　負ひて　わが恋の　千重の一重も　慰めなくに（万葉集、巻六―九六三）

（神代のころ、大汝の神と少彦名神が一緒に国造りをされたとき、この山を名児山と名付けられたそうだが、名まえばかりは名児山でも、私の恋の千分の一も慰めてはくれないことよ）

同じ坂上郎女の京に向ふ海路に浜の貝を見て作る歌一首

わが背子に　恋ふれば苦し　暇あらば　拾ひて行かむ　恋忘貝（同、巻六―九六四）

（夫を恋すると苦しい。この苦しさを忘れるために、暇があったら拾ってゆこう、恋を忘れ

るという恋忘貝を――）

この二つの歌は恋を歌っているようにも思われるが、果してこのとき、坂上郎女が背子と呼び、千分の一なりと苦しい恋を慰めてほしいと願った相手がいたのであろうか。夫の宿奈麿はすでに死亡していたし、筑紫において彼女に恋歌を送った大伴百代に対しては、手ひどい返歌を送った坂上郎女である。彼女に亡夫への慕情があったとは考えられないし、ましてや兄旅人への慕情を詠んだとは思えない。言葉の遊びということが言いすぎであれば、雅び心のすさびとでも言い直そうか。坂上郎女にとって、恋はもう現実のものではなく、名児山を、恋忘貝を演出するための、単なる形容詞にすぎなかったのではなかろうか。少なくとも、このときの彼女は、観念としての恋を歌いあげたのではないだろうか。

その年の十二月、大伴旅人は筑紫を発して都に帰り、大納言に就任したが、大宰帥の職掌は、そのまま兼任していた。しかし、翌、天平三年（七三一）七月二十五日、旅人は六十七歳を一期として病没する。都に帰って僅か八ヵ月足らずの短い月日であった。この時、旅人の子、大伴家持は、まだ十四歳の少年であった。辺境の地にあって妻を失った傷心の旅人の身辺にあって、晩年の旅人を援けた坂上郎女の手に、忘れ形見家持はゆだねられた。実母を背負い、三人の娘を背負う坂上郎女の肩に、また一人の少年が托されたのである。旅人の死後、彼女は、いよいよ大伴家の女主人としての責務を重く感じないではいられなかった。

父大伴旅人の任地筑紫において、七歳から十三歳ごろまでをすごし、歌作に励む父や山上憶良

興福寺より御蓋山，春日山，若草山を望む

を目のあたりにし、閨秀歌人坂上郎女を叔母にもつ家持は、生まれながらにして歌の道を歩むべく運命づけられていたのではなかろうか。彼の処女作初月（みかづき）の歌は、叔母坂上郎女との問答の形で歌われている。

月立ちて　ただ　三日月の　眉根（まよね）掻（か）き
日（け）長く恋ひし　君に逢へるかも
（坂上郎女、万葉集、巻六―九九三）

新月のように細く美しい眉を掻いて、やっと恋しいあなたに逢えましたのね、と叔母が歌えば、家持も、すかさず、

振仰（ふりさ）けて　若月（みかづき）見れば　一目見し　人
の眉引（まよびき）　思ほゆるかも
（大伴家持、同、巻六―九九四）

空をふり仰いで三日月を見ると、ただ一目だけ見たことのある、懐かしい女の

眉が思い出されるのですよ、と応じた。

時は天平五年（七三三）、家持十六歳の秋である。才たけた美貌の叔母と、若年にして父に死別した多感な少年の、絵を見るように美しい新月の宵の歌問答。叔母と甥の関係をこえて、このなかには仄かな恋心さえも感じられる。もはや三十歳も半ばをこえた坂上郎女には、この大伴家の嫡男を立派に養育し、名家を背負うにふさわしい人間に育て上げるべき重責が、改めて認識されると共に、多感な少年へかける夢と愛情も、また、ひとしお強かったことであろう。

天平五年十一月には、大伴氏一族が神を祭ったが、坂上郎女は、一族を代表して、神を祭る歌一首並びに短歌を詠じている。女主人としての彼女の責任は、祭祀から家庭生活、子女の養育に至る広範囲に及んでいた。

奈良時代の貴族には、自分の屋敷内に持仏堂を設けて、僧や尼を住まわせる風習があった。佐保大納言と呼ばれた大伴安麻呂の佐保の邸宅にも、新羅から渡来した理願という尼が長らく住みついていた。その尼が、天平七年（七三五）に急病で亡くなった。当時、主人の安麻呂は既になく、長男旅人も過ぐる天平三年に病没していた。安麻呂の未亡人で、坂上郎女の母に当る石川内命婦は静養のために有馬温泉に赴き、留守宅は坂上郎女がきりまわしていた。彼女は理願の葬儀を滞りなくすませ、理願のために長い挽歌と反歌を作り、それを有馬の母のもとへ届けさせている。その頃の名家の葬儀は相当に複雑であったろうし、渡来したとはいっても、異国の尼を弔うには、なにかと気苦労も多かったことであろう。坂上郎女の才女ぶりと、磐石ともいえる家刀自としての貫禄が、こうしたことからもよく窺われる。

坂上郎女は、何らかの意味で、宮廷ともかかわりをもつ女人だったようである。彼女の母は石川内命婦であるが、内命婦（うちのみょうぶ）は宮廷に仕える五位以上の女性をさし、外命婦（そとのみょうぶ）は五位以下の女性をさしたといわれる。坂上郎女は命婦ではなかったが、生母の縁によって、何かのおりには宮廷に奉仕したのではなかろうか。常時、宮仕えするのでなく、天皇のお召しや宮廷での宴や催しものがあった際に奉仕する、特別な役目をもっていたのではなかろうか。

天皇に献（たてまつ）る歌一首　大伴坂上郎女、佐保の宅にありて作る

あしひきの　山にしをれば　風流（みやび）なみ　わがする事（わざ）を　とがめたまふな（万葉集、巻四―七二一）

（山に住む田舎者でございますので、宮廷風に風雅にはまいりませんが、どうぞ私のすることを、おとがめになりませんように）

これは坂上郎女が聖武天皇に献上した歌である。或いは彼女の私邸における接待の際とも受けとれるが、おそらく宮廷でのことを歌ったものであろうとも思われる。

天皇に献る歌二首　大伴坂上郎女、春日の里にありて作る

にほ鳥の　潜（かづ）く池水　情（こころ）あらば　君にわが恋ふる　情（こころ）示さね（同、巻四―七二五）

（かいつぶりの潜る池の水にもし情があるのなら、わが君をお慕いする私の心を示しておくれ）

外（よそ）にゐて　恋ひつつあらずは　君が家の　池に住むとふ　鴨（かも）にあらましを（同、巻四―七二六）

（外にいて、こんなにお慕いしてばかりいるより、いっそ、君の家の池に住むという鴨であればよいのに）

これも聖武天皇に献じられた坂上郎女の歌であるが、一国の天子に、こんなに親密な歌を送りうる立場に彼女はいたのであろうか。

天平十一年（七三九）に、聖武天皇が高円山で狩猟をされたとき、鼯鼠（むささび）が大勢の勢子（せこ）に追われて里に逃れ出たが、一人の勇ましい狩人が、これを生きたまま捕えて、天皇に献上することにした。坂上郎女は、これが大勢のものにせめられて里に下りてきた鼯鼠です、という歌を作った。しかし鼯鼠は献上前に死んでしまったので、歌を献ることも中止になった。このように、天皇が催す狩猟の際に、すぐ獲物につける歌を作るには、そのとき天皇の側近くに侍っていなければならない。そうした意味においても、坂上郎女は、単なる家庭婦人ではなく、宮廷や天皇と、少なからず関係をもった女人だったと思われる。

酒宴の席においても、坂上郎女は、その中心的な華やかな存在であった。朝廷では、聖武天皇の天平九年（七三七）と、孝謙天皇の天平宝字二年（七五八）に、宴会や酒を慎むようにとの勅が出されているが、親しいものたちの間や、貴族間では、それにもかかわらず、盛んに宴会が行なわれた。坂上郎女の次の歌も、親族や朋友との宴会の席上で歌われたものであろう。

酒坏（さかづき）に　梅の花浮け　思ふどち　飲みての後は　散りぬともよし（万葉集、巻八―一六五六）

（盃に梅の花を浮かべて、親しいもの同志が飲み合った後は、梅の花が散ってしまってもよ

い）

観梅の宴が、佐保川の堤ででも催されたのであろうか。早春の風に、ひとひら、ふたひらと、酒盃に散りこぼれる梅の花。仄かな梅の香に酔い、馥郁とした酒の香に酔って、頬に淡い紅を散らしつつ歌う、妙麗の女人が目に浮かぶ。年を経て、ますます婉麗さを加えるこの女主人に、なみいる男たちは、羨望と憧れの情を禁じることができなかったのではなかろうか。

天皇の詔勅は、貴族たちの間ではあまり力が無かったらしく、坂上郎女は親族と宴する席上でも、また歌っている。

斯くしつつ　遊び飲みこそ　草木すら　春は生ひつつ　秋は散りゆく（万葉集、巻六―九九五）

（このようにして　遊び、そしてお飲みください。草木でさえも、春は生い茂り、秋は散ってゆくのです）

山野に生うる草木でさえも、春くれば芽吹き、夏くれば繁り、秋くればその葉を散らしてゆくというのに、人生は唯の一度しかない。その一度きりの人生を、大いに謳歌しようではありませんか。と、彼女は一族のものたちに歌いかける。

平城貴族の遊びの心の底に沈む、仏教的な無常感のただようこの歌を読むと、青丹よし奈良の都は咲く花の――と歌われた奈良の都の蔭に漂う儚さが、ふっと浮彫されてくるように思われる。

(四)

大伴坂上郎女の二人の娘のうち、長女の大嬢は大伴家持に嫁し、次女の二嬢は大伴宿禰駿河麿と結ばれた。この四人と、いまひとり安倍蟲麿を追って、それにまつわる坂上郎女の、母として、また、女としての人間性を覗いてみたい。

駿河麿は、大伴馬来田の孫で、家持や坂上郎女とは同族である。彼は、二嬢を自分の妻にと望んでいた。末娘として生まれた二嬢は、なかなか母から乳離れすることのできない、甘ったれた娘であった。その可憐さが、駿河麿には愛しく好もしく感じられたのであろう。おそらく、彼が二嬢を見初めたころは、彼女は、十三、四歳ぐらいではなかったろうか。駿河麿は、二嬢にかけるわが想いを、坂上郎女に告白した。けれど坂上郎女は「二嬢はまだ子供ですから、あなたの妻にはできませんよ」と、彼の心を否定し続ける。駿河麿は、そんな坂上郎女の態度に、よけいのこと二嬢への恋心を誘われて、

春霞　春日の里の　植子水葱　苗なりといひし　枝はさしにけむ（万葉集、巻三―四〇七）

（二嬢はまだ子供だとばかり言われますが、もう成長したのではありませんか）

と尋ね、続いて、

一日には　千重波しきに　思へども　などその玉の　手に巻きがたき（同、巻三―四〇九）

（一日のうちに、何度も何度も二嬢のことを恋しく思うのに、どうして彼女を抱くことができないのでしょうか）

と、二嬢に対する自分の真情を、母の坂上郎女に訴えた。それに対して坂上郎女は、

橘を　屋前に植ゑ生し　立ちてゐて　後に悔ゆとも　験あらめやも（万葉集、巻三―四一〇）

（娘をここまで育ててから、うかうかとあなたを婿に定めてしまって、後になってから悔んでも、なんの役にもたちませんからね）

と、厳しい返事をした。まるで、二嬢への恋を拒否するような言葉に、駿河麿は、いらいらと焦らされてゆく。駿河麿は、

吾妹子が　屋前の橘　いと近く　植ゑてしゆゑに　成らずは止まじ（同、巻三―四一一）

（二嬢は、私の心に、しっかりと思い定めた女人なのですから、一緒になれないということはありません）

と、強い決意を示した。

けれど、坂上郎女は、なかなか二人の間を許してくれそうにもない。駿河麿は、二嬢を妻に望むなら、まずその母の心を捉えることが先決だと決心したのであろうか。駿河麿は、坂上郎女に、恋歌とも紛う歌を送った。

大夫の　思ひ佗びつつ　度まねく　嘆く嘆きを　負はぬものかも（同、巻四―六四六）

（男である私が、これほど恋い焦れて、何度も嘆くその嘆きの報いを、受けないことがある

でしょうか。きっと報いを受けますよ）

その嘆きは、二嬢を恋する恋の嘆きか、それとも、その恋に快諾を与えない坂上郎女に対する恨みの嘆きか、そのどちらとも取れるけれど、このときの駿河麿の気持は、複雑微妙だったのではなかろうか。彼は、純情可憐な二嬢に惹かれながら、いつしか、妖艶なその母にも惹かれていたのかもしれない。

それに対する坂上郎女の返歌にも、彼の心をくすぐるような甘さと、少しばかりの冷たさが秘められている。

心には　忘るる日無く　思へども　人の言こそ　繁き君にあれ（万葉集、巻四―六四七）

（心では忘れる日もないくらいに、あなたのことを思っていますが、人の噂の多いあなたのことでございますのでね）

坂上郎女は、駿河麿を二嬢の婿にすることは決めていながら、彼をじらし、彼をいらだてて、自分の手もとに引き付けようという、微妙なかけひきをしていたのではなかろうか。たいした手腕であり、才である。年上の坂上郎女の手玉にとられて、駿河麿は、その思う壺にはめられていったのであろう。

こうして二人が恋の遊びにも似た歌の贈答を楽しんでいるうちに、二嬢に思いを寄せる男が他にもあるような噂が、ちらほらと駿河麿の耳に入ってくるようになった。心中穏やかでない彼は、梅の花が咲いてもう散ってしまったという噂を聞くけれど、まさか、それは二嬢じゃないでしょうね、と坂上郎女に質してみた。坂上郎女は、それには無言を守ったまま、ある日、親族が集まっての宴の席で、駿河麿に歌いかけた。

山守の　ありける知らに　その山に　標結ひ立てて　結ひの恥しつ（万葉集、巻三—四〇一）

（他に女のあったのも知らず、あなたを二嬢の婿にしようなどといって、とんだ恥をかいてしまいました）

二嬢に男などとはとんでもない、あなたこそ他に思う女があるのでしょう、と切りこまれては、駿河麿も黙っては引き下れない。

山守は　けだしありとも　吾妹子が　結ひけむ標を　人解かめやも（同、巻三—四〇二）

（もし仮りに、他に女があったとしても、あなたが婿と定めてくださった約束を、他人には破ることができないでしょう）

母と駿河麿の、こうした歌問答のなかへ割り込むこともできないほど、二嬢は幼なさから抜け切っていなかったのであろうか。

駿河麿の心は千々に乱れていた。すっぱりと二嬢を諦めようかとも思う。けれど、無垢な、いじらしい二嬢の面影が、彼の胸には、はっきりと焼き付いている。そして、その上に、才たけた豊満な坂上郎女の姿が掩いかぶさってくる。彼の心は二人の間を揺れ動きつつ、決心の目処のつきかねるまま、もう一ヵ月も春日の里を訪れてはいなかった。一ヵ月の月日は、二嬢恋しさをつのらせ、その母への慕情をつのらせる。やっと心を決めた駿河麿は、無沙汰の詫びを兼ねて三首の歌を、春日の里へ送った。

情には　忘れぬものを　たまさかに　見ぬ日さ数多く　月そ経にける（万葉集、巻四—六五三）

（心では決して忘れていないのに、偶然にも、お逢いしない日が多くて、一ヵ月が経ってしまいました）

相見ては　月も経なくに　恋ふと言はば　をそろとわれを　思ほさむかも（同、巻四—六五四）

（お逢いしてから一ヵ月も経たないのに、恋しいと言ったら、私のことを軽率だとお思いになるでしょうか）

思はぬを　思ふと言はば　天地の　神も知らさむ　邑礼左変（同、巻四—六五五）

（思ってもいないのに、思っていると言ったら、天地の神々も、きっとご照覧なさっていることでしょう）

それに対して、坂上郎女は六首の歌を返している。

われのみそ　君には恋ふる　わが背子が　恋ふとふことは　言の慰そ（同、巻四—六五六）

（私こそ、あなたを恋しく思っているのです。あなたが恋しいというのは、言葉の上だけの慰みなのでしょう）

思はじと　言ひてしものを　朱華色の　変ひやすき　わが心かも（同、巻四—六五七）

（もうあなたのことなど思わないと言ったのに、朱華の真っ赤な花が色移ってゆくように、変りやすい自分の心です）

思ふとも　験もなしと　知るものを　なにしかここだ　わが恋ひわたる（万葉集、巻四—六五八）

（思っても、どうなるものでもないと分りながら、どうしてこんなに恋しく思うのでしょう）

坂上郎女は、あの親族との宴席で、駿河麿に手ひどいことを言ったけれど、その後一ヵ月も駿河麿が春日の里を訪ねなくなると、少々心配になりだしていた。そこへ駿河麿の歌が届けられた。ものには潮時がある。これ以上、彼の心を焦らすことは慎まなければならない。坂上郎女は、今こそ二嬢のために駿河麿の心を引きとめる好機と考えたのであろう。彼女は天成の媚の限りを尽して、駿河麿の男心をくすぐりながら、二嬢の心をわが心として歌ったのである。

あらかじめ　人言繁し　かくしあらば　しゑやわが背子　奥もいかにあらめ（同、巻四—六五九）

（事の進まない前から人の噂が多くたっています。こんなことでは、ええ、あなた、将来はどうなることでしょう）

汝をと吾を　人そ離くなる　いで吾君　人の中言　聞きこすなゆめ（同、巻四—六六〇）

（あなたと私の間を人が割いているということです。どうぞ、あなた、決して人の中傷などはお聞きにならないでください）

二嬢と駿河麿のことは、もう人の噂にのぼっている。それよりも、駿河麿と私が恋しているなどと言いふらしているものさえある。駿河麿と二嬢がまだ結婚もしていない前から、こんな噂をたてられては、娘の将来はどうなるであろうか。そして、私とあなたの将来はどうなるであろうか。変な噂を流して、他人がもし私たちの仲を割いているとしても、決してそんな中傷に惑わされないで、待ちこがれている娘と私を訪ねてきてほしい。

坂上郎女の真情が、はじめて駿河麿には判ったのかもしれない。ある日、久びさに彼は春日の里を訪ねてきた。

恋ひ恋ひて　逢へる時だに　愛しき　言尽してよ　長くと思はば（万葉集、巻四—六六一）

（恋しく恋しく思って、やっと逢えたその時だけでも、思いやりのある優しい言葉を、娘に思いっきり言ってやってほしい。そして、こんなに待ちわびた私にも……末長く娘と添ってくれるつもりなら）

やっと訪れた不埒な駿河麿に、彼女は思いのたけをこめて哀願したのではなかろうか。才女の鼻も、ここに折れたような感じがする。

駿河麿と坂上郎女の関係は、駿河麿に彼女への仄かな憧憬と思慕があり、坂上郎女が彼の若さに惹かれていたとしても、それ以上には出ることがなかったであろうと思われる。坂上郎女は、彼女の人間性のなかに秘める男への媚を、娘の婿にしようとする相手にさえ惜しみなく示して、二嬢のために駿河麿を手離すまいとしたのであろう。この六首の歌は、二嬢の代弁として歌われたものではなかろうか。しかし、母としての情を、母として歌いきることのできなかった、坂上郎女の心に住む女の業が、悲しく垣間見えるように思われてならない。

彼女は、久方振りに訪れた駿河麿を、夜の更けるまで詰り続けたのではなかろうか。

ひさかたの　天の露霜　おきにけり　家なる人も　待ち恋ひぬらむ（万葉集、巻四—六五一）

坂上郎女は、やっと駿河麿を二嬢の夫として許したのである。——家の中では娘がどんなにあなたを恋しがって、待ちこがれているかもしれません——そう言うと、彼女は一人、佐保の邸へ帰っていった。

玉主に　玉は授けて　かつがつも　枕とわれは　いざ二人寝む（同、巻四—六五二）

玉主である駿河麿に、やっと玉（二嬢）を渡した坂上郎女。多くの曲折を経つつ、駿河麿の心を浮沈させつつ、ここまで辿りつくことのできた坂上郎女は、今こそ母の姿にもどったのである。枕抱く一人寝の床は、冷たく淋しかったとしても、母としての安らぎが、彼女を大きく包みこんでいったのではなかろうか。

(五)

安倍朝臣蟲麿という男があった。彼の母、安曇外命婦は、大伴坂上郎女の母、石川内命婦の妹であり、蟲麿と坂上郎女も親密な仲であった。二人はよく戯れの歌を作り合っては、歌問答をかわしたという。

安倍朝臣蟲麿の歌一首

向ひゐて　見れども飽かぬ　吾妹子に　立ちわかれ行かむ　たづき知らずも

（万葉集、巻四―六六五）

（向い合って、いつまで見ていても飽きない懐かしいあなたに別れていったら、どうしてよいのやら方法もわかりません）

大伴坂上郎女の歌二首

相見ぬは　いく久さにも　あらなくに　ここだくわれは　恋ひつつもあるか（同、巻四―六六六）

（お逢いしなかったのは、そんなに長い間でもありませんのに、こんなにも私は、あなたを恋しく思っているのでしょうか）

恋ひ恋ひて　逢ひたるものを　月しあれば　夜は隠るらむ　しましはあり待て

（同、巻四―六六七）

（恋しく恋しく思ってやっと逢えたのですもの。月が出ているから夜はまだ深いのでしょう。暫くはそのままでおいでくださいな）

久びさに逢った親しい従姉弟の坂上郎女と蟲麿は、懐旧の情をこめて歌い合った。共に三笠の山や高円の山に出る月を待ちながら、雨に災いされた月夜を嘆き、夜霧に霞む月を悲しんだこともある二人は、恋にも似た懐かしさを感じ合っていたのであろう。少なくとも、蟲麿は素朴に真剣に坂上郎女を恋していたのではないだろうか。

安倍朝臣蟲麿の歌一首

倭文手纏　数にもあらぬ　命もち　なにしかここだ　わが恋ひわたる（同、巻四―六七二）

（数ならぬ命をもちながら、どうしてこんなに、私はあなたを恋しく思うのでしょう）

数ならぬ命とは単なる修辞だったのであろうか。それとも、あなたにとっては、ものの数とも思っておられないであろう儚いわが命、と解すればよいのであろうか。たとえ蟲麿の心のなかに、命をかけてまでという激しさはなかったとしても、坂上郎女を思う純情は存在していたと思われる。

大伴坂上郎女の歌二首

まそ鏡　磨ぎし心を　ゆるしてば　後に言ふとも　験あらめやも（万葉集、巻四—六七三）

（鏡のようにとぎすまして張りつめた私の心をもし許してしまえば、後からどう言って後悔しても仕方がありませんのでね）

真玉付く　をちこちかねて　言はいへど　逢ひて後こそ　悔にはありと言へ

（同、巻四—六七四）

（将来も現在も大切にすると言葉では言われますが、その言葉に心を許して逢ってしまった後でこそ後悔するものだ、と世間ではいっていますからね）

先には、こんなにもあなたを恋していると歌い、もう暫くこうしていらっしゃいと媚態を示した坂上郎女が、その媚に誘われて蟲麿が一歩踏み込もうとした刹那、それを無慚にも突き落してしまった。

外見の豊艶さと美貌に惹きつけられて言い寄ってくる男たちを、あるときはコケティッシュな媚態によって身近に引き寄せ、うかうかとその蜜に吸い寄せられると、最後の土壇場で、ものの見事に突き放してしまう。男たちを弄(もてあそ)び、翻弄することに、一種の楽しさでも見出しているように——。

こんな女に惹かれた男こそ哀れである。大伴百代がそうであった。駿河麿もまたそうではなかったのであろうか。私は駿河麿に与えた坂上郎女の歌を、母の真情に支えられたものと解釈したが、やはり、そのなかには女としての坂上郎女の媚が現われている。娘の婿であるからこそ、安心して、あのようにはっきりと恋を歌いこむことができたのかもしれない。娘の代弁という大きな言いのがれの道があるから……。駿河麿は、妻の二嬢よりも、女の魅力にあふれる義母の坂上郎女に惹かれたであろうし、安倍蟲麿も、坂上郎女の蠱惑(こわく)の前に、哀れや男心を弄ばれたのである。

美しく表現すれば、それは色好みであり、好き心であり、雅び心であるのかもしれない。観念的な恋を歌い、現実の対象物の心をよそに、己のみの感情を満足させるために、自分の歌言葉に陶酔してゆく。本人はそれに悦びを感じ、楽しくもあるのかもしれないが、対象に選ばれた男こそ災難である。かといって、男たちにとっては、坂上郎女は無視してしまうことのできない女性的魅惑にあふれた女人だったのであろう。

歌言葉のもつ深遠さや、歌心に秘められた真剣さは、坂上郎女という一人の女人の人間性のなかにおいて、すでに本来の持味を失っていたのであろうか。言葉のすさび、言葉の遊びこそが、彼女にとっての歌となっていたのではなかろうか。真情の結晶が歌の形式をとって語られるということは、この才女には、すでに過去の形骸であり、遺物であったのかもしれない。多くの文献の言葉を巧みに駆使し、古え人の歌の形を模倣しながら、それをセンスの良さに置きかえ、微妙な言葉のニュアンスに、みせかけの恋をからみつかせて、惹きつけるとみせては突き放す技巧の冴えは、まさに驚嘆に価する。

常に大勢の人びとの中心的存在となり、自己顕示欲をもち、自分が人気の的でなければ承知できない人間が、どんな社会にも存在するものである。派手で、見栄っぱりで、華やかに振舞うことによって自己陶酔し、それが生甲斐である人間——坂上郎女の人間性に、そうした面が強くみられる。彼女は、社交界の花形として、一族の中心として、老若をとわず男心を捉える魅惑的存在として、咲き誇る花の美を、自分の上に再現していたのではなかろうか。

駿河麿に二嬢を巧みに結び付かせた坂上郎女は、甥の大伴家持に長女の大嬢を妻合(めあ)わせることにも成功する。家持も相当に派手な女関係があったらしく、万葉集にも数多くの女人と交した歌が見られるが、それらのなかにあって、大嬢は、厳然と家持の正妻の座を保持したようである。

風交(まじ)へ　雪は降るとも　実(み)にならぬ　吾家(わぎへ)の梅を　花に散らすな

（万葉集、巻八―一四四五）

の坂上郎女の歌は、誰に対して歌われたものであろう。先に駿河麿は梅の花にことよせて、二嬢のことを歌っているので、駿河麿への歌ともとれるが、私には、大伴家持に歌いかけられたものと思われる。

風を交えて冷たい雪が降ってきたとしても、私の家の梅を花のままで散らしてはくださいますな――大伴家に将来どんな災難がふりかかってきたとしても、大嬢をいつまでもあなたの妻として可愛がってやってください――と、彼女は母としての真心を、家持に訴えたのではなかろうか。こと男女の関係となると、手練手管をきわめる坂上郎女も、娘に対しては実によい母であった。

出でて去なむ　時しはあらむを　故に　妻恋しつつ　立ちて去ぬべしや

（万葉集、巻四―五八五）

（帰るには帰る時間があるはずです。わざとらしく、妻を恋しく思いながら、帰ってゆくということがありましょうか）

家持は佐保の家に妻問いに来ていたのであろう。それが夜も明けぬうちに帰ろうとした。妻の大嬢との間にまずいことでもあったのであろうか。大嬢は帰ろうとする夫を引き止める術もわからぬように泣きしずんでいる。それを見た母の坂上郎女はたまりかねて、妻問いに来ていながら、こんな時刻に帰るという法があるものですか――と、家持を叱りつけた。しかし、いよいよ佐保の家から、家持が西の宅（所在不明、平城宮近く？）に帰る時刻が迫ってくると、

わが背子が　着る衣薄し　佐保風は　いたくな吹きそ　家に至るまで

（同、巻六―九七九）

と、娘の婿が無事に帰宅することを祈っている。大嬢と結婚してから、家持は佐保の家を出て、

西の宅へ移ったのであろう。冷たい風に吹かれて、薄着している家持が風邪をひかないように、佐保風よ、婿が帰り着くまでひどく吹かないでおくれと念じる郎女。わが子同然に育てた家持に対して、坂上郎女は、単なる娘の夫というばかりではなく、わが子にも等しい愛情を、いや、心の奥底に秘めた恋心をもっていたのであろう。その家持は、大伴家にとっては、大切な大切な大黒柱でもあった。

坂上郎女は、佐保や春日の邸以外に、跡見田荘（とみのたどころ）や竹田田荘（たけだのたどころ）の別邸をもち、娘と共に、或いは一人で、その別邸にも出かけていった。

天平十一年（七三九）九月に、竹田庄（橿原市東竹田）で作った坂上郎女の作に、

然（しか）とあらぬ　五百代小田（いほしろをだ）を　刈り乱（みだ）り　田廬（たぶせ）に居（を）れば　都し思ほゆ（万葉集、巻八―一五九二）

（僅か一町あまりの小さい田を刈り乱して、田の小屋で憩っていると、都のことが懐かしく思われる）

という歌がある。その頃の貴族は、都での華やかな生活の反面、田舎の別邸では、田地も耕作し、家人や使用人たちと共に、自らも田に出て働いたようである。

また別のおり、同じく竹田庄から娘の大嬢に送った歌に、次のようなものもある。

うち渡す　竹田の原に　鳴く鶴（たづ）の　間無く時無し　わが恋ふらくは（同、巻四―七六〇）

（見渡す限りの竹田の原に鳴いている鶴の声が絶えないように、あなたのことを私はいつも案じている）

こうした自然詠や、娘を思う歌には、恋歌にはみられない素直な実感がこもっていて、坂上郎女の今一つの生活と、人間的真情が感じられる。

家持も別邸にいる叔母を訪ねた歌を作り、大嬢も田舎から家持への歌を送り、家持はそれに応えて、少なくともこの三人の生活は、表面の華麗さにくらべて、平穏に落着いていたかにみえる。

（六）

天平十八年（七四六）六月二十一日、大伴家持は越中守に任じられて、七月に任所へ赴くこととなった。もちろん、妻の大嬢も家持と共に越中へ下ってゆく。この二人を送る坂上郎女の心は、さぞや寂寥にみたされていたことであろう。この頃、彼女もようやく五十の坂にさしかかっていたのではなかろうか。郎女は、出立する家持に二つの歌を贈った。

草枕　旅ゆく君を　幸くあれと　斎瓮すゑつ　吾が床の辺に（万葉集、巻十七―三九二七）

（越中へ出で立ってゆくあなたの行く末が無事であるようにと、神酒を入れた斎瓮を私の床の辺に置いて、無事を祈っています）

今のごと　恋しく君が　思ほえば　いかにかもせむ　する為方のなさ（同、巻十七―三九二八）

（今のように、あなたが恋しく思われるのなら、これからどうすればよいのでしょう。何ともする方法もありません）

慈しみ育てた家持と大嬢が越中に行ってしまうと、奈良の邸は火の消えたように淋しくなる。自分の床の辺に斎瓮をすえて、二人の旅先での無事を祈り、一人残された身の術なさを嘆く郎女には、いつしか老いの影が忍び寄っていたのであろうか。

彼女は更に、越中国への文箱のなかへ、家持を想う歌を、そっとしのばせるのだった。

旅に去にし　君しも継ぎて　夢に見ゆ　吾が片恋の　繁ければかも（万葉集、巻十七—三九二九）

（旅に出てしまったあなたのことを、毎晩のように夢にみます。あなたのことばかりを思っているからでしょうか）

道の中　国つ御神は　旅行きも　為知らぬ君を　恵みたまはな（同、巻十七—三九三〇）

（越中の国の神様は、旅の方法も知らないあなたに、どうぞ恵みを与えてくださいますように）

同じように恋を歌いつつ、これら四つの歌からは、媚や思わせぶりが感じられないのは何故であろう。文は人なりという言葉がある。歌は人なりとも言いうるであろう。真心の迸りが歌に昇華したとき、そこに微塵のゆるぎも感じられない。私は、坂上郎女が終生をかけて恋した真の相手は、大伴家持だったのではないかと思う。それは、彼女の胸中深く秘め隠された恋だったのではなかろうか。娘の婿に恋したことに抵抗は覚えるけれど、家持に対してだけは、媚も誘いもいらないほどの、純粋な愛情をもっていたのではないかと思われてならない。その家持が彼女の側を離れてゆくのである。一分の隙もないほどに装ってきた彼女の秘めた心が堰を切って、人の心を打つ四つの歌となったのであろう。この時の坂上郎女の心中を思うとき、はじめて、彼女の奥の奥なるものに逢着したような気がする。

坂上郎女は、娘の大嬢へも、都から歌を贈りとどけるのであった。

海神の　神の命の　御櫛笥に　貯ひ置きて　斎くとふ　珠に益りて　思へりし　吾が子にはあれど　うつせみの　世の理と　大夫の　引のまにまに　しな離る　越路を指して　延ふ蔦の別れにしより　沖つ波　撓む眉引　大船の　ゆくらゆくらに　面影に　もとな見えつつ　かく恋ひば　老づく吾が身　けだし堪へむかも（万葉集、巻十九―四二二〇）

（海の神が櫛箱の中に蔵っておいて大切にするという真珠よりも、まさったものと思っていたわが子ではあるけれど、この世の道理だと思って、夫が連れてゆくままに越中の路へと旅立たせて、別れてしまってからは、娘の美しい眉や面影が、ゆらゆらとしきりに幻のように見えてくる。このように恋しがっていたら、年とってくるわが身は、この淋しさに耐えることができるだろうか）

かくばかり　恋しくしあらば　真澄鏡　見ぬ日時なく　あらましものを（同、巻十九―四二二一）

（このように恋しく思うのだったら、顔を見ない日も時もないように、いつも一緒にいるのだったのに）

愛する長女を、世の中の道理とはいいながら、結婚させたばかりに、主人が任官すれば、その任地へやらなければならない。坂上郎女のような才女であっても、女親の気持は、世の常の母親と変りなかったとみえる。特に幼い日から、わが手一つで慈み育てた娘であってみれば、その情は、なおさら深かったことであろう。

最後に悲傷胸をうつ彼女の怨恨の歌をとりあげて、この項を終りたい。

押し照る　難波の菅の　ねもころに　君が聞して　年深く　長くし言へば　まそ鏡　磨ぎし情
を　許してし　その日の極み　波のむた　なびく玉藻の　かにかくに　心は持たず　大船の
たのめる時に　ちはやぶる　神や離けけむ　うつせみの　人か禁ふらむ　通はしし　君も来ま
さず　玉梓の　使も見えず　なりぬれば　いたもすべ無み　ぬばたまの　夜はすがらに　赤ら
ひく　日も暮るるまで　嘆けども　しるしを無み　思へども　たづきを知らに　幼婦と　言は
くも著く　手童の　ねのみ泣きつつ　たもとほり　君が使を　待ちやかねてむ

（万葉集、巻四―六一九）

（何時までも変ることがないと、あなたが心をこめて言われたので、張りつめた気持を許してからは、揺れ動く心も持たずに、一途に頼りにしてきましたのに、神がお割きになったのでしょうか、他人が邪魔だてしているのでしょうか。いつもおいでになったあなたも来られず、文使いさえ来なくなりましたので、夜は夜通し、昼は日の暮れるまで、嘆いてばかりいても、なんの効果もないと思いながら、世間で幼婦というその言葉どおりに、子供のように泣きながら、あちらこちらと歩きまわって、あなたの使いを待ちかねているのです）

初めより　長くいひつつ　たのめずは　かかる思に　会はましものか（同、巻四―六二〇）

〈最初から永久に変らないと言って、あなたを頼る心を起こさせなかったら、こんな悲しい思いには会わなかったことでしょう〉

この怨恨歌は、いつ頃作られたのであろうか。その時は定かでないが、天平宝字二年（七五八）七月、家持が因幡守に左遷させられる前後であったか、それとも、天平宝字八年（七六四）、恵美押勝事件のあおりを受けて、家持が薩摩守として僻地に追われる前後であったろうかと思われる。この頃、坂上郎女は、六十歳を過ぎた老女になっていたはずである。頼りにした家持の左遷と、大伴家の大きな運命の転落を、涙ながらに嘆くと共に、わが心に秘めた家持への思いのありったけを、彼女はここにぶちまけたのではなかろうか。

兄の旅人なきあと、多感な少年家持を慈み、娘大嬢の婿とした過去の日から、坂上郎女の愛と信頼は、一つに家持の上にあつめられていた。折にふれ、時に応じて、わがもとを訪ねてくれた家持。都を離れた時には必ず文使いをよこしてくれた家持。この家持がある限り、大伴家の将来は磐石と安心していたのに、杖とも柱とも頼む家持は、政変の犠牲となって辺陬（へんすう）の地へと下ってゆく。わが心の内なる思い人を、わが手から引き離し、連れ去ろうとするのは誰なのであろうか。平和な一家を離散させ、大伴家を葬り去ろうとするのは誰なのであろうか。恨んでも恨んでも尽きない恨みを、彼女は権力の座にある為政者の上に投げつけながら、己を持することのできなかった家持の不甲斐なさをも、嘆かずにはいられなかったのではなかろうか。

橘諸兄（たちばなのもろえ）が右大臣の時代には、その傘下に入って、順調な任官の道を進んだ大伴家持も、諸兄の死後は政争の渦に巻きこまれ、大伴氏一族は転落への道を辿ってゆく。家持は光仁天皇の時代になって、ようやく政界に返り咲いたが、桓武天皇の皇太子、早良親王に近侍していたため、家運の挽回も思うにまかせず、延暦四年（七八五）、六十七歳で没した。死後、中納言藤原種継暗殺事件に関与していたという理由で除名になり、彼の遺骨は子供の永主と共に流罪となった。大伴氏の傍系はその後も続いたが、大伴の名を嫌って伴氏と称したといわれる。武門の誉高い大伴氏としては、あまりにも屈辱的な終章であった。

こうして、坂上郎女が願望した大伴氏の隆盛も、彼女が最も頼りとし、終生の心の恋人とした家持の失脚によって終ったとは、皮肉な運命の巡り合わせというほかかない。

坂上郎女は何歳ごろまで生きたのであろうか。天平宝字年間のある日、ある時、地方の国守として赴任する家持を見送ったあと、一人淋しく怨恨歌を草して、間もなく佐保の邸でみまかったのではないかと私は思う。

坂上郎女の数多い歌のなかで、特に私の心を捉えたものは、この怨恨歌と、家持と大嬢に与えた数首であった。それらは、大伴家を思い、家持や大嬢を思う真情にあふれている。怨恨歌を相聞の形式で歌ったのは、時の為政者に対する配慮によるものではあろうが、人麿の長歌を彷彿とさせるこの歌の、底を流れる哀愁と、年老いた彼女が、心の恋人、家持を偲びつつ、童女のように涙する哀れさに、はじめて涙を誘われる思いがする。

藤原麻呂との交際時代から中年を過ぎる頃までの坂上郎女は、私のあまり好まないタイプの女性であった。馬鹿なところの少しもない緻密な頭の働きと、適当に男心をくすぐる媚態を兼ね備えた女性。彼女の周囲に群がる男たちは、まるで女王蜂に仕える働き蜂にも似て、美貌で頭の冴えたこの女人に、弄ばれていたのではないかとさえ思われた。社交界の花形として、大輪の菊の花のように豪華絢爛と咲き誇り、当意即妙に、軽妙洒脱に歌う女。そこには飛鳥白鳳の素朴さや純粋さは消えて、平安貴族の間に育った色好みの心が幅をきかせていた。奈良時代を生きた坂上郎女は、すでに、平安の雅びを、恋のすさびを、自己のなかに生かし、先取りしていた女人だったのであろう。

こうした外見の絢爛さや華麗さとは別に、一本の筋金が常に彼女を貫き通していたことも、また事実である。それは、大伴氏の隆盛を願う彼女の心であった。大伴家の家刀自としての責任と心痛は、筆舌に尽し難いものがあったことと思われるが、その家刀自の自覚と誇りに支えられて、彼女は波乱多い生涯を生き抜いたのではなかろうか。

さまざまな人間性を合わせもつ坂上郎女は、一言で結論づければ不可解な女人とも言いうるであろう。けれど、その最後の逢着点が家持への尽きせぬ愛ではなかったかと想像したとき、彼女も心情の奥底に女人としての悲しさを、秘め隠していたのではないかと思われる。その悲しさを秘めたまま、彼女は永遠に土に返っていったのではないだろうか。

いずれにしても、大伴坂上郎女は、没落してゆく大伴氏が、家持と共に、最後の光芒として残した、多才な女流歌人であった。

名もなき女たち

(一)

世の中を支えるものは、上に君臨する帝王や貴族や官吏たちであるが、また半面、その蔭に名もなく埋もれていく多くの庶民でもある。

こうした庶民たちの間からこそ、真の人の心が匂い、土の香のしみついた素朴な歌が生まれてくる。そこには、見栄も衒(てら)いもない赤裸々な人間が、生き生きと息づいている。肉親や恋人を想う女心は、世の中がどのように変ったとしても、変ることのない永遠の尊さを秘めている。私もまた、その庶民のなかの一人として、魂の底から歌いだされた名もなき女たちの歌に、強い魅力を感じないではいられない。数多い歌のなかから、いくらかをとりあげて、彼女たちの生きざまと、その心根を偲んでみたい。

古代の婚姻は歌垣(うたがき)にはじまり、村の娘たちは、そこで恋しい殿御に巡り合った。歌垣とは、村里の未婚の男女が集まり、夜を徹して歌舞や飲食を楽しみ、心にとまった相手に求婚する風習で、春と秋に行なわれたようである。その場所は、大和の海柘榴市(つばいち)のような都会の市場でもあり、山や海辺の人里離れた自然のなかでもあった。奈良時代中期以降は、だんだんとその本来の姿を失っていったが、民衆の間では盆踊りなどに名残りが伝えられている。常陸(ひたち)風土記によると、筑波嶺の歌垣に男から求婚のしるしを得なかったものは、娘ではないといわれたそうである。

筑波嶺(つくはね)に　逢(あ)はむと　いひし子は　誰(た)が言(こと)聞けば　神嶺(かみね)　あすばけむ（常陸風土記）

――筑波嶺の歌垣で契りを結ぼうと約束した彼女は、私以外のどの男の求婚を受け入れて、筑波山で遊んでいるのであろうか――と、せっかく言い交したのに、娘から振られてしまった男は嘆いている。

高浜(たかはま)に　来寄(きよ)する浪(なみ)の　沖つ浪　寄すとも寄らじ　子らにし寄らば（常陸風土記）

――高浜に寄せてくる沖の波のように、私に心を寄せる女が他にあったとしても、私の心は動かない。あなたに心を寄せてしまったのだもの――と、高浜の歌垣で可愛い娘を見初めた男は、熱い愛を囁きかける。

筑波嶺(つくはね)の　彼面此面(をてもこのも)に　守部(もりべ)据(す)ゑ　母い守(も)れども　魂(たま)そ逢ひにける

（常陸国の歌、万葉集、巻十四―三三九三）

――筑波嶺のあちらこちらに山守をおいて山を守るように、母は私を守っていますけれど、二人の心はしっかりと結び合ってしまいましたね――というこの歌は、歌垣での娘のものではなかろうか。母親が、まだ子供だと思っているうちに、娘の心には、はっきりと好きな殿御が住みついてしまったのである。

大らかな自然の懐のなかにくりひろげられる愛の言問い、愛の契り。若い男女の熱い息吹と、溶け合う体のうごめきさえが、素朴でひたむきな歌の蔭から、幻影のように浮かびあがってくる。

恋しけば　来ませわが背子　垣つ柳　末摘みからし　われ立ち待たむ

（万葉集、巻十四―三四五五）

――恋しく思ってくださるのなら、どうぞおいでください。あなたの邪魔にならないように、垣根の柳の枝先を摘み取って、私はお待ち致しましょう――憎からず思う女の言葉に誘われて、夜蔭の闇に紛れながら、男は言い交した女の家を訪ねてゆく。

はじめて歌垣でお逢いして、互いに心を許しあいはしたけれど、はたして、あの方は本当に私を愛していてくださるのだろうか。他に好きな女人でもあるのではなかろうか……と、娘は千々に心を砕きながら、暗い垣根のもとで男の来訪を待ちわびたことであろう。

赤駒を　打ちてさ緒引き　心引き　いかなる背なか　吾がり来むといふ

（同、巻十四―三五三六）

――赤駒に鞭を打って、手綱を取り、あの人はおまえを訪ねてゆくと言われたけれど、どんな気持をもったお方なのだろうか――と、不安と期待に胸おどらせつつ、初めての夜を待つ娘心が思われる。

そんなとき、若い二人にとって、一番障害になるのが、母親の存在であった。

駿河の海　磯辺に生ふる　浜つづら　汝をたのみ　母に違ひぬ
（駿河国の歌、万葉集、巻十四―三三五九）

――あなたを頼りにして、母と仲違いしてしまいました――と、娘は嘆いている。母親というものは、早く娘に良い婿を、息子に良い嫁をと願う反面、いつまでも自分の手もとから子供を離したくないという、矛盾した二つの心を持っている。掌中の珠のように慈しんできたわが子を手離す淋しさと切なさが、母親をそうした気持にかりたてるのではあろうが……。

はやる思いをとげようと女に求婚しに来た男の姿と、家に待つ女の姿が、初瀬の国を舞台として、コミック風に歌われている。この二人は、いずこの歌垣で言い交した仲だったのであろうか。

隠口の　泊瀬の国に　さ結婚に　わが来れば　たな曇り　雪は降り来　さ曇り　雨は降り来
野つ鳥　雉はとよみ　家つ鳥　鶏も鳴く　さ夜は明け　この夜は明けぬ　入りてかつ寝む　こ
の戸開かせ（同、巻十三―三三一〇）

反歌

隠口の　泊瀬小国に　妻しあれば　石は履めども　なほし来にけり（同、巻十三―三三一一）

隠口の　泊瀬小国に　よばひ為す　わが天皇よ　奥床に　母は寝たり　外床に　父は寝たり

起き立たば　母知りぬべし　出で行かば　父知りぬべし　ぬばたまの　夜は明け行きぬ　幾許(ここだく)も　思ふ如(ごと)ならぬ　隠妻(こもりつま)かも（万葉集、巻十三―三三一二）

反　歌

川の瀬の　石ふみ渡り　ぬばたまの　黒馬(くろま)の来る夜(よ)は　常にあらぬかも（同、巻十三―三三一三）

これはまた、なんともいえない、ほほえましい状景である。若い二人にとっては、切羽つまった苦しい一夜なのだろうけれど、この歌からは、そうした苦悩の感じられない、ほのぼのとした明るさが伝わってくる。

　言い交した男は、黒馬に乗って、早瀬の小石を踏みながら、夜蔭にまぎれて初瀬の女のもとを訪れてくる。それは寒い寒い冬の日であった。あたりは一面にどんよりとかき曇って、みぞれまじりの冷たい氷雨が横なぐりに降りつけてくる。男はどんどんと家の戸を叩く。「おお、寒い、寒い。早く中へ入れておくれ。一緒に寝ようじゃないか、体を温め合おうじゃないか。早くこの戸をあけておくれ」と言う男の声さえが凍えそうである。

　けれど、家の中では、父母の目をさまさせては一大事と、女は、うろうろと狼狽(うろた)えている。二人は、まだ父母にも告げていない間柄だった。――母に気付かれたらどうしよう、父に気付かれたらどうしよう――戸外の寒さに凍える男の身を案じつつも、父母に咎められることを怖れて、男を招じ入れることさえもできない女。

　そのうちに、野では雉が鳴き、鶏が暁を告げはじめる。ついに夜はしらじらと明けそめてきた。

男は思いを達することもできずに、すごすごと駒を返して帰ってゆく。やっと戸外に出ることのできた女は、疲れ果てたような男の背へ「毎晩、毎晩、きてくださいね」と呼びかける。

小さい家に床を並べて眠る親と娘――娘の切ない恋心も知らず安心しきっている父と母――父母を裏切っているうしろめたさにおびえつつ、氷雨の中に立つ男の身を案じる娘――心は弥猛に逸っても、びくとも動かない戸の前で地団太踏む男――淡いペーソスのなかに、ほほえましい庶民の現実の生活が感じられる。この二人はどうなったのであろう。娘の父と母は、若い二人の恋を許してやったのではなかろうか。男はもう雨に濡れることもなく、白雪に身をさらすこともなく、胸を張って初瀬の妻のもとへ通い続けたことであろう。

言い交し、契り合っても、他の女に心惹かれるのが男の習性であるのかもしれない。

さし焼かむ　小屋の醜屋に　かき棄てむ　破薦を敷きて　うち折れむ　醜の醜手を　さし交へて　寝らむ君ゆゑ　あかねさす　昼はしみらに　ぬばたまの　夜はすがらに　この床の　ひしと鳴るまで　嘆きつるかも（万葉集、巻十三―三二七〇）

反　歌

わが情　焼くもわれなり　愛しきやし　君に恋ふるも　わが心から（同、巻十三―三二七一）

これはすごい嫉妬に苛まれつつも、その憎らしい夫を恋う妻の歌である。

両の額から角でも生えていそうなこの女の姿は、世のすべての女のなかに根ざしているものではなかろうか。

──火をつけて焼いてしまいたいような、おんぼろ小屋の中で、破って捨ててしまいたいほどの破れ薦（ごも）を敷いて、今にも折れそうな、ごつごつした汚い女の手と自分の手をさし交して、今ごろ憎らしい女と寝ているあんたなのに、昼は一日中、夜は夜通し、この床がミシミシと鳴るほど、私は嘆いているのですよ──

と、妻は憎らしい相手の女を、口を極めて罵倒しながらも、恋しい夫のことが忘れかねる。そして、──自分の心を焼きこがすほど苦しむのも自分だし、夫にこのように恋いこがれるのも、自分の心からなのだなあ──と、吾と吾が身を哀れんで嘆くのである。この女心のなかには、女の業が凝集されているように思われる。女の業は、女の嫉妬は、そして、男を慕う女の悲しさは、いつの世になっても消えてはゆかないのであろう。

風薫る大自然のなかで、華麗な市場の片隅で、ある時は嬉しく、ある時は悩ましく、そしてある時は悲しく女心をゆさぶり、若き男女の血潮を疼かせた歌垣の鄙びた味わいも、天衣無縫な明るい呼びかけも、時代の移り変りと共に、ひっそりと影をひそめた。

(二)

千何百年昔の、ある日、ある時、そこに繰り拡げられたであろう名もなき女たちの、生の証（あかし）と涙のあとに、胸の琴線が妖しくうちふるえてくる。

勝間田池より薬師寺塔を望む

飛鳥時代や藤原時代にあっても、民衆は、宮殿の造営や、神社、寺院の建立などの、さまざまな労働に駆り出されたが、奈良時代になってもそれに変りはなかった。平城京の造営や大仏殿の建立などの徭役（強制的労働）をはじめ、道路修理や河川工事、堤防修理などの雑徭（雑役）、そして兵役にと、逃げ隠れする術もない労働が、力なき民の上に掩いかぶさっていた。

聖武天皇が恭仁宮に遷るとき、その造営準備のために徴集された民衆は五千五百人を数えるといわれ、桓武天皇が長岡宮に遷ったときは、のべ三十一万四千人の人びとが動員されたといわれている。これより更に規模の大きい平城京の造営には、いったい何人の民衆が徴発されたのであろうか。二十一歳から六十歳までの健康な男子は正丁といって、こうした宮殿造営などの強制労働の他に、租税の調や庸の運搬をも命じられた。殆んど無報酬に近い賃銀で働かされる男たちも哀れであったが、働き盛りの夫や息子を国にとられ、いつ帰るかもしれない男を待つ女たちも、また哀れであった。

わが背子を　大和へ遣りて　まつしだす　足柄山の　杉の木の間か

（相模国の歌、万葉集、巻十四―三三六三）

――夫を大和へ働きにやって、帰りを待ちわびながら立ちつくす足柄山の杉の木の間よ――都へ連れて行かれたまま、待てど暮らせど帰らぬ夫の上に思いを馳せて、寂寥と不安に襲われながら、甲斐なき願いに立ちつくす女の姿が偲ばれる。

うち日さす　宮のわが背は　倭女の　膝枕くごとに　吾を忘らすな（同、巻十四―三四五七）

――宮殿にいらっしゃるあなた、大和の女を抱くごとに、私のことを思い出してくださいね――宮殿造りの労働に夫は駆り出されたのでもあろうか。それとも、宮殿の雑役をする身分低い丁でもあったのだろうか。強制雇用された男たちが、大和女の膝を枕に夢を結ぶ余裕などはなかったであろうが、国許で夫の身を案じる妻は、せめて夫が大和女を抱くことのできるほどの身分に取り立てられていたら、と想像する方が、まだしも心安らかであったのかもしれない。

よし強制雇用は逃れたとしても、毎年六十日の雑徭と、約一ヵ月の兵役が課せられていた。雑徭は朝出かけて夜には家へ帰れるような距離での労働であったが、そこにもまた、言いしれぬ民の涙が注がれていた。

つぎねふ　山城道を　他夫の　馬より行くに　己夫し　歩より行けば　見るごとに　哭のみし
泣かゆ　其思ふに　心し痛し　たらちねの　母が形見と　わが持てる　真澄鏡に　蜻蛉領巾

負ひ並め持ちて　馬買へわが背（万葉集、巻十三―三三一四）

反　歌

真澄鏡　持てれどわれは　験なし　君が歩行より　なづみ行く見れば（同、巻十三―三三一六）

馬買はば　妹歩行ならむ　よしゑやし　石は履むとも　吾は二人行かむ（同、巻十三―三三一七）

この女の主人も、多分、雑役に従事する一人だったのであろう。彼は毎朝、山城の石ころ道を踏みながら、泉川のほとりまで通ってゆく。その川の堤防修理の仕事にでもついていたのであろうか。足になじまぬ山城道を、毎日、毎日、歩いて働きに出ていく夫を眺める妻の目には、止めようとしても涙が溢れてくる。他家の主人たちは馬に乗って働きにいくというのに、彼女の夫だけが一人とぼとぼと歩いていくのだから……。「あなた、私が母の形見に貰った真澄鏡に、この薄い領巾を添えて持ってゆけば、たとえ駄馬なりと買うことができるでしょう。さあ、これで馬をお買いなさい。そして、みんなと同じように、馬に乗って仕事におでかけください」と妻は哀願した。けれど、心優しい夫は「もし私一人が馬に乗ったとしても、おまえは歩いていかなければならない。いいんだよ。石を踏んでも、私たちは仲良く二人で歩いてゆこう」と、妻が大切にしている形見の品には、手をつけようともしない。

なにか山内一豊の妻を思わせるような物語だが、この歌には、もっと深く悲しい庶民の生活の涙がにじんでいる。夫を思う妻の真心と、妻を労る夫の愛情に彩られた、悲しいばかりに美しい人情の機微ではなかろうか。

信濃道は　今の墾道　刈株に　足踏ましなむ　履着けわが背

（信濃国の歌、万葉集、巻十四—三三九九）

続日本紀によれば、元明天皇の和銅六年（七一三）七月に、美濃と信濃の二国の境界は、道が狭くて険しく、往還が困難なので、吉蘇路（木曽路）を通じたとのことである。これは大宝二年（七〇二）に着工したもので、十二年の歳月を使って完成したらしい。

この女の夫は、その道路工事のために動員されていた労働者なのだろうか。それとも新しくできた道を通って、他へ働きに行こうとするのだろうか。——信濃の道は開墾して新しくできた道です。切株を踏みつけるかもしれませんよ。履をはいていらっしゃいね、あなた——と、妻は夫の身を案じる。こうした何気ない庶民の日常生活のなかにこそ、人間としての偽りない愛情がこめられている。長く連れ添った夫婦は、恋や愛を口にはしない。けれど二人の間には、言葉では言い尽せない、深い愛情が流れている。信濃路のこの夫婦も、もう中年をすぎた人たちだったのではなかろうか。——履はけわが背——という短い言葉に、千金の重みが感じられる。そして、多くの場合は、素足のままで道を歩いたであろう貧しい民の明け暮れが、絢爛と咲き匂っていた貴族たちの蔭に、悲しく繰り返されていたことが思い合わされる。いつの世にあっても、労働によって糧を得、貧しい方便のなかに生きるものは、権力も富もない民衆なのではなかろうか。

運よく強制労働の網の目からもれ、雑役や兵役を務め終えても、彼らは安閑と遊んではいられなかった。田を耕し、蚕をかい、麻糸をつむぎ、山林を伐採して、庶民たちの生活は、休む間もない労働のなかに展開していった。租税を納めなければならないからである。天智九年（六七〇）には庚午年籍ができ、持統朝には庚寅戸籍が完成されて、民たちの動静は手に取るように明らかになった。その戸籍によって仮借なき税の取り立てが行なわれる。留守宅を守る女たちも、夫をもつ女たちも、共に労働の輪のなかに、青春の日々を、女盛りを埋没させていかねばならなかった。

筑波嶺の　新桑繭の　衣はあれど　君が御衣し　あやに着欲しも

（常陸国の歌、万葉集、巻十四―三三五〇）

調や庸に納める布は、奈良時代、平安時代を通じて、正丁一人につき、調は、長さ二丈八尺（約八・四メートル）、幅二尺四寸（約七十二センチ）、庸は長さ一丈四尺（四・二メートル）と定められ、調、庸あわせて四丈二尺を織り上げなければならなかった。

――筑波嶺の麓に植えた桑の若葉で育てた蚕の糸で、織り上げた衣はありますけれど、そんなものはとにかくとして、私はあなたの着物を着たいと思います――一生懸命に織り上げた柔らかい絹の布は、租税として差し出す品物である。そんな美しい絹の着物より、あなたが着ておられた、あなたの残り香のしみついた着物の方が、私にはよっぽど嬉しいのですよ。と、養蚕と機織りに疲れながらも妻は言う。身に纏うのは、たとえ夫の着古した摩り切れ衣であったとしても、夫婦二人が共にいられる幸せを、妻はしみじみと胸のなかに、かみしめていたのではなかろうか。

絹の他に、麻織物も租税として差し出す重要な品であった。若妻は織物の準備のため、夜更けるまで一心に麻糸をつむいでいる。その糸は、いつしか麻笥（麻糸を入れる容器）に一杯になった。そんな妻の姿をみて、夫が声をかける。

麻苧らを　麻笥に多に　績まずとも　明日着せさめや　いざせ小床に

（万葉集、巻十四―三四八四）

――容器に一杯になるほど麻糸をつむいでも、明日着るわけじゃないだろう。さあ、早く床に入りなさい――忙しい労働の合間に残された暫しの睦みの時。疲れきった体を、夫の逞しい胸のなかに埋める若妻の、今日の日の、このひと時の幸せは、いつまで続いたのであろうか。

田に出て働くことも女たちの重要な仕事であった。自分たちの食べ代はもとより、口分田には一段（一〇・五アール）につき、約三升の割合で田租がかけられてくる。それは収獲高を計算に入れたものではなく、収獲量も現在に比して随分と少なかったようである。良田を借りた場合は、それでよかったかもしれないが、日当りや水捌けの悪い田を持つ農民や、水害や旱魃の飢饉の時には、どんなにか泣かされたことであろう。それでも彼女たちは働かなければならなかった。

水を多み　高田に種蒔き　稗を多み　択擢ゆる業そ　わが独り寝る（同、巻十二―二九九九）

――水が沢山入る高い場所の田に種を蒔くと、稗が多く出るので抜き取って捨てなければなりません。男を選ぶのも畑仕事と同じです。良い人の現われるのを待って、私は一人で寝ているのです――と、まだ独身の娘は歌う。春くれば種をまき、夏くれば稗を抜き、秋くれば取り入れする忙しい農家の一年である。

稲春けば　輝る吾が手を　今夜もか　殿の若子が　取りて嘆かむ（万葉集、巻十四―三四五九）

この娘は地方へ下ってきた国司の息子の、思われ人にでもなっていたのであろうか。かといって遊んでいることもできない貧しい農家の娘だったのだろう。――稲を舂いて、真っ赤にひび割れした私の手をとって、今夜も御殿の若様はお嘆きになるであろう――親が国司の任を終えれば、また都に帰ってゆく御殿の若様に手を取られて、娘の心は、手のひび切れよりもなお痛く、戦きいていたのではなかろうか。それとも、心の痛みを、一日の疲れを、労り慰めてくれるほど、国司の息子は優しかったのであろうか。けれど、それは実を結ぶことのない儚い恋であったことだろう。娘は果てしない田園の仕事に、明日もまた立ち働かなければならなかった。

権力の重圧や、過重な労働のなかにも、平和な憩いと安らぎのひと時はある。またそうでなければ人間は生きてはいけない。

昼解けば　解けなへ紐の　わが背なに　相寄るとかも　夜解けやすけ（同、巻十四―三四八三）

という、素朴で率直な愛の歌に、私は、踏まれても、踏まれても立ち上がる庶民の息吹を感じる。健康な平和な夫婦の睦みを思う。

――昼解こうとしても解けない紐が、夫に逢うからというわけだろうか、夜になると解け易いことだなあ――夫に抱かれ、紐解いた妻は、心安らかに寝についたことであろう。

激しい労働や重い課税が、常に彼女たちを襲ってきたとしても、この逞ましい生命力と明るさがあれば、幸多い明日は訪れるであろう。

（三）

天智称制二年（六六三）の白村江の戦いの敗北後、唐や新羅の侵入に対する防備のために、筑紫、対馬、壱岐などには防人が派遣され、烽が設けられた。諸国から集められた防人たちは、難波から船出して大宰府に赴き、大宰府管下の防人司の管轄のもとに、辺境守備の任についた。天平二年（七三〇）になると、諸国から防人を募ることを止めて、勇敢な東国の人たちに限った。その後、幾多の変遷を経て、延暦十一年（七九二）に律令的兵制が解体すると共に、防人の制度も自然と消滅し、延暦十四年（七九五）には東国防人を廃し、現地の兵をもってこれに当てた。

持統三年（六八九）からは、防人の年限交替を命じ、律令下にあっては、その期限を三年と定めた。しかし、防人に選ばれることは、生きて再び故郷の土を踏めるかどうかさえも判らない、果てしない遠い旅への道であった。夫や息子や愛人を、防人として異郷に送らなければならなかった女たちは、あたかも、戦時中の銃後の女のように、悲しみと寂寥と不安のなかに、ぬりこめられていった。

置きて行かば　妹ばまかなし　持ちて行く　梓の弓の　弓束にもがも
（万葉集、巻十四―三五六七）

――妻を残して私が出ていったら、妻はどんなに悲しむことであろう。ああ、せめて私が持ってゆく梓の弓の束だったらよいものを――と、防人に出で立つ夫は嘆いた。

おくれ居て　恋ひば苦しも　朝狩(あさがり)の　君が弓にも　ならましものを（万葉集、巻十四―三五六八）

――一人あとに残って、あなたのことばかりを恋しく思っているのは、どんなに苦しいことでしょう。出で立ってゆかれるあなたの弓にでもなってしまいとうございます――と、妻も嘆く。夫の肌身離さず持つ弓になりたいと願う妻、妻を弓の束(つか)にしてでも伴ってゆきたいと願う夫。二人のこの悲願も、厳しい掟の前にはなんの効力もなく、弓束に取り縋って泣く妻をおいて、夫は辺境の地へと出立しなければならなかった。

天平勝宝七年（七五五）は、ちょうど防人の交替の年に当った。その年の二月、東国十ヵ国から動員された防人たちは、各国の防人部領使(さきもりことりづかい)（防人の輸送を担当する役人）に連れられて、難波の港に集合し、そこから筑紫国に派遣された。その防人たちからは百六十六首の歌が献じられたが、拙劣なものは除いて、八十四首が万葉集に収められ、更に昔の防人の歌九首が加えられて、万葉集巻二十の半ば近くを、悲愁のなかに沈ませている。

歌を献じたのは、遠江、相模、駿河、上総、常陸、下野、下総、信濃、上野、武蔵の国の防人たちである。そのなかには、

今日よりは　顧(かへり)みなくて　大君の　醜(しこ)の御楯(みたて)と　出で立つわれは（同、巻二十―四三七三）

の、火長・今奉部与曽布(いままつりべのよそふ)の歌の如く、悲壮な決意に彩られたものもあるが、多くは、家を離れ、父母や妻子と別れる辛さを歌い、肺腑をつくような悲しさに満ちている。勇敢な東国の民といっ

ても、彼らは根っからの兵士ではなく、正丁のなかから選ばれた民なのである。土を耕し、蚕を飼って生きてきた彼らには、土と離れ、家と離れる淋しさはあっても、雄々しく国の護りに出で行く決意は、そうやすやすとはできなかったであろう。

養老五年（七二一）三月二十七日に、兵部卿の阿倍朝臣首名らが「青年のときに防人にとられ、やっと白髪の老人になってから、家郷に帰ることのできたものがあります。これでは可哀相だから、防人を三年交代にして、その心を慰めてやってはどうですか」と奏上し、養老六年二月以後、防人の服役年限が三年と定められた。しかし、期限が定められても、地方から難波に着くまでに病死するかもしれないし、筑紫までの船が難破して命を失うかもしれない。よし、無事に三年を勤め終えても、帰路において、どんな災難が待ち受けているかもしれない。生きて再び故郷の土を踏めるという確証のない防人たちは、常に死と向かい合って、死と手を携えて、これから先の日々を過ごさなければならない。

出でゆく男たちの悲惨さは、このように譬えようもなく深いものであったが、国許に残る女たちの悲惨さも、また痛切の極みであった。防人の歌のなかには、母や妻を想う歌が多く、武蔵国の防人の妻の歌も六首含まれている。そうした歌のなかから、留守宅を守る女の生活と悲しさを偲んでみたい。

妻を想う防人の歌。

吾等旅は　旅と思ほど　家にして　子持ち痩すらむ　わが妻かなしも

（万葉集、巻二十—四三四三）

——自分の旅は仕方のない旅と諦めもするが、家にあって、子を育て、日々の生活のために痩せ細ってゆくであろう妻のことを思うと悲しくなる——留守宅を守る妻の生活の厳しさが、なまなまと迫ってくるようである。

蘆垣の　隈処に立ちて　吾妹子が　袖もしほほに　泣きしそ思はゆ（同、巻二十—四三五七）

蘆で編んだ垣の片隅に立って、袖もしっぽりと濡れてしまうほどに泣き悲しんだ妻、それは、夫を防人に送る総ての妻の姿である。

防人に　発たむ騒きに　家の妹が　なるべき事を　言はず来ぬかも（同、巻二十—四三六四）

あまりにもあわただしい出立であった。これから先の家業のことを、妻に言い置いてくるのも忘れるほどに……。夫を取られた妻は、家の生業をちゃんと果たすことができるであろうか。若妻の寂寥と、戸惑いが目の前に浮かんでくる。

行こ先に　波なとゑらひ　後方には　子をと妻をと　置きてとも来ぬ（同、巻二十—四三八五）

ここにもまた、夫の留守を生きる妻と子の姿がある。行方は波高い玄海灘、国許に残すは寄る辺なき妻と子。人の世の哀別離苦が胸にせまる。東国の土と西海の波の果てに、赤い血の通う人の生身を、慕い寄る愛の絆を、無慚にも引き裂いてゆこうとする権力に、いいしれない怒りを覚える。

難波道を　行きて来までと　吾妹子が　着けし紐が緒　絶えにけるかも（同、巻二十—四四〇四）

——あなたが防人の任務を終えて戻ってこられるまでと祈りながら、妻の縫い付けてくれた紐も、ついにすり切れてしまった——夫の無事を祈る妻の姿と、切なく苦しい防人の旅路が、二重写しのような哀れさをもって胸に迫る。

わが妹子が　しのひにせよと　着けし紐　糸になるとも　吾は解かじとよ

（万葉集、巻二十—四四〇五）

——あなた、この紐を見て私のことを思い出してくださいねと、妻が結んでくれた紐。たとえ糸のように細くすり切れてしまっても、私はこの紐を解くようなことはしないよ——妻の心と夫の心は、何十里、何百里の道を隔てても、固く固く結び合わされていたことであろう。

防人の妻の歌。

枕刀　腰に取り佩き　真愛しき　背ろがめき来む　月の知らなく（同、巻二十—四四一三）

——大きな刀を腰にさして、愛しい愛しい夫が帰ってくるのはいつであろう。その月日さえも判らない——と、後に残された妻は嘆く。夫は必ず無事に帰ってくるだろうとは思う。けれど、帰らないかもしれない。不安と焦燥は留守宅を預かる妻の上に、いつも大きく掩いかぶさっていたことであろう。

草枕　旅行く夫なが　丸寝せば　家なるわれは　紐解かず寝む（同、巻二十—四四一六）

旅に出て行かれたあなたは、着のみ着のままでお休みになるのでしょう。私も心を引き締めて、あなたの留守を守ります。と詠むこの妻の夫へ寄せる真心は、戦時下の銃後の妻を思わせる悲壮さである。好むと好まざるにかかわらず、彼女たちは強い女へと変身しなければならなかった。

草枕　旅の丸寝の　紐絶えば　吾が手と付けろ　これの針持し（万葉集、巻二十―四四二〇）

この妻は、夫の荷物のなかに糸と針を入れて――着物のままでお休みになっていたら、私の付けてあげた紐が取れるかもしれません。その時は、この針を持って、ご自分の手でお付けなさいね――と歌う。妻ならではの、優しく細かい心づかいである。

母を想う防人の歌。

わが母の　袖持ち撫でて　わが故に　泣きし心を　忘らえぬかも（同、巻二十―四三五六）

この母は、一人息子を防人にと召されたのかもしれない。息子の袖に取り縋って泣きぬれる母、愚痴を言うことさえ忘れたように、ただ泣きに泣いた母を思うと、まるで、自分が親不孝を冒したような思いに、息子は捉えられたのであろう。ふえてきた白髪、額や目尻の皺。とめどない涙は、息子と別れて暮らす間に、この母を萎えさせてしまうのではなかろうか。

旅と云ど　真旅になりぬ　家の母が　着せし衣に　垢つきにかり（同、巻二十―四三八八）

この母は新しい着物を縫って、防人に出でゆく子に着せたのであろう。それは短い日帰りの旅ではなく、長い長い旅なのである。真新しかった着物が垢で汚れてしまうほどの長い日を、母の心だけを胸に抱いて、息子は厳しい道を辿っていったのであろう。薄暗い燈火のもとで、夜更けるまで針を運ぶ母の姿が浮彫りされてくる。

こうして、家にある女たちは、息子を案じ、夫を案じ、淋しい家を雄々しく守っていったのである。女手一つで――。厳しく辛い日々であったろう。

庶民の涙と汗と血に彩られて、護り固められた日本の国、それは遠き古えの世もそうであったが、近代もまたそうであった。

国は常に、こうした蔭に泣きぬれる、か弱き手弱女（たおやめ）の、忍従と真心によって続いてきたといえるのではなかろうか。

(四)

たまゆらの恋に生き、男から男へと渡り歩く女――それが遊行女婦（うかれめ）の定めではあっても、刹那の愛の犠牲（いけにえ）に捧げられる女たちの歌に、現世（うつしよ）の底を流れる悲哀と無常が思われる。万葉集で遊行女婦とよばれる女たちは古くから存在し、柳田国男氏は、その起源を巫女（みこ）に求めておられる。

神と結ばれ、神の妻として仕える巫女は、神と対話し、神の意志を伝える神聖な女であった。その神の妻が、神性を失い、人間社会に転落して、浮き草のように、流浪のなかに生きなければならなかったところに、遊行女婦の悲しさがある。彼女たちの歌ことばは、美しい叙情に彩られて、男心に迫る悲しい旋律をひそめている。皇族や貴族の宴席に侍り、その心を慰め、その肉体の渇をいやして、神の妻は、いつしか人間の一夜妻へと姿を変えていった。

人の世には、常に表面と裏面があるが、宮廷貴族の華やかな生活の裏街道をさすらった彼女たちによって、大和ことばの雅びさが語りつがれ、地方にも伝承されていった。時代が下るにつれて、彼女たちは、地方官として辺地に赴く人びとの宴席に侍るようになり、賓客への挨拶や、讃美の歌を歌い、短い滞在の幾日かを慰めては、また、いずれかの土地へ、さまよっていったのであろう。

儀礼的な讃美や祝福の歌も、もちろん数多く歌われたことではあろうが、彼女たちも人間である以上は、心の底から愛を寄せる男に巡り合うこともあったろうと思われる。けれど、それは実らぬ恋であり、結末のわかった恋だったのではなかろうか。いつの日にか別れのくることを知りながら、儚い恋に身も心も捧げきる、根無し草のような悲しい女の生き方に、私は、ふと涙を誘われる。

大伴家持は派手な女性関係で知られ、笠女郎（かさのいらつめ）や山口女王（やまぐちのおおきみ）などをはじめ、多くの女人たちと歌を交しているが、遊行女婦（うかれめ）からのものと思われる歌も数多い。

はつはつに　人を相見て　いかならむ　いづれの日にか　また外（よそ）に見む

（河内百枝娘子（かふちのももえをとめ）、万葉集　巻四―七〇一）

（ほんの僅かの間、恋しい人にお目にかかることができたけれど、いつかの時に、いつかの日に、またよそながらでも、お顔を見ることができるでしょうか）

またも逢はむ　因（よし）もあらぬか　白栲（しろたへ）の　わが衣手に　斎（いは）ひとどめむ

（もう一度恋しいあなたにお逢いすることができないでしょうか。お逢いできるように、私の白い衣の袖にまじないをして、おひきとめしましょう）

（粟田女娘子、万葉集、巻四―七〇八）

味酒を　三輪の祝が　いはふ杉　手触れし罪か　君に逢ひがたき

（丹波大女娘子、同、巻四―七一二）

（三輪の神に仕える神官が、大切に斎き祀る杉に手を触れた罪でしょうか。あなたにお逢いできないのは……）

この女たちも、この前後に名を連ねる女たちも、そして長皇子に歌を献じた清江娘子も、はっきりと、うかれ女とは記されていないが、歌の影から、そこはかとなく匂いたつ無常感に、おそらく、そうした女ではなかろうかと思われる。これらが単なる社交辞礼にすぎないとしても、今日逢って、再び相逢えるかどうかさえ分らない一夜妻の、空しさと儚なさが、彼女たちに、こんな優しい情緒溢れた歌を歌わせたのではなかろうか。

天平二年（七三〇）十二月、大宰師大伴旅人は、大納言に就任して都に帰ることになった。帰途、馬を水城（堡塁の水濠）のほとりに止めて、旅人は遙かに思い出多い大宰府庁を望んだ。この旅人一行を送る府庁の役人のなかに、児島娘子という、うかれ女の姿が見られた。彼女は、旅人が筑紫に滞在中、たびたびその酒宴の席に招かれた女だったのであろう。児島娘子は、いつしか旅人に恋していた。自分が、うかれ女であることを知りながら、旅人の優しさに女の心は傾いていった。けれど、ついに別れの日は訪れたのである。彼女は、今別れたら、いつまた逢えるのだろうかと嘆き悲しんで、涙を拭いつつ別れの歌を詠んだ。

凡ならば　かもかも為むを　恐みと　振り痛き袖を　忍びてあるかも（万葉集、巻六―九六五）

（普通のお方でしたら、ああもこうもすることができるでしょうに、恐れ多いので、いつもなら激しく振る袖を、じっと辛抱して振らずにいるのです）

倭道は　雲隠りたり　然れども　わが振る袖を　無礼しと思ふな（同、巻六―九六六）

（大和への道は雲に隠れているので、私の振る袖はあなたにはお見えにならないでしょうけれど、どうしても袖を振って別れを惜しまずにはいられない私を、無礼な女とお思いにならないでください）

自分とは雲泥の差の、身分高い大納言兼大宰帥の大伴旅人に対して、袖を振るということは、あまりにも僭越であり、許されない行為である。彼女は、旅人の姿が遥か彼方に見えなくなってから、怺え怺えた袖を千切れよとばかりに振り続けた。心の通い合った恋人の間でこそ許されたその行為を、敢てする私を無礼だと怒らないでほしいと、見えぬ旅人に哀願しながらも、彼女は、このたまゆらのひと時をなりと、世の常の女のように、明るい表街道を歩きたかったのであろうか。身分違いの旅人に恋した児島娘子の、切なくやるせない女心が、胸に沁みる。

彼女は明日から、また別人の宴席に侍り、その客に媚を売り、行きずりの恋を得るのかもしれない。児島娘子の心のなかから、この別離の感激は日と共に薄れ、旅人との思い出は幻の彼方に消え去るとしても、この場での女の思いは真実であったのではなかろうか。実を結ぶことのない徒花の、悲しい宿世が思われる。

天平八年（七三六）六月、新羅に遣わされた使者たちの船が、逆風に奔弄され、波にもまれて難渋したが、ようやく順風を得て、一日、肥前国の狛島に停泊した。その夜、遙かに海を望んで、各々旅の心を痛んで歌を詠んだとき、この土地の娘子は、

天地の　神を祈ひつつ　吾待たむ　早来ませ君　待たば苦しも（万葉集、巻十五―三六八二）

（天地の神に祈って私は待っていましょう。早く帰ってきてくださいね、あなた。待つのは苦しゅうございますから）

と、歌っている。いま船出すれば、再びこの土地を訪れるはずもない人に対して――彼女はこの地方の、うかれ女ではなかろうか。

一行は壱岐を過ぎ対馬に到着し、順風を待って、ここで五日間をすごすこととなった。竹敷の浦に停泊中、使節たちは各々の感懐を歌ったが、その席には、対馬の娘子、玉槻も連っていた。彼女は、黄葉の散りしきる山の辺りを漕ぐ船の美しさに魅せられて出てきたのですよ、と歌い、続いて、

竹敷の　玉藻靡かし　漕ぎ出なむ　君が御船を　いつとか待たむ（同、巻十五―三七〇五）

（竹敷の浦の玉藻をなびかして、漕ぎ出してゆかれるであろうあなたの船を、いつ帰ってくると思って待てばよいのでしょうか）

と、歌った。玉槻は、紅におう竹敷の山の紅葉のように、匂やかな美女だったのかもしれない。彼女もまた、再びこの港に帰るはずもない人に、お帰りを待っていますと、歌いかける。それが、うかれ女の世辞であり、挨拶であったのだろうか。行方定めぬ現世の片隅にあって、風燈の儚なさにも似た生を生きる彼女たちは、瞬時の縁に悦びを見出し、その刹那、刹那の恋を楽しんでいたのかもしれない。

私は、あまりにも彼女たちの儚なき生を強調しすぎたかもしれない。次に、うかれ女の、いま一つの生き方を覗いてみたいと思う。

葛城王（橘諸兄）が陸奥国へ下降したときの話である。王に対するその国の国司の態度が悪く、もてなしも不充分だったので、王は大そう不愉快に思い、顔にも怒りの色が隠せないほどであった。宴席が設けられても、王の心は容易に解けそうにない。ここに、前に釆女であった雅やかな女が現われ、左手に酒盃を捧げ、右手に水をもって王の膝を打ちながら、妖艶な媚を含みつつ歌った。

安積香山　影さへ見ゆる　山の井の　浅き心を　わが思はなくに（万葉集、巻十六―三八〇七）

（安積香山の清水を湛えた山の井のような浅い心であなたのことを思ってはおりません）

美女に盃を捧げられ、「大切に思っているのですよ」と迫られて、葛城王の怒りは忽ち解け、終日楽しく飲み暮らしたという。

天平勝宝三年（七五一）一月三日、介内蔵忌寸縄麿の館で、雪を積んで、岩の重なっている様

子や、草花を形作って、新春の宴を楽しんだことがあった。そのとき、うかれ女の蒲生娘子は、

　雪の島　巌に植ゑたる　石竹花は　千世に咲かぬか　君が挿頭に（万葉集、巻十九―四二三二）

と歌って、賓客の心を取り結んでいる。彼女は「死にし妻を悲しみ傷む歌」をも諳んじていた。哀調おびたこの伝誦歌を歌う蒲生の美声は、宴席にひときわ興を添えたことであろう。また、天平二十年（七四八）三月に、大伴家持が橘諸兄家の家令・造酒司令司田辺福麿を、布勢の湖（二上山の西北方にあった大きな湖）の遊覧に誘って接待したとき、その席に侍った土師も、才たけた美女であり、言葉の伝誦に一役を担っていたらしい。

　うかれ女は、美と才と歌によって貴賓の席をひきたて、客をもてなすと共に、伝誦歌を語り継ぐ大きな役目をもっていたのであろう。けれど、所詮、彼女たちは、貴族社会の蔭に咲いた悲しい徒花にすぎなかった。船遊びや酒宴の席に興を添え、匂いこぼれる色香によって、客の心を捉えたとしても、それは移ろう色香であり、いつかは色褪せる、さすらいの色香である。移りやすい鮮やかな紅（うかれ女）は、着なれた地味な橡染めの着物（妻）には及ばない、と歌った家持の心こそ、偽りない貴族社会の通念ではなかろうか。

　隙ゆく駒の足掻にも似て、目睫のうちに流れ去る時の狭間のひとこまを、華やぎと雅びのなかに彩った彼女たちは、自らの生き方を真底から肯定することができたのであろうか。彼女たちの歌群から、そこはかとなく漂ってくる嫋々とした哀愁の余韻と、酒精に身を焼きつくそうとする悲しい明るさのなかに、変らぬ愛への深い願いと、拭い去ることのできない暗い翳りがこめられ

ているように思われる。浮沈常なき現世の、蔭を流れる宿命を、うかれ女は、その身に添えて生まれてきたのであろうか……。

花園に舞う胡蝶の優美さの奥に、彼女たちは、夏の宵闇を彩る夕顔の、青白い花影に宿る愁いを秘めている。水辺に憩う蜻蛉（かげろう）の透ける羽の儚なさを秘めている。男心の花園を舞う人の世の蝶は、か細い、たおやかな美と、熱い涙によって、この世の中を、裏面から支え続けてきたのではないだろうか……。

あとがき

万葉時代に生きた女人で、万葉集にその名をとどめる有名女流歌人をはじめ、名もなき市井や田園の女人は、相当な数になると思います。

私は、万葉集に残された彼女たちの歌を探りつつ、それらの女人の生きざまや心情を、私なりに解釈してみたいと思いたちました。自分がその頃に生きていたと仮定して、それらの女人になったと考え、いわば小説的に彼女たちを追ってみたいと思ったのです。

そのために、史実には、なるべく忠実に随ったつもりですが、歌の解釈や、それらの女人の生き方や心情には、世間で普通なされている定説とは相容れないものがあるかもしれません。というより、とんだ考え違いだと、お叱りをこうむることがあるかもしれません。でも、それはそれでよいのではなかろうかと思われます。事実、あの時代に生きた人は、現在たれ一人も現存してはいませんし、各学説も、結局は、それぞれの解釈からなされているようですから——。それで、おこがましくも、私は、私の万葉の女人像を、私のイメージに彷彿とする女人像を、描いてみようとしたのでございます。

以前から、私は万葉集に限りない憧憬を抱いておりました。日本の古代に、こんな芸術が生まれたことに驚嘆します。ことに、私は女性ですから、女人の歌にはとくに共感を覚えるのです。日本の古代、それはどのようなものだったのでしょうか。――限りない空、果てしない地、そこにある山川草木、そして、それと共に生きた女人たち――思っただけでも懐かしさに胸がおどってまいります。

幸い私は、大和に生まれ、大和に育ち、大和に暮していますので、地理的に恵まれております。そのため、大和にかかわりあいのある場所は、以前から知っておりましたので、これを書くにあたって、この時代の舞台を、この足で歩き、この目で見て書いていきました。でも、力足らず、なかなか意図したように描き切れなかったことが心残りではございますが、自分が彼女たちと一つになれることを念願しつつ書き続けました。

これは、昭和四十九年四月三十日から、奈良県の地方紙・奈良新聞の「タイムス文化」欄に掲載されましたものを一冊に纏めました。

この度も、また、春秋社会長神田龍一さまのご厚情を忝くしましたことを、厚くお礼申し上げます。

更に、奈良新聞の城家幸信、太田芳朗、故・大西音治郎さま方と、編集の労をおとりくださいました春秋社の江原良治さまにも、あわせて厚くお礼申し上げます。

昭和五十一年十一月吉日

山の辺の道のほとりにて

山路　麻芸

本書は『万葉の女人像』（一九七七年刊）を改題したものである。

山路麻芸（本名　大谷真澄）

大正15年9月14日　奈良県桜井市三輪に生まれる。
昭和19年3月　奈良県立桜井高等女学校卒業。
昭和23年3月　奈良女子高等師範学校卒業。
日本ペンクラブ会員。
著書　『大和路をめぐる』『続・大和路をめぐる』
　　　『続・続・大和路をめぐる』『王朝の女人像』
　　　『業炎の華』『知られざる大和路』『白鳳の絶唱』
　　　『謀略の渦』『秘められた大和路』（以上春秋社）

万葉の女性たち

昭和五二年三月一〇日　初　版第一刷発行
令和　元　年六月二〇日　新装版第一刷発行

著　者　山路麻芸
発行者　神田　明
発行所　株式会社　春秋社
〒一〇一―〇〇二一
東京都千代田区外神田二―一八―六
電話　〇三―三二五五―九六一一
振替　〇〇一八〇―六―二四八六一
http://www.shunjusha.co.jp/
印刷所　株式会社　平河工業社
製本所　ナショナル製本協同組合

ISBN978-4-393-44723-9　C0095
定価はカバー等に表示してあります